THE ANNOTATED

PETER PAN

［ヴィジュアル注釈版］

ピーター・パン

上

BY
J·M·BARRIE
J・M・バリー

Maria Tatar
マリア・タタール 編

川端有子 日本語版監修

伊藤はるみ 訳

原書房

THE ANNOTATED
PETER PAN
Contents
上巻目次

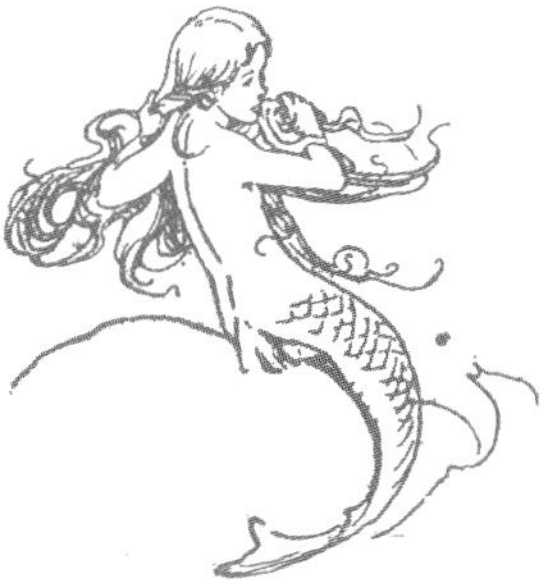

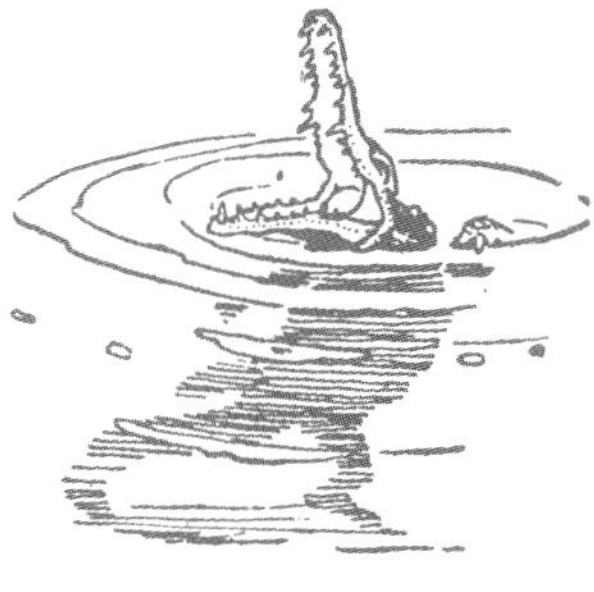

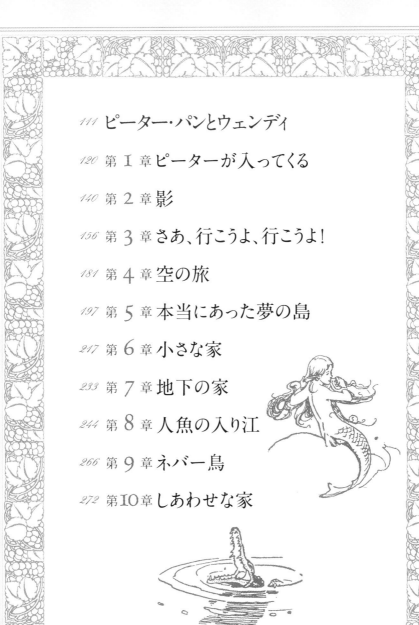

THE ANNOTATED
PETER PAN
Contents
下巻目次

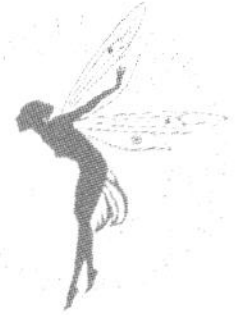

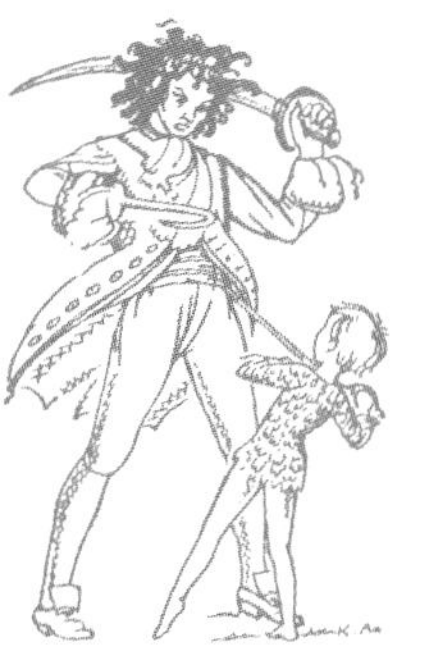

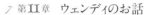

J·M·BARRIE

謝辞

書物の執筆者の多くは、謝辞を書くところまでくると急に手がとまってしまう。謝辞というのはふつう原稿の末尾に記すもので、執筆作業のうちでももっとも苦労する局面なのである。原稿を書いているとき、著者は日常の世界を離れて別の世界に入ってしまう。デスクの上だけでなくありとあらゆる場所を参考書や資料の書類が埋めつくす。水をもらえない植木鉢の植物がしおれてくる。洗濯物の山ができる。蛇口からは水がぽたぽた落ちている。ほこりが積もる。コーヒーなしでは生きていけないような気がしてくる。J・M・バリーはかつて彼自身の分身にあたる「ブックワーム（本の虫）」という人物を創造し、自分の劇につけた一連の注の中で「彼（ブックワーム）は、自分が仕事に没頭するあまり社会の一員としての役割を果たしてこなかったことに気づいた」と書いている。この本の原稿を書いているさいちゅうにそのくだりを読んだときは、さすがに胸をぐさりと突かれたような気がしたものだ。

書物の執筆は孤独な作業だというのは本当かもしれない。しかしスタートしてから目的地に到達するまでは長い道のりだ。私の場合、執筆にさいしてはいろいろ人と話したいことがたくさんある。そうした会話がなかったら私の本はあいまいで精彩を欠くものになってしまうだろう。W・W・ノートン社のボブ・ウェイルが電話をかけてきて私に『ピーター・パン注解』を執筆する意思があるかとたずねたとき以来、私はJ・M・バリーとピーター・パンについて、長々と果てしなく話し続けてきた。バリーについてもピーター・パンについても、私が思っていたよりはるかにたくさんの話題があった。私と話した人は誰でもピーター・パンについて彼らなりの思い出話をもっていて、それを話してくれた。ラニ・ギニエだけは思い出話をするのではなく、ピーター・パンとの関連なら空を飛ぶ記述の歴史についても考慮すべきだと私にアドバイスしてくれた。最初に非常に詳細なバリーの伝記『J・M・B物語〔*The Story of J.M.B*〕』を書いたデニス・マケイルから、著書『J・M・バリーと失われた少年たち〔*J.M.Barrie and the Lost Boys*〕』が高く評価され、BBCのドキュメンタリー『ザ・ロスト・ボーイズ〔*The Lost Boys*〕』を制作したアンドリュー・バーキンなどの才能ある研究者にいたる、多くのバリーに関する専門家や研究者の業績もあった。さまざまに姿を変えるピーター・パンの不思議な魅力を理解しようとするとき、私は彼らの研究成果から多くのインスピレーションを得た。

この数年間に家族、友人、同僚たちとかわした多くの会話をふりかえって最初に浮かぶ言葉は「優しさ」だ。難解な迷路に迷いこみそうになる私をたくみに誘導し、バリーの物語の力強い魅力へと陽気に引き戻してくれた私の兄弟、姉妹、子ども、甥、姪たちは、この本のあちらこちらに自分が私とかわした会話の断片を見つけ、私に与えた影響に気づくことだろう。私の学生たちがいつも鋭い直観を発揮し、信頼できる情報と疑わしい情報とを区別してくれたおかげで、私は間違った方向へ進まずにすんだ。ピーター・パンに対する彼らみんなの反応を見て、私はこの物語が今も人の心に訴えかける強い力をもち続けていること、そしてこの物語が秘めている何層にもかさなった深い意味について、常に新しいものを発見する可能性があることを改めて確信した。

J・M・バリー自身について、そして彼とルウェリン・デイヴィズ家の息子たちの関係については、もしアンドリュー・バーキンによる偉大な伝記作品がなければ、私は資料の山に埋もれて四苦八苦し、この本の完成に何年も余分に費やしたことだろう。私のかわりにその仕事をしておいてくれたおかげで、私は驚くほどの恩恵を受けた。私の机の上に置かれた『ロスト・ボーイズ――J・M・バリとピーター・パン誕生の物語』のぼろぼろになった一冊は、私がバーキンの先駆的な業績から受けた恩恵がどれほど大きいものだったかを明白に示している。ピーター・パンに関するいくつかの新しい視点や洞察を示してくれたジャクリーン・ローズ、ジャック・ザイプス、リサ・チェイニー、ジャッキー・ヴォルシュレガーの著作も、非常に参考になった。

イェール大学バイネキ稀覯本図書館の職員の方々には大変お世話になった。彼らのおかげでこの本の内容をより充実させることができたのである。一冊だけ現存している『ブラック・レイク島少年漂流記［*The Boy Castaways of Black lake Island*］』やケンジントン公園に入るためにバリーが使った鍵など、非常に貴重な文献資料や品物に手を触れることを許可してくれた彼らの信頼には心から感謝している。彼らが資料の参照に最大限の便宜を図ってくれたことに私が感謝しているのはもちろんだが、職員の方々の誰もが本を心から愛していることが日々の様子から見てとれたことも、大いに喜ばしいことだった。私が現代書籍・手稿部門のJ・M・バリー関連資料室にこもって資料と格闘していたときには、ティモシー・ヤング学芸員の専門家としての知識に助けられて順調に作業を続けることができた。

グレート・オーモンド・ストリート小児病院チルドレンズ・チャリティのクリスティーヌ・ド・プーティアの協力にも大いに感謝している。彼女の専門家としての能力とバリーの遺産管理に対する熱心な姿勢にはずいぶん助けられた。イギリスにいる彼女にも大西洋を越えて心からの感謝の気もちを送りたい。同病院とその歴史について紹介するエッセイをこの本に寄稿してくださったことにも心からお礼申し上げる。

この本の執筆中、ボブ・ウェイルは常に私を励まし、ヒントを与え、自信をもたせてくれた。自分が編集の面でも知的な面でもどれほど大きな貢献をしたか、謙虚な彼は人に知られることを望んでいないかもしれない。しかし、私に対する彼の信頼と私を居心地のいい学問の狭い世界から引っぱり出そうとする彼の意欲がなければ、この本は完成しなかったと言っても過言ではないと私は思っている。またミスという悪魔は細部に宿ることを熟知し、ミスを見つけて取り除く悪魔払いの仕事を熱心にしてくれたW・W・ノートン社のフィリップ・マリノにも感謝している。

本書執筆のプロジェクトがもちあがったばかりのころ、私はワイリー・エージェンシーのサラ・チャルファントと「ピーター・パン」についての子ども時代の思い出を語り合った。私たちはどちらもアトウェルとラッカムの挿絵に心を奪われていた。この本を書くことになると私が確信したのはその時だった。

ドリス・スパーバーは、本を徹底的に調べたり、ミスを見つけたり、あっという間に書類をコピーしたりといろいろな仕事をいつも笑顔で元気にこなしてくれた。ハーヴァード大学の民俗学および神話学研究における同僚のデボラ・フォスター、ホリー・ハッチソン、スティーブ・ミチェルが、大学で日常的に相談にのったり協力したりしてくれたこともありがたかった。メリッサ・カーデンが手続き書類の処理に驚くべき手腕を発揮してくれたおかげで、「ピーター・パン」関係の請求書はすべて無事に支払われている。ほかにもオーエン・ベイツ、サラ・

バティスタ・ペレイラ、ケイト・バーンハイマー、リサ・ブルックス、アレクサ・フィッシュマン、イアン・フライシュマン、イェニア・ゴディナ、ドナルド・ハーゼ、ハイジ・ヒルシュル、エリザベス・ホフマン、アダム・ホーン、エミリー・ハイマン、リック・ジャコビー、エミリー・ジョーンズ、ステファニー・クリンケンバーグ、サンディー・クライスバーグ、ジュリア・ラム、キャシー・ラスキー、ペニー・ローランス、ロイス・ラウリー、グレゴリー・マグワイア、ハナ・ミレム、マデリン・ミラー、ギャレット・モートン、クリスティーナ・フィリプス、イザベラ・ローデン、レクシー・ロス、ルース・サンダーソン、アラン・シルヴァ、マイケル・シムズ、エレン・ハンドラー・スピッツ、コーリー・ストーン、ラリー・ウルフ、ジャック・ザイプスなど、多くの人の力を借りた。

そして、いつものように息子ダニエルと娘ローレンのおかげで、私は「ブックワーム」にならずにすんだのだった。

読者への案内――日本語版序文

川端有子

非常に有名な児童文学でありながら、じつは中身があまり知られていないものは驚くほどたくさんある。『不思議の国のアリス』が不条理極まりない世界を描いていることや、『風に乗ってきたメアリー・ポピンズ』の主人公が、つんとしてぶあいそうで怒りっぽいことや、『くまのプーさん』には新参者に対するいじめが描かれていることなどは、おそらく題名だけ知っている人々には驚きであろう。

そのなかでもこの『ピーター・パン』は、もっとも誤解されている、もしくは知られてすらいない物語なのではないか、とわたしはこの『注釈版ピーター・パン』を読んで思っている。ジェイムズ・マシュー・バリーが創作した「ピーター・パンもの」が『小さな白い鳥』の一部から始まり、小説版でも二通り（『ケンジントン公園のピーター・パン』と『ピーター・パンとウェンディ』）あること、戯曲として出版されたが上演版はそのつど違っていたことを知っていたにもかかわらず、読み直すたびに新しい側面に気づかされるというのが、この作品の特徴だ。

おそらくこの本を手に取る人にとって、ピーター・パンのイメージといえば、緑の服に身を包み、羽のついた帽子をかぶって短剣を腰に差して、ティンカー・ベルと空を飛ぶ赤毛の少年であるにちがいない。バリーの創作したピーターが、樹脂と枯れ葉でできた衣服をまとい、まだ生え変わらない乳歯をきりきりとかんで、大人をにらみつける子どもであることは、無視されているか、知られていないか、忘れ去られている。

ピーター・パンが、バリーの死んだ兄の面影を宿していることや、バリーが親しかった少年たちとの遊びの中から生まれてきた存在であること、片方では牧神と子どもとアルカディアの世界の裏に、ディオニソス的な混沌と狂乱と死のイメージを秘めていることが明かされる。また、この奇妙な物語に魅せられた画家たちの筆によって描かれた多様な姿とその変遷を、この分厚い本から知ることができる。

スコットランドのキリミュアで生まれたバリーは、ロンドンで作家・劇作家として活躍した。その一風変わった生涯と、彼の母、妻、親しくしていた弁護士夫妻、その子どもたちとのかかわり、文学史上の位置づけに始まり、テキストはもっとも有名な『ピーター・パンとウェンディ』、アーサー・ラッカムのイラストレーションをあしらった『ケンジントン公園のピーター・パン』、バリー自身が書いた映画化のためのシナリオ、二部しか書かれなかった「ブラックレイク島少年漂流記」の目次（これがもっとも古い『ピーター・パン』の原型である）などを収録している。そしてそれらには編著者マリア・タタールによる詳細な注が付されている。さらに同時代の批評、舞台版への反応、映画の様々なバージョンの解説に、他の作家による続編、改変、スピンオフなどのリストを含め、ピーター・パンについてのあらゆる言説に、絵画と写真によるイメージが盛り込まれた、豪華な一冊なのである。

そういった周辺の知識を得て再びバリーのテキストに対峙してみると、知っていたはずの物語から、今まで読み飛ばしていた詳細が、新たに首をもたげてくる。

年を取らないということは永遠の現在を生きることで、ピーターには過去も未来も無意味だということとか、水夫長スミーがミシンをあやつる縫物上手であること、フック船長の黒い巻き毛が、ろうそくにたとえられる縦ロール仕様だったことなど。誰もがみんな子どもで、ごっこ遊びとほんものの区別がないネバーランドの設定、そして読者を操作し、おちょくり、共感を強要する、変化自在な語り手の存在。

編著者のマリア・タタールは、ハーヴァード大学でドイツ文学、昔話と児童文学を教える教授で、著書に『グリム童話 その隠されたメッセージ』などがある。『注釈版ピーター・パン』の執筆と編集のため、イェール大学バイネッケ図書館のアーカイブで調査・研究を行い、残されているバリーの手紙やメモを解読し、今まで知られていなかった事実や隠されていた文書を発見したことは、この本の中にも詳しく語られている。

彼女自身は、子どものころテレビで見た極彩色のミュージカルが、もっとも強い印象を残したと語っている。どんなひとも初めて見た画像の強い印象に囚われると、その印象をアップデートしないまま過ごしてしまいがちだが、それでは『ピーター・パン』の多彩さがもったいない。ベッドフォードやランサムの挿絵をはじめ、伝記からの写真や、ピーター・パン・グッズに至るまで、この一冊には視覚的にも豊富に、ピーター・パンのバリエーションが収められている。おそらく、それをきっかけに読者は自分自身のもつピーター・パン経験を更新し、敷衍し、回想することになるだろう。

私自身の思い出に残るのは、たとえば一九九九年にイギリスで上演されたアトランタバレエ団の『ピーター・パン』。これは数えきれないピーター・パンのバレエ版の一つに過ぎないが、それをこの目で見た私にとってはかけがえのない一つの経験である。その中の、優雅で威厳に満ちたインディアンの王女、タイガー・リリーの描き方は印象的であった。そしてピーター役を演じた中国系の男性ダンサーの、中性的な魅力も。

同じ年の暮れにウィンブルドンの子ども劇場で見たパントマイム版というのもあった。チョコレートの会社がスポンサーになり、子どもたちにお菓子を配り、着ぐるみのワニが大人気を博していた。ピーター役を演じるのは、もと有名子役の女性だということだった。

日本でのミュージカル版でもそうだが、伝統的に舞台でのピーター役は女性が演じることが多い。それはなぜなのか、ということを様々な面から探っていく研究も可能であろう。フック船長とダーリング氏の二面性はどう解釈できるか、またはフック船長の妙な女性性についてはどうなのか。

マリア・タタールも語っている通り、この注釈付きの本を読んだあと、読者は新たな見地を得てより『ピーター・パン』の世界をより楽しみ、より多方向から考えられるようになるだろう。本を読むことの、何よりの楽しみではないだろうか。

大人になった人たちへのメッセージ

「子どもはみんな大人になります。大人にならない子どもはひとりだけ」。J・M・バリーは戯曲『ピーター・パン』のロンドン初演から七年後に出版した小説『ピーター・パンとウェンディ』の冒頭の一節でこう語っている。そのひとりだけ大人にならない子どもは、今ではさまざまな姿をとって多くの作品に登場している。ディズニーのアニメーション映画には赤い髪の快活な少年がいる。ブロードウェイには、ピーター・パンに扮してステージの上を飛びまわってきた敏捷な女性たち――メアリー・マーティン、サンディ・ダンカン、キャシー・リグビー――がいる。マーク・フォースター監督の映画『ネバーランド』の中には、母親が病気になったルウェリン・デイヴィズ家の少年たちの部屋に魔法のように現れる不思議な魅力のピーター・パンがいる。

ステージやスクリーンの上で、そして物語の中で、私たちは決して大人になることのない少年に出会う。少年の物語には、さらに数えきれないほどの前日談や後日談があり、翻案や改作がある。たしかにピーター・パンは大人になることを拒んでいるが、決して死ぬこともない。

大人になって再びピーター・パンに出会った私は、彼がスコットランド人の作者によって生みだされたあと、まだ今のような姿で人に知られる前からすでに存在し生活していた事実が、いろいろな形で記録に残っていることを知った。彼が最初に姿を見せるのは一九〇二年に出版されたバリーの小説『小さな白い鳥』で、これは六歳の少年デイヴィドに愛情を抱く青年について書かれた風変りでとらえどころのない（バリーはこのふたつの形容詞が大嫌いだったが、それはこれらの言葉があまりにも正確に彼の作品の性格を表現するものだったから、とも言える）作品だった。この本には、生後七日のピーター・パンがケンジントン公園でさまざまな冒険をするストーリー（「すべての乳母車はケンジントン公園へ通ずる［All perambulators lead to the Kensington Gardens］」）が含まれている。ピーター・パンが登場する章はその後いくらか修正をくわえた上で、一九〇六年に独立した物語『ケンジントン公園のピーター・パン』として出版された。この本には、当時最高の挿絵画家のひとりとされていたアーサー・ラッカムが挿絵を描いている。ラッカムは今も、グリム童話、アンデルセン童話、イソップ物語の挿絵や一九〇八年に出版されたケネス・グレアムの『楽しい川べ』の挿絵でよく知られている。

現代の私たちがいちばんよく知っているピーター・パンは、一九〇四年に発表された戯曲『ピーター・パンあるいは大人になりたがらない少年』の主役としての彼である。この戯曲が印刷されて世に出たのは一九二八年のことだったが、バリーはそれに先立つ一九一一年に小説『ピーター・パンとウェンディ』を出版し、ピーター・パンはそれによって広く知られるようになったのだ。これまでのいきさつを整理すると、

一九〇二年『小さな白い鳥』出版
一九〇四年『ピーター・パンあるいは大人になりたがらない少年』舞台初演
一九〇六年『ケンジントン公園のピーター・パン』（アーサー・ラッカムの挿絵つき）出版
一九一一年『ピーター・パンとウェンディ』出版（後に『ピーター・パン』と改題）
一九二八年『ピーター・パンあるいは大人になりたがらない少年』の戯曲出版

ということになる。

何年ものあいだ舞台で上演されるだけだった戯曲版には、上演のたびにさまざまな変更が加えられていった。バリーはリハーサルに立ち会い、俳優たちと相談しながらセリフや内容の一部をカットしたり、修正したり、新しく加えたりした。そうした初期の手稿の多くは、コネティカット州ニューヘイヴンのイェール大学バイネッキ稀覯本図書館のJ・M・バリー関連資料室に保管されている。そこにはほかにもバリーに関する大量の資料が収蔵されている。一例をあげれば、「一九〇四～一九〇五」と記された小さなホルダーに収められた半透明の薄いタイプ用紙にはこう書いてある。当時は三幕物だった舞台の第三幕、ウェンディがピーターの母親がわりになって一緒にケンジントン公園で暮らすことになる。やがてふたりは公園のごみの下から赤ん坊を見つけるが、ウェンディは自分が大人になったあとピーターの世話をする人間が必要だと気づき、喜んでその赤ん坊を育てることにする。ピーターとウェンディとやがてピーターの母親になるその子どもがケンジントン公園の小高い場所に立って手を振るところで幕となる。美しい母親が一〇人も二〇人も出てきて、われ先にと迷い子の少年のひとりを自分の子にしようとする演出があったことを知っていた人はいるだろうか？　あるいは、フック船長は海ではワニの襲撃から生きのびたのに、登っていたケンジントン公園の木から下りようとしてワニの口の中に落ちてしまったというバージョンがあることを知っていた人は？

ダーリング家の子ども部屋にピーター・パンが入ってきて、子どもたちに飛び方を教えて外に連れだし、ティンカーベルと一緒に子どもたちをネバーランドに案内するというおなじみのストーリーは、私たちの多くが思っているほど絶対的なものではないのだ。たしかに、どのバージョンでもダーリング家の子どもたちとネバーランドに住む少年たちは海賊やインディアンと対立するし、ピーターは悪者のフック船長と必ず戦う。しかし子どもたちの帰還についてはいくつかバリエーションがあり、劇の最後では必ずウェンディが大人になっていて、彼女の娘がピーターの春の大掃除を手伝うためにネバーランドに向けて飛びたつ、というわけではない。バリーにとってピーター・パンは舞台の上で生きているのであり、いろいろな原稿があるということはすなわち、ピーターが舞台の上で生き生きと活動し、上演のたびに変化して新しいピーターになることをバリー自身が望んでいたということだ。

　バリーは当初、ピーター・パンのキャラクターを本に印刷して固定してしまうことを拒んでいた。「バリー氏は不朽の名作であるこの戯曲を短編小説あるいは小型の本として出版してほしいという依頼を何度も受けているが、そのたびに断ってきた」と『ブックマン』誌が伝えている。[1] しかしバリーのためらいをよそに、『ピーター・パン』の上演が始まった直後から今で言うキャラクターグッズやアルファベット・ブック〔アルファベットの各文字から始まる、テーマ（この場合は「ピーター・パン」）に関係のある単語をイラストつきでのせた小冊子〕や物語絵本が売りだされている。ダニエル・S・オコナーは、劇を見てストーリーを印刷したものをもって帰りたいと思う子どものために『ピーター・パンのパンフレット』を書いた。オコナーが文を、アリス・B・ウッドワードが挿絵を描いた『ピーター・パン絵本』も同じ年のうちに出版された。一九〇九年にはオリヴァー・ハーフォードがとても美しい『ピーター・パン・アルファベット・ブック』を出版、G・D・ドレナンは劇のストーリーをふくらませて『ピーター・パン――彼の物語・イラスト・経歴・友だち』を書いた。

　バリーもついに公式の物語を出版することに同意し、『ピーター・パンとウェンディ』のタイトルでF・D・ベッドフォードの挿絵がついた本を一九一一年に出版したのだ（ベッドフォードの挿絵はこの本に収録してある）。ピーター・パンというキャラクターと同じく、この物語もどっちつかずの半端なもので、子ども向けなのか大人向けなのかはっきりしない。現代の読者は、

『ピーター・パン』出演中のセシリア・ロフタスとヒルダ・トレヴェリアンの絵葉書。（イェール大学バイネッキ稀覯本図書館蔵）

G.D.ドレナンは戯曲『ピーター・パン』の人気の高まりに便乗し、1909年に舞台の内容をふくらませたこの本を出版した。(イェール大学バイネッキ稀覯本図書館蔵)

バリーの生前にもこの物語が何度も手を加えられ、さまざまに仕立て直されていることを知っても驚きはしないだろう。もっともほとんどの場合、そうした翻案の作者はバリーの許可を得たうえで「子ども向き」に改作している。いずれにせよ、このときバリーが出版した『ピーター・パンとウェンディ』は、彼がイメージしていたピーター・パンというキャラクターをそのまま具体化し、発展させたものなので、今回の注解にあたってはこのバージョンを使っている。本書のタイトルは『注釈版ピーター・パン』になっているので小説のタイトルに『ピーター・パン』を使うこともあるが、この先、必要があれば戯曲『ピーター・パン』と小説『ピーター・パンとウェンディ』を区別することにする。小説に対する私の注解のほとんどは、印刷された戯曲の多くのバージョンにもあてはまる。なお戯曲版については、ピーター・ホリンデイルが著作『J・M・バリー――ピーター・パンとその他の戯曲［*J.M.Barrie : Peter Pan and Other Plays*］』にすばらしい序言を書いている。

　私は、この注解を読んだ人たちが小説『ピーター・パンとウェンディ』と作者バリーについて多くを知ったあとも、ピーターに魅了され続けていてほしいと願っている。『ピーター・パンとウェンディ』についてのちょっとした事実を知って嬉しく思う人もいれば、細かい事実など知らないままでバリーの物語そのものと物語の世界に入りこませてくれる挿絵だけに集中したい人もいるだろう。この数年間ずっとJ・M・バリーと『ピーター・パン』とともにすごしたことで、私自身はこれからも決して古びることなく、読むたびに魅力が増すこの作品への評価と理解をますます深め

子ども向けに作られたピーター・パンの劇のミニチュアとピーター・パン・クラッカーの広告。（イェール大学バイネッキ稀覯本図書館蔵）

ることができた。「ピーター・パン」誕生の背景にあった物語は、小説や戯曲そのものに劣らず胸をうつ。この本には二編のエッセイ――本書で注釈をくわえている小説『ピーター・パンとウェンディ』に関するものと、その著者バリーに関するもの――を添えた。注釈の内容には文化的な解説と批評的な内容のものがある。また『J・M・バリーと「ピーター・パン」に対するさまざまな意見』と題したエッセイには、バリーの作品が当時の文化にどんな影響を与えたか、そして作品に対するどんな批判があったかを記してある。それでは、大人になった私たちにもネバーランドの「すばらしい喜び」を経験させてくれる「ピーター・パン」、私たちを感動させ、夢中にさせ、私たちの何かを変えてくれる「ピーター・パン」の魅力と不思議な力、その光り輝くエネルギーに乾杯しよう！

1　The Bookman, January 1907,161

サー・ジョージ・ジェイムズ・フランプトン作「ピーター・パン」ブロンズ像。1912年。
ロンドン、ケンジントン公園。

ピーター・パンとJ・M・バリーに関する覚え書き

私の「ピーター・パン」に関する最初の記憶は、子どものころに経験した目もくらむような色彩の爆発だ。ある日、学校の仲よしの友だちがおばあちゃんの最新型のカラーテレビで一緒にミュージカルの『ピーター・パン』――主役はアメリカの有名な女優で歌手だったメアリー・マーティンだった――を見ようと誘ってくれた。テレビは今の私たちの目から見ればあきれるほど不格好なしろものだったが、私たちは初めての経験にすっかり興奮し、息をのんでその番組を見つめていた。ときどき電波の調子が悪くなって画面が止まってしまったし、画面が小さくてステージの生き生きした様子や細かいところはよくわからなかったが、そんなことは問題ではなかった。私より前の世代の、ロンドンのヨーク公劇場やニューヨークのエンパイア劇場で実際に『ピーター・パン』の上演を見た子どもたちと同じように、私も大人にならない少年にすっかり心を奪われてしまった。私はその後何週間も、妖精がまき散らす粉をあびて空を飛ぶことを夢見ていた。

そして時が過ぎ大人になった私は、再びうっとりするような経験をした。このときの出会いはロンドンのケンジントン公園。あるさわやかな秋の日、私は有名なピーター・パンの銅像を見ようと期待にわくわくしながら歩いていた。ロンドンの地図を手にしてはいたが、公園の中を進むのに案内など必要なかった。私は像の写真を何回も見たことがあり、だいたいの場所はわかっていたのだ。ブロンズ製のピーター・パン像は台座の上に立っていて、口に当てた笛でかなでる音楽でウサギやリスやネズミ、それに妖精たちをうっとりさせている。それは「ロング・ウォーター」という細長い池の西岸を進んだ中ほどの「芝生広場」（子ども部屋から飛んできたピーター・パンが着地した場所）にある、と私は何かで読んだことがあった。

　私はこの像の歴史についても読んだことがあった。銅像を作ろうという計画は一世紀ほど前の一九〇六年、J・M・バリーがマイケル・ルウェリン・デイヴィズという当時六歳の少年にピーター・パンの扮装をさせて何枚も写真を撮ったときに始まる。その後バリーはマイケルとその四人の兄弟を養子にしていたのだが、写真を撮った六年後、有名なイギリスの彫刻家サー・ジョージ・フランプトンにマイケルの写真をモデルにしたピーター・パンの像を作ってほしいと依頼した。結局フランプトンは別のふたりの少年をモデルに像を完成させたのだが、バリーはその後ずっと、像が全然マイケルに似ていない――「ピーターのいたずらっ子らしい雰囲気が出ていない」[1]――と気に病んでいた。

　バリーの心配にはおかまいなく、笛をかなでるピーター・パンの像は一九一二年五月一日の朝、ケンジントン公園に「魔法のように」姿を現したのだった。[2] バリーはその日、『タイムズ』紙に以下のような告知をのせた。

> 今朝サーペンタイン池［ロング・ウォーターの別名。「ヘビ」の意味］のアヒルにエサをやるためにケンジントン公園へ行く子どもたちはきっと驚くことだろう。彼らは池の南西側の小さな入り江に沿って進んだところに、私J・M・バリーからの五月祭の贈り物、妖精やネズミやリスに囲まれた切り株の上で笛を吹くピーター・パンの像を見つけることになる。決して大人にならない少年の銅像が、サー・ジョージ・フランプトンの手でここにめでたく完成した。

ケンジントン公園はそれほど広大な公園ではないとわかっていた私は、像を見るという期待の高まりを少しでも長く楽しむために公園内をゆっくり歩きまわりながら、フランプトンは暗い夜にどうやって像を設置したのだろう、バリーはその場にいたのだろうか、などと思いをめぐらせていた。そのうちに、案内図を手にして一心不乱に歩を進める観光客のいくつものグループが目につくようになった。くねくねした散歩道を進む彼らは、陽気に私を追いこすと道がカーブするところで見えなくなり、話し声だけが心地よいオーケストラの音楽のようにひとつになって聞こえていた。そして突然、私はそれを聞いた。大勢が、興奮した様子はほとんどなく、いっせいに不思議な静かさをたたえた小声をそろえて発した「ピーター・パン」という言葉を。像が目に入る前から、私は偉大な、途方もないものの前に出たことを感じた。不思議なことに、世界中のいろいろな場所から来た私たち全員が、ケンジントン公園のその場所では、妖精の存在を信じピーター・パンを愛する敬虔とも言うべき心でひとつに結ばれ、感動に震える巡礼者となっていたのだ。

ケンジントン公園のピーター・パン像を描いたニュージーランドの郵便切手。(イェール大学バイネッキ稀覯本図書館蔵)

感動に言葉も出ない観光客たちを見て、私はピーター・パンが世界中で愛されていることを改めて確信した。なんといっても、私たちはバリーの戯曲と小説『ピーター・パンとウェンディ』に出てくるピーターだけでなく、ウォルト・ディズニーのスタジオでアニメーション映画のキャラクターとして生みだされたピーターや、スティーヴン・スピルバーグの映画に登場する、大人になって企業買収を専門とする弁護士になったピーターにも出会ってきた。ピーナツ・バターの瓶のラベルでポーズをとるピーター・パンやボストンとニューヨークの間を走るバスの車体に描かれたピーター・パンもあった。[3] マイケル・ジャクソンがかつて住んでいたネバーランド・バレー牧場には、『ピーター・パン』に登場するピーターやフック船長などのキャラクターの、ちょっと気味の悪い等身大の像がある。マイケル・ジャクソンはマーティン・バシールによるインタビューで、自分はピーター・パンだった、自分の心は決して大人にならない、と語っている。

ピーター・パンは企業にいいように利用されてきたように見えるかもしれないが、彼に関する知的財産権は今もグレート・オーモンド・ストリート小児病院によって保護されている。J・M・バリーが遺言により戯曲『ピーター・パン』と小説『ピーター・パンとウェンディ』に関する諸権利を同病院に贈与しているのだ。(イギリス貴族院は一九八八年に「著作権、意匠及び特許権法」を修正して『ピーター・パン』関連の権利の有効期間を延長している)。もちろん、ピーターは彼の本を読んだり劇を見たりする人たちすべてのものでもある。そして私のケンジントン公園での体験からもわかるように、彼を知る人の数は非常に多い。

ピーターは陽気で気まぐれなので、私たち一人ひとりがもつ彼のイメージは一様ではない。そこで私は、私自身がこれまでピーター・パンとどう関わってきたか、さらに言えば私が作者J・M・バリーとどう関わってきたか、ということをここに記しておく必要があると思う。私とバリーとの出会いは彼の生地であるスコットランドのキリミュアでも、彼が学生生活を送ったエディンバラでも、有能な若きジャーナリストとして仕事を始めたロンドンでもなかった。私が彼と出会ったのは、第一次世界大戦への協力を得ようと彼が一九一四年に衝動的に訪れたことのあるアメリカなのだ。

コネティカット州ニューヘイヴンでJ・M・バリーに出会ったと言えば奇妙に聞こえるかもしれない。しかし実際に生きて呼吸している存在としての彼を発見したのは、まさにそこにあるバイネッキ稀覯本図書館の「J・M・バリー関連資料室」に保管されている膨大な文書や品物の中だった。資料の文書を「積みかさねれば六メートル近い高さになる」と私は聞かされていた。そこにある資料をぜひ見たいと切望していたものの、そこで私を待つかび臭いタイプ原稿や書簡やノートの山を思い浮かべて恐れをなしていたのも事実だ。しかし同時に、私はバリー自身が書いたものにせよほかの誰かがバリーについて書いたものにせよ、見つけたかぎりの活字になった資料はすべて読んでいたとはいえ、バイネッキの資料を調査しないかぎり、この『注釈版ピーター・パン』を完成させることはできないこともわかっていた。

バイネッキ図書館は研究者にとても寛大で、彼らが所蔵する資料を参照したいと申請した研究者は一か月間そこを利用することができる。この本を書くのに役立ちそうな資料があるという嬉しい知らせを受けとった私は、頭の中で六メートルを一〇月の日数で割り(バイネッキ図書館が閉館になる土曜と日曜は計算に入れないで)、だいたい一日に三〇センチずつ消化していく必要があると知った。全部に目を通そうとすれば、効率的にすばやく仕事を進めなければならない。それに加えてルウェリン・デイヴィズ家の関係資料として、両親の死後バリーの養子となった五人の少年たちが残した書簡、日記、思い出の品物などもあった。

イェール大学のバイネッキ稀覯本図書館は六階建ての長方形の建物で、書架にぎっしり並ぶ書籍を直射日光から保護し、なおかつある程度の明るさを確保するため、壁は半透明の大理石でできていた。一段低くなっている中庭には、時間(四角錐)、太陽(円形)、機会(立方体)を表す三つの彫刻が設置されている。初めて一階の閲覧室に入って中庭のその幾何学的な彫刻を見たとき、私はそれがバリーの資料に対する自分の不安と期待を表しているように思えてならなかった。一日に一〇時間がんばったとしても、ここにあるバリーの資料のすべてに目を通し、理解し、考えることなどできるものだろうか? 閲覧室には大きなガラス窓があったのだが、見えるのはちらちらと太陽の光がさすコンクリートの中庭だけで、私の心は暗く沈んでいた。だが運を天に任せるしかない。一次資料に身近に接することで、それまでに読んだ参考資料から得た知識や理解よりもっと深い成果が得られるかもしれないのだ。

作業を始めたばかりのころに開いた箱のひとつにはバリーのノートが何冊も入っていた。乱暴な走り書きの文字が書いてあったが、読みにくくて苦労した。さんざん考えてなんとか書いてあるほとんどの部分を解読しても、必ず肝心の単語がひとつ読めなくて、その部分全体の意味がわからない(あるいは少なくとも引用できるレベルではない)ことが多く、投げだしたくなった。最初にすべての単語の解読に成功した文は、すでに暗記しているものだった。それは「誰であれ私の伝記を書く者は呪いを受けろ」である。私は、彼のノートから抜き出した格言や意見を集めたファイルの名前として、この呪いの言葉を使わずにはいられなかった。

ノートの次はバリーの書簡の箱だった。驚いたことに、そのほとんどはバリーが使った封筒に入ったままだった。受けとった相手がその書簡の重要性を理解して保存しておいたことは明らかである。書簡の調査は比較的容易だった。バリーは自分の文字が読みにくいことを自覚し、友人知人にあてて書いたものは読みやすく書こうと努力したようだ。作業の二日目に、バリーが秘書のシンシア・アスキスにあてた、住所のない地味な封筒を見つけた。バリーが亡くなった一九三七年六月二四日の日付がある。中に入っていたのは「もう長くはない」と書かれた紙きれ一枚。このとき私は初めて、古い文書に記されたこの言葉——死を悟った人が力をふりしぼって書いたのであろうこの胸を引き裂くような言葉——によって、J・M・バリーが実際に生きていた人物だったことをひしひしと感じたのだった。これはおそらく、彼が最後に書いた文字だろう。文字は死んだもので魂は生きているもの、という区別にも一理はあるが、みずからの手で書かれた言葉にはその人の生き生きとした魂を召喚する強い力が秘められており、その魂は閲覧室の中に亡霊として生きているということを実感したのだった。

図書館ですごした日々で私は何度もそのような体験をした。新しい資料の箱に向かうときはいつも、期待感とともに畏敬の念がわいてきた。養子のひとりだったジョージ・ルウェリン・デイヴィズにあてたバリーの手紙をおさめた箱もあった。イートン校に通ってい

J.M.バリーとマイケル。
(イェール大学バイネッキ稀覯本図書館蔵)

たジョージはスポーツも学業も優秀で、演劇の才能もあった。第一次大戦中に志願兵として入隊した彼は、フランドル地方で流れ弾にあたり、二一歳で戦死してしまった。西部戦線にいたジョージに送った手紙は、何らかの方法でバリーのもとへ返されたようだった。それらの手紙に触れてはみたものの、私には開く勇気はなかった。バリーがジョージを深く愛していたことを思い出したからだけでなく、ジョージの実父アーサー・ルウェリン・デイヴィズがジョージについて記した手記を思い出したからでもあった。アーサーは顎《あご》の癌にかかって手術を受けたあと話すことができなくなり、筆談でしかコミュニケーションができなくなっていた。死の床にあったアーサーは、まだ少年だった五人の息子について――ともにすごした日々の少年たちの様子を思い浮かべながら――メモを残している。私が読みとることのできたかぎりでは、そこには次のような記述があった。「学校に行くマイケル。ポースグワラ［コーンウォール地方西部の小さな漁村］とシルヴィアの青いドレス。バーファム［南イングランドの村］の庭園。谷の向こうに見えたカービー［イングランド北西部、マージーサイド州の地名］の風景、バターミア湖［湖水地方の湖］、水浴びするジャック、からかいの言葉に答えるピーター、ニコラスが庭にいる……、ジョージはいつも……」[4]。私はさらに、子どもたちを残して逝かなければならない悲しみを書き残した母シルヴィアの手記にあった言葉「私は心からあの子たちを愛している」も読んでいた。こうした手記や手紙はとても神聖なものに思われ、読んではいけないような気がした。しかし同時に、J・M・バリーと「ピーター・パン」について今も残る謎を解きあかすには、見つかった資料はすべて読まなければならないという強い使命感を感じてもいた。

　研究者の例にもれず、私も研究の対象についてはできるだけ多くの資料を読み、対象と情緒的なつながりを築くことは普通にしている。だがそれにしても、バリーに関する資料に私が感じた思いの深さには、いまだに驚くばかりだ。初めのうちは、過剰な思い入れを避けようとずいぶん努力した。しかしスコットランドで釣りに興じる少年たちの写真を見たり、開いた封筒の中にマイケルの毛髪を見つけたり、シルヴィアの最期の言葉をバリーが書きとめたものを読んだり、ニコラスの学校の成績表を見たりして、感情の高まりを抑えることは不可能だった。閲覧室の防犯ビデオをチェックする多くのガードマンの誰かが、嬉しさのあまり恍惚となったかと思えば突然落ちこんで暗い顔を見せるちょっと頭のおかしい利用者がいる、と報告しているのではないかと心配したこともあった。

伝記作家というものは対象とする人物の生涯に関する謎を容赦なく追究するものであり、J・M・バリーとシルヴィア・ルウェリン・デイヴィズおよびその五人の子どもたちとの関係を明白にしようとするなら、資料は十分にある。アーサーとシルヴィアの三男ピーターは、自分の家族の過去を知り、彼ら五人の少年と両親とバリーの人生がどのように交差し、結びつき、絡みあっていたのかを解明するために一連の手紙や書類を集め、自分のコメントを添えたもの——彼はのちにこれを「モルグ（遺体安置所）」と呼ぶようになる——を作ろうとしたが、それは彼をほとんど狂気に追いこむほどの作業だった。彼はさらに、むかしの乳母にいくつもの質問をリストアップした手紙を送ったり、家族、友人、知人たちを問いつめたりして真相を究明しようとした。[5]

ピーター・デイヴィズがいちばん知りたかったのは、彼の母親と五人の少年たちに対するバリーの気持ちだった。シルヴィアに対する愛情はプラトニックなものだったのだろうか？　それとも彼の愛情は五人の少年に向けたもので、シルヴィアは彼らに近づくための手段にすぎなかったのだろうか？　あるいはバリーは、妻のメアリー・アンセルがほのめかしたように性的関係のもてない体質だったのだろうか？　ピーターの記録によると、バリーとシルヴィアはある夕食会で出会い、バリーはシルヴィアの美しさに「魅了され」、「配られたデザートの菓子をいくつかこっそり手さげ袋に隠す（それはピーターのためだった）様子を見て興味をもった」とある伝記作家は書いていたらしい。ある友人がピーターにあてた手紙によれば、バリーはある茶会でシルヴィアを見かけ「恋のとりこになった」ということだった。それでも、ふたりの気持ちが、アーサーの死後であっても親しい友人関係以上のものになったという証拠はまったくない。

ピーターは母シルヴィアへのバリーの愛情に父アーサーがどう反応したのか、あれこれと果てしなく思いめぐらせている。アーサーは「内心いらだっていた」のか？　父と母との関係は、驚くほど「愛情のゆたかな」小柄なスコットランド人が入りこんできたことで「張りつめた」ものになったのだろうか？　アーサーの「いらだち」は深いものだったのか？　アーサーはバリーに対して「恨み」を感じていたのか、それとも一家に対する彼の数々の親切に「感謝」していたのか？一方ではピーター自身も、常にバリーの富と名声に隠れて父の影が薄いことにいらだっていた。しかし、バリーの利他主義と他者に対する献身に心から感心しているようでもあった。「J・M・バリーがときどき自腹で援助していた困窮した作家とその家族のリストを作ってみるのも興味深いことだろう」とピーターは書いている。

ピーターの「モルグ」を読んだ私は、バリーは自分の秘密を墓場までもっていったのであり、それをあばこうとするのは無益なことだという結論に達した。ピアーズ・ダジョンが最近出版したバリーの伝記は、推測を証拠と取りちがえた実例だ。ダジョンはネバーランドの暗い面だけに注目し、五人の少年に近づく手段として、まるで邪悪な捕食動物のように彼らの母親シルヴィア・ルウェリン・デイヴィズにじわじわと接近し、その愛情をわがものにしたかのようにバリーを描いている。たくさんの資料に当たっている私に言わせれば、それは真実とはまったくかけ離れた話だ（ダジョンの本に関するいくつかの書評も私と同意見だった）。念のために言えば、バリーの寛容さの裏に何か隠された動機があったかもしれないと思ったことがないわけではない（バリーの作品と生涯について研究した数年の間に二回あった）。『ピーター・パン』の原型とも言われる『小さな白い鳥』を読めば、語り手が隣人の子どもである幼い少年デイヴィドと一泊する場面からなんとなく嫌な感じを受けるだろう。そしてシルヴィア・ルウェリン・デイヴィズが遺言に乳母のメアリー・ホジソンと「ジェニー」（乳母の姉妹）に少年たちを育ててほしいと書いたところを、バリーが自分の名前「ジミー」に書きかえたこともなんとなく変な感じを受ける。しかしバリーが後見人に指名されたのは本当のことであり、少年たちの日常生活の世話をジェニーとメアリーに託したのも事実ではあるのだ。ルウェリ

J.M.バリー、1905年。（イェール大学バイネッキ稀覯本図書館蔵）

ン・デイヴィズ家の他の親族たちも、五人の少年たちの面倒を見るような時間的金銭的な余裕がないという理由で、バリーが後見人となることを歓迎していた。

このようなことを考えているうちに、私は一九一〇年に書かれたバリーのノートの一節を思い出した。彼は、誰かが亡くなったとたんにその人の顔は「何も読みとれない、不可解なもの」になり、もう永久にその人の秘密を知ることはできない。「誰にでも、人に知られていない秘密がひとつある。良いことにせよ悪いことにせよ」と書いているのだ。もちろんバリーにも秘密がひとつあったのだろう、良いことか悪いことかは別としても。しかし彼の生涯のほとんどは明白にされている。彼の人生は愛と慈しみと寛容と想像力に満ち、そこにスコットランド人特有の気難しさと無口さ――これを認めたのは彼が最初だ――がかなりたくさん混じったものなのだ。若くして仕事を「恋人」にし（やがてはそれが救いになるのだが）、早い段階で文学は彼の楽しいゲームだと宣言した男、彼は大いに孤独を愛していた。それでも彼は現実世界における責任を引き受け、ルウェリン・デイヴィズ家の五人の少年を養子にしたときには、しばし楽しいゲームをひかえたのだ。

死後バリーは他のどの作家より多くの財産を残した。しかし彼は生涯をとおして慈善事業にも大いに力を注いでいる。第一次大戦中はフランスの子どもたちのための病院と収容施設を援助していた。また、さまざまな福祉事業のために戯曲や寸劇を書き、あるいは無料で彼の劇を上演することで軍隊関係の慈善事業にも協力した。戦争資金のための節約を奨励する文章を起草したこともあった。その生涯の大部分においてバリーは『ピーター・パン』の著作権使用料を個人資産に入れることはなく、ロンドンのグレート・オーモンド・ストリート小児病院の支援に当てていた。また死後の『ピーター・パン』からの収益のすべてでも同病院に遺贈している。同病院をはじめ世界中の子どものために彼が残したものはこれからもあり続けるだけでなく、ますます大きなものになっていくことだろう。

1　アンドリュー・バーキン『ロスト・ボーイズ――J・M・バリとピーター・パン誕生の物語』（鈴木重敏訳）

2　この像の型を使って作られた像は全部で七体あり、それぞれケンジントン公園、リヴァプールのセフトン公園、ブリュッセルのエグモント公園およびアメリカ、ニュージャージー州のラトガーズ大学カムデン校、カナダのニューファンドランド島セントジョンズのボウリング公園、トロントのグレン・グールド公園、西オーストラリア州パースのクイーンズ公園に設置されている。

3　ジャクリーン・ローズは『ピーター・パンの場合――児童文学などありえない？』で述べているように、イギリスではピーター・パンは商業化されて「玩具、クラッカー、ポスター、ゴルフ場、婦人団体、パディントンのセント・ジェームズ教会のステンドグラス、ハンブルグ―スカンジナヴィア間を航行する五〇〇〇トンのカーフェリー」にその名前を使われている。消費文化はつねに愛されている子どもの本からとった名前をつけてきた。しかしグレート・オーモンド・ストリート小児病院はディズニーのキャラクター商品の著作権料を受け取ったこともカーフェリー会社や婦人団体から収益を受けとったこともない。しかしたしかにバリーは生きている間に、ピーター・パン・クラッカーや子ども向けのピーター・パンの舞台セットの玩具の販売による利益を得ていたのである。

4　Llewelyn Davies Family Papers, GEN MSS 554 4/120.

5　以後の引用はすべてバイネッキ稀覯本図書館の『モルグ』（GEN MSS 554/Box 4）より。

『ピーター・パン』へのいざない

いつの時代にあっても「ピーター・パン」が私たちの心をつかんで離さないのはなぜだろう。子どものころに夢中になって以来ずっとその呪文がとけないのはどうしてだろう。J・M・バリーはかつて、ハックルベリー・フィンは「小説に出てきたもっとも偉大な少年」だとして、ピーター・パンの「聞かん気」の強いところは、おとなしい良い子になるくらいなら地獄に落ちるほうがましだと言いそうな少年ハックからインスピレーションを得たのかもしれないと語っている。『オズのエメラルドの都』でふるさとカンザスに帰るのが嫌になったドロシーと同じで、ハックとピーターも、彼らの冒険を好む心、詩を愛する心、素朴で賢明な無邪気さ、そして生きることに対する心の底からの喜びで私たちをとりこにしてしまった。彼らはみな、大人になって不思議を愛する心や新しい冒険を恐れない気持ちをなくしてしまうことを拒否している。

自由にすばやく動きまわったり空を飛んだりしたい、という子どもの願いを『ピーター・パン』ほど見事にとらえた文学作品はほかにない。ずっと子どものままでいたい、真面目に責任を果たす退屈な大人になるのは嫌だ、という気持ちをこれほど素直に表現したものは珍しい。ネバーランド以外のどこで、永久に冒険し続けることができるだろう？　もちろん、楽園にも厄介なことはある。しかしネバーランドの島で起こる厄介ごとを見る前に、『ピーター・パン』の舞台の幕があいたとき、あるいは『ピーター・パンとウェンディ』のページを開いたとき、いきなり私たちの胸を高鳴らせるものを見ておこう。

妖精の粉・永遠の若さ・遊び心
――ピーター・パンの魅力

まずは妖精の粉と飛行についての話だ。空高く舞いあがり、自由自在に動きまわることを夢見たことのない子どもがいるだろうか？　飛ぶことができれば、家という安全地帯から出て、突然すべてを上から見られるようになる（気分が変わる）。どんどん高く上っていって、どこまでも続くまっさおな空や一面のふわふわした白い雲の中をうっとりとしながら進むことができる。ギリシア神話のイカロスの話からもわかるように、飛行には危険がともなう。父親のダイダロスから太陽に近づきすぎてはいけないと言われていたのにその忠告に従わなかったイカロスは、鳥の羽根でつくった翼を固めていた蠟《ろう》がとけてまっさかさまに海へ落ちてしまった。それでも、毎日の生活の重荷から自由になって空へ舞いあがり、目もくらむような楽しい経験ができるチャンスを目の前にしてしりごみする子どもは、まずいないだろう。物語の中で、翼のある生き物にのるなどの方法で空を飛ぶことを断った子どもが、これまでにいただろうか？

ピーター・パンがダーリング家の子ども部屋に飛びこんでくる以前、空を飛ぶ子どもはあまり物語に登場していなかった。『アラビアン・ナイト』や一部の民話（ロシア民話の妖婆ババヤガと「イワンの馬鹿」の話や金髪のイリーナの話など）に空飛ぶじゅうたんが出てくる程度で、物語に出てくるたいていの子どもはまだ陸上か海上を旅していたのだ。例外は鳥好きの（アヒルの子、白鳥、スズメが出てくる童話がある）ハンス・クリスチャン・アンデルセンである。空を自由に飛びまわる沸きたつような喜びを理解していたアンデルセンは、童話『雪の女王』で少年カイを雪の女王のソリに乗せて空に舞いあがらせている。ピーター・パンが登場してからは、物語に登場する空を飛ぶ子どもの数が急に増えてきた。『ナルニア国物語』の子どもたちはアスラン（ライオン）の背に乗って、セルマ・ラーゲルレーヴの『ニルスのふしぎな旅』のニルスはガチョウに乗って、『オズの魔法使い』のドロシーは家ごと、『ハリー・ポッター』シリーズでは箒《ほうき》にまたがっ

『ピーター・パン』1905年〜1906年シーズン用のイラスト。フランク・ジレット。
(イェール大学バイネッキ稀覯本図書館蔵)

て、マデレイン・レングルの『すばやく傾く惑星［*A Swiftly Tilting Planet*］』では翼をもつユニコーンに乗って空を飛んでいる。こうした物語の中で空を飛んだ子どもたちは、E・B・ホワイトの『白鳥のトランペット』のルイスの言葉「飛ぶのがこんなに楽しいことだなんて知らなかった。すごいよ。たまらないよ。最高だ。とてもいい気分だね。めまいなんか、するもんか」[2]に賛成することだろう。

バリーが生きた時代は、人類がやっと空を飛べるようになった時だった。ウィルバーとオーヴィルのライト兄弟は一九〇〇年秋にノースカロライナ州キティホークで初のグライダーによる飛行を行い、一九〇一年にはすで一二〇メートルほどの飛行距離を達成していた。彼らはさらに改良をくわえて飛行距離を二倍にのばしたが、ヨーロッパの人々はそのニュースをすぐには信じなかった。ライト兄弟自身からの報告も実際に飛行を見た目撃者からの報告も、ヨーロッパ側の新聞社は信じなかった。「とんだほら話だ。そんなに簡単に飛べるわけがない。『飛びました』と言うだけなら簡単なことだが」[3]。飛行機というものが想像かSF小説の世界にしか存在しなかったその当時、飛行能力をもつということはなおさら胸をときめかせることだったのだ。

子どもにとって空を飛べるようにしてくれる妖精の粉は何より重要な要素だったが、ピーター・パンが体現する永遠の子ども時代という幻想は、それにも増して大きな意味をもっていた。オウィディウスの『変身物語』に出てくる「プエル・アエテルヌス（永遠の少年）」はイアクスという名の子どもの神でディオニュソス（酒と酩酊の神）あるいはエロス（愛と美の神）と同一視されることも多い。少年のまま死に、再び少年として生まれるイアクスは、永遠に年をとらない神である。スイスの精神医学者カール・グスタフ・ユングはこの「プエル・アエテルヌス（永遠の少年）」を「セネクス（老人）」の元型と一対になるものと考えている。『ピーター・パン』では、ピーター・パンに対する暗い影としてフック船長がいるのだ。「プエル・アエテルヌス（永遠の少年）」と一対である「セネクス（老人）」の役割である。『ピーター・パン』は、読者を永遠の子ども時代という甘い幻想に浸らせながら、ふたつの死——子ども時代の終わりという第一の死と、命がつきる第二の死——の存在をほのめかすという、微妙なバランスの上にある物語なのだ。この物語は永遠の子ども時代という夢を体現するひとりの少年を登場させることによって、非常にたくみに、人間はいつか必ず死ぬということを読者に直感させるのだ。

それにしても、永遠の子ども時代というものはどうしてこうも魅力的に見えるのだろう。明らかにピーター・パンの物語からインスピレーションを得たと思われるナタリー・バビットの『時をさまようタック』を読むと、タック一家にとって不老不死は呪いのように思われてくる。「もう一度年をとりたいよ……変化したい。そこが死の世界であっても、わしは変化してそこへ行きたい」[4]。J・M・バリーなら、この問題に別の答を出すだろう。そしてゲームや遊びや冒険が永遠に続く、愉快な生活の魅力を語るのだ。

一九世紀は、『宝島』、『珊瑚島』、『誘拐されて[*Kidnapped*]』、『不思議の国のアリス』、『ピノッキオの冒険』、『トム・ソーヤーの冒険』など子どものための冒険物語が数多く生まれた時代である。こうした作品はシリーズ化され次々とエピソードをかさねることで、危険や争いのあと安全な場所へ帰還する、という喜びを繰り返し提供する。ネバーランドでも、同じサイクルが無限に繰り返され、インディアン、海賊、動物、迷い子たちのあいだでは絶えず争いが起こる。ネバーランドも「不思議の国」も超自然的な場所だが、同時にひとつの社会である。外の世界の争いを鏡のように映すこともあれば、心の動きを厚いレンズ越しに見るように少しゆがんで見せることもある。

しかしそれまでの子ども向け冒険小説とバリーの物語との大きな違いは、回り灯籠のように切れ目なく続く冒険の演劇的な効果である。例えば、それぞれのグループが争いを一時的にやめ、儀式ばった行列のように島をぐるぐる行進するシーン。「迷い子たちは外にピーターを探しに出かけていました。海賊は迷い子たちを探しに出かけていました。インディアンは海賊を探しに出かけていました。そして動物たちはインディアンを探しに出かけていました。みんなが島の中をぐるぐるまわっていましたが、みんなが同じスピードでまわっていたので、誰にも会いませんでした」。踊ったり口笛を吹いたりしながら島をまわる少年たちは「陽気で小粋な」「勇敢な少年団」を形成している。「この六人が一列になって短剣のつかに手をかけながらそっと進んでいくところを、わたしたちはここのサトウキビのあいだにからだをふせてじっと見ているつもりになりましょう」と物語の語り手は言い、次々に目の前を通りすぎる登場人物を列挙していく。小説『ピーター・パンとウェンディ』には、劇の一場面のようなこうした箇所がたくさんあり、仮装、物まね、変装、曲芸、寸劇、仮面などがつくりだす楽しい雰囲気を伝えている。演劇も小説も、バリーにとっては楽しい遊びだったのだ。

　島をまわる儀式めかした行列に加わっている少年、海賊、インディアン、動物たちはみな、オランダの文化史家ヨハン・ホイジンガが有名な著作で語った遊びの真髄、すなわち「一般に人は日常のありふれた自分とは何か違ったものを空想する。ありきたりの姿より何かもっと美しいもの、もっと崇高なもの、あるいはもっと危険なものを頭の中に思い浮かべる」[5]ことに参加しているのだ。「頭の中に思い浮かべる」つまり想像力を働かせることによって、秘密の聖なる場所ネバーランドの住人たちは新しい自分を作りだすのである。そこは遊びが何よりも大切な場所。日常の現実を離れた彼らにはそれなりの自由があるが、私たちが遊びと呼ぶゲームや行為にともなう精神的な緊張とルールを逃れることはできない。現実世界で大人がおこなう文化的活動の枠をこえたその種の遊びには、整然とした形式と様式美を生みだす力がある。遊びを描写するとき、私たちはその動きの美しさを表現するために、身のこなし、調和、集中力、バランス、緊張感、対比、不屈の決意など、様式美につながる言葉をしばしば使う。遊んでいる人間は誰もがゲームの呪文にかかっており、多くの場合、その様子が見る者を魅了するのだ。

　ネバーランドは想像力を働かせるための劇場であり、そこに住む迷い子たちに永遠に続く冒険と「数えきれない歓喜の瞬間」のチャンスを与える場所だ。そこは想像力と美の世界ではあるが、初めて見る者にとっては美的秩序というよりむしろひどく混乱した場所に見える。ダーリング家の子どもたちにとってのネバーランドはこのように描写されている。

なにしろネバーランドはいつも、だいたい島のようなものなのです。あちらこちらに驚くような色の絵の具がぬってあり、サンゴ礁があって、沖にはいかにもスピードが出そうな船が見え、野蛮人がいて、さびしい穴ぐらの家があり、小人がいます。小人はだいたい仕立て屋です。中に川が流れている洞窟があって、兄さんが六人ある王子さまがいて、今にもこわれそうな小屋があり、とてもからだの小さい鉤鼻のおばあさんがいます。

こうして数え上げられたものによって、私たちは現実ばなれした不思議なものがごちゃごちゃと入りまじり、きらきら輝いているさまを思い浮かべる。この一節に続いて、日常生活のあれこれが手当たり次第に並んでいる。それによって私たちは、ネバーランドはユートピアでも地上の楽園でもなく、恐怖に満ちた地獄のような場所でもないことを知るのだ。そこは遠く離れた場所でありながらも、現実世界と同じように善悪が入りまじり、新しい秩序ができる過程にある世界なのである。

これで終わりなら、簡単な地図と言えるかもしれません。でもそこには学校へ初めて行く日があって、神様の話があって、お父さんがいて、丸い池〔ケンジントン公園にはラウンド・ポンド（丸い池）という池がある〕があって、針仕事があって殺人があって、縛り首があって、間接目的語をとる動詞があって、チョコレート・プディングを食べる日があって、ズボンつりをつけたり、九九を言ったり、自分で乳歯を抜いて三ペンスもらったり、ごちゃごちゃしたことがたくさんあるのです。その上、これは島のようすのほんの一部かもしれないし、まだほかの地図があるかもしれません。何もかもめちゃくちゃなのです。とにかく、じっとしているものが何もないのですから。

ネバーランドは輝かしい多様性をもつもの――秩序をもたらすために大人が躍起になってすること（例えば、ダーリング夫人が毎晩三人の子どもの頭の中を「きちんと整理すること」）から解放されたもの――として提示されている。ネバーランドは私たちに、とんでもない混乱に見えるものがじつは真の想像力が生みだすものだと教え、それはより高度の秩序だと教えている。そこでは、すべてが詩という魔法の杖の力で何か新しい別のものに変わる。それは「現実」の法則や、利用価値や利益のことはしばらく忘れることによって、遊びの魅力ばかりでなく、本当の美しさによる象徴的な秩序を私たちに見せているのだ。

過酷なしつけ文化は一八世紀に姿を消し、子どもは遊びを楽しめるようになった、と歴史家たちは力強く断定している。一八世紀には子ども向けに作られた本やゲームやおもちゃが売り出され、子どもを必要以上にきびしく育てるのでなく、時には許したり愛情を表現したりするほうがいいという考え方に変わっていた、と見られてきた。しかし一九世紀から二〇世紀初頭にかけて、すなわちヴィクトリア女王とエドワード七世治世下のイングランドでは、子どもは経済的に搾取されていたことでも知られている。子どもはからだが小さく身軽なことから炭坑や工場へ送られたが、特に目立ったのは煙突掃除のこぞうとして働かされているときだった。チャールズ・ディケンズが一〇歳で学校をやめ、ウォレン靴墨工場で製品の瓶にラベルをはる仕事をしていたのは有名な話だ。

そういった子どもたちは小さいころから労働者となり、きびしい環境の中で一日一〇時間以上働くことも多かった。乞食や浮浪児として、あるいは売春を目的にロンドンをぶらつく子どもさえあった。一方で、たしかにヴィクトリア時代は産業革命と都市の貧困化の時代ではあったものの、児童教育への関心が高まりはじめた時代でもあった。学校へかよう子どもの数が急激に増え、子どものための人的社会的投資も強化されていた。それまでは人生でいちばんつらい時代だった子ども時代は、法的な保護によってしだいに改善されつつあった。バリーがキリミュアで労働者の息子として成長していた一八六〇年代は、特にそんな時代だったのだ。

幸運にもバリーの父親は子どもの教育に熱心だったので、つらい日常生活を送ることなくレベルの高い教育を受けることができた。彼は産業化社会が失ってしまった田園風景を惜しみ、それが少年時代の彼の目の前からどのように姿を消してしまったか、きびしい語調で書いている。それでもやはり、バリーや同年代の人々にとって子ども時代は、失われてしまった世界の喜びの数々を保存しておく聖なる場所なのだ。子ども——『ピーター・パンとウェンディ』の終わりの部分では「陽気で無邪気で薄情もの」と書かれている子ども——は、美しさ、純粋さ、楽しさの最後の砦になる。ワーズワースが「輝きの雲の裳裾《もすそ》をたなびかせ」と書いたように、子ども時代は私たちすべてが救いを得られる場所なのだ。

ピーター・パン——どっちつかずの存在

ピーター・パンは大人と子どもが出会うための場所を作りだす。事実、演劇の『ピーター・パン』も小説の『ピーター・パンとウェンディ』も、大人の文学と子どもの文学とのあいだに長いあいだあった壁の破壊を進めるものだった。その点ではすでに『不思議の国のアリス』が、その謎めいた登場人物、引喩や当てこすりの多さ、言葉あそび、ウィットの輝きによって一歩先を行き、読書の楽しみによって大人と子どもを一体にしていた。それ以前の子どもの本は子どもを教え諭《さと》すために書かれており、大人の読者を引きつけるものではなかった。ジョン・ニューベリーの『小さなかわいいポケットブック［*A Little Pretty Pocket-Book*］』（一七四四年）は「楽しさ」と「遊び」の要素の大切さを認めて書かれた初の児童文学とされるが、これも大人の読者は想定していなかった。またジェイムズ・ジェインウェイが書いた悲しい物語『子どもへの贈りもの』（一六七一年）——この本は何十年ものあいだ児童書市場の人気を独占していた——を自分の子どもと一緒に読んだ両親もいただろうが、死の床で子どもが神に許しを請う不自然で大げさな言葉づかいはすぐに古びたものとなり、気のめいるようなその本を繰り返し読む人がいたとは考えにくい。

一九世紀にさかんに書かれるようになったおとぎ話や冒険物語によって、子どもの本は教化するためのものから楽しむためのものへと方向をかえ、このふたつが『ピーター・パン』の魔術的な魅力をもつ語り口に影響を与えたといえる。おとぎ話も冒険物語も、風変りな場所、魔術的な、ここでないどこかへ読者をいざなう。それまでは教えと諭《さと》しの場だった物語は、何が起こるかわからない、わくわくするような場所に変わったのだ。『ピーター・パンとウェンディ』の壮大なエネルギーを定義するのは難しいが、それは、想像力に満ちた遊びが私たちの美意識、認知力、感情に何かを与えると信じさせてくれる本の力と関係があるように思われる。わくわくすることが大好きな子どもは、物語の中に遊びの要素があれば嬉しいし、自分の力で生きるとはどういうことか考えてみるのが楽しいのだ。ネバーランドでは、子ども部屋から紛争と欲望と悲哀と恐怖のうずまく見知らぬ世界に連れだされてきた子どもたちが、いろいろな出来事を訳もわからないままなんとか切りぬけていく。大人はその島に降りたつことはできないかもしれないが、子どもに戻ったつもりになって、不思議なことに目を丸くするという失いかけていた感性を思い出すチャンスはある。

バリーが権威ある大人としてふるまうことを拒絶したこと（その証拠に、自分が作品を書いたというかわりに、どこかの子どもか乳母が書いたようにみせかけている）は、逆説的にいえば、大人が子どものために物語を書くという伝統にさからい、子どもの心をもった人物が書いたような物語を書こうとかたく決意していたことを意味する。ジャクリーン・ローズは『ピーター・パン』に関する有名な著作で、児童文学の「不可能性」を宣言し、子どもの「ための」小説は「まず（小説を書き、本を作り、子どもに与える）大人がいて、それから（読者、作品としての児童文学、受け手としての）子どもがくる」[6]と主張する。そして、おもにバリーの『ピーター・パンとウェンディ』にもとづいて考察をすすめたローズは、児童文学の著者は、物語の外にいる子どもを引きつけ、だまし、誘惑するために物語の中の子どもを利用していると結論する。彼女は特に『ピーター・パンとウェンディ』の語り手は故意に自分が大人なのか子どもなのかをあいまいにしているとして、著者バリーをきびしく批判している。「語り手は乳母だったり作家自身だったり、子どもだったりと自在にその正体を変え、物語に出たり入ったりしている」[7]。しかし、大人であり著者であるという立場をあいまいにすることで、バリーはあえて大人と子どもがはっきり区別できないようにしたのだ。

　もちろんローズの主張はある程度は真実をついている。バリーがケンジントン公園でセントバーナードの愛犬ポーソスとともに子どもたちを楽しませていたことを知れば、彼の小説は「子どもの気を引き、追いかけ、誘惑すらしようとするためのもの」[8]ではないかというかすかな疑惑をいだかずにはいられない。それでもバリーは、幼い子どもへの執着――子どもと一緒に遊びや気ばらしに夢中になること――があったおかげで、大人の感性に訴えつつも真に子どもの「ため」に書かれた初めての作品を書くことができた、これもまた事実である。そればかりか、大人と子どもが、楽しみかたは違うとしてもとにかく、ともに物語の楽しさを経験できる場所があることを教え、かつては「あり得なかった」もの（ローズに言わせれば、児童文学にかかわるのは大人だけだ）を、多くの可能性をもつ分野へと変えたのだ。時代遅れかもしれないがバリーの時代としては最先端でもあった方法で、彼以前の作家のほとんど誰もが成しえなかった方法で、彼は大人と子どもの区別を大胆かつ楽しげにとりはらい、ともに読書の楽しみを味わえるようにしたのである。

　バリーの時代に子どもが楽しむための本としてどんなものがあったのか、正確なところはわかっていないが、『アラビアン・ナイト』（バリーはこの「ナイト」が「騎士」ではなくただの「夜」のことだと知って落胆したらしい）からメアリー・マーサ・シャーウッドの『フェアチャイルド家の物語［*The History of the Fairchild Family*］』までのさまざまな本との出会いについて、いろいろな人物が自伝にくわしく記している。子どものころドイツの絵本、ハインリッヒ・ホフマンの『もじゃもじゃペーター』（この中には火遊びをして焼け死ぬ女の子の話もある）の翻訳のひとつを読んだ人もあれば、『靴ふたつさん［*Goody Two-Shoes*］』（いつも「良識」と「良心」をもって生きる少女が主人公）のような本で敬虔で誠実な生き方をたたえる退屈な話に出会ったり、バランタインの『珊瑚島』に夢中になったり（バリーも気に入っていた）した人もいた。いずれにせよ、ヴィクトリア時代が終わろうとしていたそのころ、大人が子どもに本を読んできかせたり、子どものための本を書いたりすることにかつてないほど関心が高まっていたことは間違いない。ロバート・ルイス・スティーヴンソンは妻の連れ子だったロイド・オズボーン少年と一緒に島の地図を書いて遊んでいたときに『宝島』のアイディアを思いついた。ケネス・グレアムは『楽しい川べ』の一部を、息子アラステアへの手紙の形で書いている。少しあとになると、A・A・ミルンが『クマのプーさん』を書いて息子クリストファー・ロビンの名を不朽のものにする。

当時は義務教育制度が普及し、庶民のあいだでも読み書きの能力が重視されるようになっていたので、ついに子どもをもつ親たちも作家たちも、どうしたら子どもを読書好きにできるか知恵をしぼるようになったのだ。子ども時代に愛着があり子どもを大いにかわいがる作家ほど、子どもたちがじっと座って耳をかたむけたり、熱心に読みふけったりするような内容の作品を書くことができたのは言うまでもない。

子どもと一緒に物語を作ることで話を面白くする方法を身につけたルイス・キャロルのように、バリーもただ机の前に座って冒険物語を書いていたわけではなかった。彼は幼い少年たち——特にのちに養子にする五人の少年たち——と一緒にクリケットや釣りをしたり、海賊ごっこをしたり、それに（何よりこれが重要なのだが）物語を作ったりして時をすごした。『小さな白い鳥』の中に、語り手が少年デイヴィドと物語を共作する描写がある。

この辺で、私達がどのようにして話を作り上げていくか、それを言っておく方がいいだろう。まず最初に私の方からデイヴィドに、何か一つの話を聞かせる。すると今度はデイヴィドが、今聞いた話を私に聞かせる。ただ、二度目のその話は、最初に私が話したのとは全く別の、デイヴィドの作った話だということにしておく。次に私が、また同じ話を、デイヴィドの話に出てきたことを付け加えて話す。それをまたデイヴィドが自分の話として話す。こうして進めていって、最後には、デイヴィドと私のどちらが作ったのかわからない話が出来上がる。例えばここに書いているピーター・パンの話にしても、その大筋と話に含まれている道徳的な考え方は私のものだ——それもすっかり全部とは言えないが。なにぶんこのデイヴィドという少年は、どうかすると厳しい道徳家になるのだから。ところが、赤ん坊がまだ人間になる前の、小鳥時代の仕草や習慣に関する面白い話は、ほとんどデイヴィドが一生懸命に思い出したものだ——両手をこめかみにぎゅっと押し付けて。[9]

しかしあるインタビューでは、バリーは『ピーター・パン』を書いたときの工夫について、自分の役割は少年たちができるだけ物語を絶対の真実として受け入れるよう語ることだったと、少し違うことを言っている。

> 不思議だ……本物のピーター・パン——私は彼をそう呼んでいた——が今、戦争にいっているとは。彼は私が聞かせた物語に飽きてしまい、彼の弟たちが興味をもつようになった。このふたりの弟たちに物語を聞かせるのは楽しかった。私が「それから、きみたちが来て海賊を殺した」と言えば、彼らはそれをすべて本当のことだと信じたものだ。『ピーター・パン』はこうして書かれた。それは私が彼らに話したほんのちょっとした物語からできているのだ。[10]

それなら、物語を共作したという幻想は作り話ということになる。しかしバリーは他のどんな児童文学作家よりも大人と子どもの区別をなくそうとした作家であり、作者と読者との上下関係（ジャクリーン・ローズが児童文学を困難にしている元凶と考えた送り手と受け手のあいだの上下関係）を破壊しようとした作家だ。彼は洗練されていると同時に愉快な物語、大人に

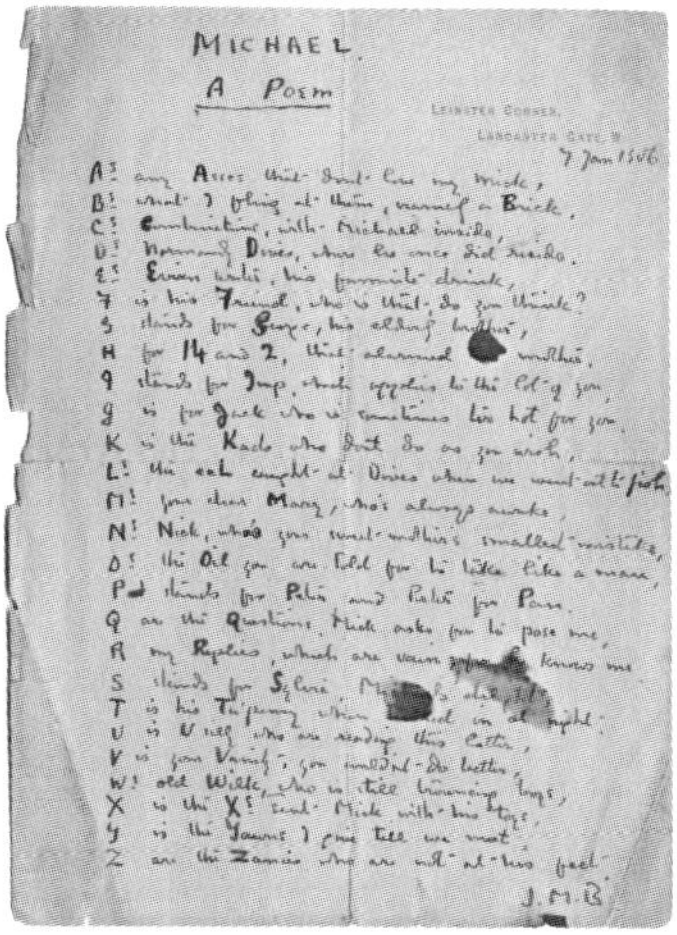

J.M.バリーが1906年にマイケル・ルウェリン・デイヴィズのために書いた、各行の頭がアルファベットA～Zで始まる詩。（イェール大学バイネッキ稀覯本図書館蔵）

も子どもにも愛される物語を目ざしていた。大人と子どものあいだの深い谷に橋をかける啓発的な作品がやっとのことでここに実現したのだ。『不思議の国のアリス』と同様に『ピーター・パンとウェンディ』も、長いあいだふたつの分野に引き裂かれていた読者をひとつにし、同じ読書体験ができるようにしたのである。

「もし信じるなら、みんな手をたたいて。ティンクを死なせないで」とピーターは叫ぶ。一刻の猶予もならないときに疑って動かない読者に向かって、ピーター・パンは大人も子どもも区別なく妖精を(そして物語を)信じろとせきたてるだけでなく、手をたたくことで直感的に、頭ではなくからだで感じて物語の世界に入らせようとする。初めてのネバーランド訪問であれ、二回目三回目であれ、私たちはティンカーベルのために手をたたき、やがて、島の空気を感じたと書いた文字を読みながら本当に島の空気を呼吸し始める。

一九三八年、ウォルト・ディズニー・スタジオのストーリー部助手をしていたドロシー・アン・ブランクは、『ピーター・パン』映画化のためにレポートを書けと命じられて原作を読みかえし、それが思っていたほど明白でも単純でもない物語だと知った。「私は単純でわかりやすい筋を書こうと考えていましたが、実際にはあっちへ行ったりこっちへ飛んだりでどうにもとらえどころがないのです」と彼女は嘆いた。『ケンジントン公園のピーター・パン』の内容を要約するのは、彼女にとって本当に難題だった。『ピーター・パンとウェンディ』にしても、その筋を理解するのはじつに難しく、彼女をいらだたせた。「すばらしい物語ではありますが、バリー氏はそれをさんざん散らかし、こんがらからせているのです[11]」

なぜこんなに訳がわからないのだろう。この目がまわるような瞬間を作りだすのは、ネバーランドの恐ろしさと魔法だけではない。物語の語り手は――よく読者に直接話しかけて(例えば「お母さんにきいてみれば」とか)――親しげな感じを出そうとしているが、ときどきふらりと出てくる彼は決して自分の正体をあかさない。大人の語り手の顔と無邪気な子どもの顔をらくらくと、すばやく使いわけている。ときにはもう大人になっているかのように(「私たちもその砂浜に行ったことがあります。今もそこにうちよせる波の音を聞くことはできますが、もう行くことはできないでしょう」）思わせ、ときには子どものように思わせる（「この中のどの冒険を選べばいいでしょう？　コインを投げて決めるのがいちばんいいかもしれません」）。

　バリーの語り手は見識のある大人の話しかたをするが、客観的な第三者の語り手ならめったにしないような、陽気で気まぐれで仲間うちのような話しかたをすることもある。なんでも知っているわけでもなく、「今まで不思議だったことがやっとわかりました」と言うこともある。まるで読者と同時に同じ経験をしながら書いているかのようだ。また、彼はどこかで「ピーターがいちばん好きな人もあり、ウェンディがいちばん好きな人もありますが、わたしはこの人［ダーリング夫人］がいちばん好きです」と発言しているが、あとになるとその大好きな人物を大嫌いだと公言する。彼が書いている物語の登場人物と同じくらい気まぐれな人間を、私たちはいったいどう理解すればいいのだろう。この語り手がどれほど強く、大人にならない少年になりたいと思っているかを、私たちに気づかせようという策略があるのだろうか。J・M・バリーはいろいろな意味で、つねに境界線上を行き来し続けていた——実生活と小説の語り手としての彼のあいだを行ったり来たり、どっちつかずの存在だった。

J.M.バリーとマイケル・ルウェリン・デイヴィズ。1912年頃。（イェール大学バイネッキ稀覯本図書館蔵）

ピーター・パンの神話

　大人にならない少年ピーター・パンとともに、J・M・バリーは彼の人生と作品の両方を偉大でミステリアスなものに向けて進めていった。彼は自分が生きている時代と場所——二〇世紀に入ったばかりのロンドンを舞台に新しい神話を作りだした。しかしその神話は別の世界、架空の島ネバーランドが舞台でもあった。

J.M.バリー。（イェール大学バイネッキ稀覯本図書館蔵）

バリーは小説を書くにあたり文学の先人たちから多くを借用している。そのため彼の作品は完全なオリジナルというよりは寄せあつめ、自分の体験だけでなく西洋の文化がたくわえてきた基本的な物語からさまざまな、ときには矛盾する断片を集めたものになっている。『ライラの冒険』三部作の作者フィリップ・プルマンは、自分のダイモン（守護精霊）にするならどんな動物を選ぶかと質問されたことがある（彼の物語世界ではすべての人間が何らかの動物の形をした守護精霊をもっている）。彼は「カササギかコクマルガラス……光るものを盗む鳥類のどれかがいいです」[12]と答えた。バリーにはそのような鳥と同じことをする才能があった。文化人類学者がブリコラージュと呼ぶ、必要があれば手近にあるものを使って新しい神話を作り上げる才能である。

幼いピーター・ルウェリン・デイヴィズ少年ほど手近にあるものはなかっただろう。アーサーとシルヴィアのルウェリン・デイヴィズ夫妻が残した五人兄弟の三男であるピーターの存在がピーター・パンを生んだと想像することは、それほど無理なこじつけではない。ルウェリン・デイヴィズ家の五人兄弟（上から順に一八九三年、一八九四年、一八九七年、一九〇〇年、一九〇三年生まれ）は、父アーサーが一九〇七年、母シルヴィアが一九一〇年に癌で亡くなったあと、バリーの養子になっている。ということは、この野心を秘めた劇作家が、母親のもとから逃げてケンジントン公園で暮らす幼い少年の物語をピーターより年長のジョージとジャックに話しはじめたころ、ピーターはまだほんの赤ん坊だったわけである。バリーは、妖精の世界に連れていかれた人間の少年が出てくる「妖精の劇」を書くためのメモを書きとめていた。「主人公は現代の貧しい少年で平凡な服装をしている――みじめで……以下省略。第一幕――普段の服装のまま妖精の国へ連れていかれる。それは妖精の国の住人の服装とまるで違っていて奇妙なコントラストを見せる――ハンス・クリスチャン・アンデルセン風に」[13]。なかば赤ん坊でなかば鳥（バリーの物語では子どもはすべてまず鳥のかたちで生まれる）であるピーター・デイヴィズはピーター・パンという名の少年に姿を変え、空を飛べる力によって子ども部屋から逃げだし、ケンジントン公園で鳥や妖精たちと楽しく暮らすのだ。

しかし、ピーター・パンは明らかにピーター・ルウェリン・デイヴィズやケンジントン公園の少年たちをはるかに超える存在である。その名前には、キリスト教的なものと異教的なものが奇妙に混在している。聖書に出てくるシモン・ペテロはもっとも熱心なキリストの使徒だが、彼の物語は『ピーター・パン』の物語に見られる信仰と理性のせめぎあいを思い起こさせる。

ルウェリン・デイヴィズ家の息子たち。ピーター、ジョージ、ジャック。
（イェール大学バイネッキ稀覯本図書館蔵）

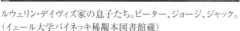

イエスはシモンにペテロ（岩）の名をあたえ、岩の上に教会を建てるという。「あなたはペテロ。わたしはこの岩の上にわたしの教会を建てる。陰府《よみ》の力もこれに対抗できない。わたしはあなたに天の国の鍵を授ける」［マタイによる福音書第一六章］。しかしイエスとの関係を問われて「鶏が鳴く前に」三度、彼を知らないと言い、信仰の強固さと信仰の不足をともに表すことになったのもこのペテロだった。ネバーランドに強い忠誠心をもつ一方で、気まぐれで変わりやすい性格をもつ少年の名前として、ペテロ、つまりピーターほどふさわしいものはないとバリーは考えたのだろう。

ピーターの名前がバリーのピーター・パンの基礎になったとしても、その名前からくる聖書への連想は、異教的な名前パンをくわえたことで難なく弱められた。ピーター・パンという名はギリシア神話のパン、ヘルメス、ディオニュソスから、イカロス、ナルキッソス、アドニスにいたるまでのさまざまな神々と関係があるのだ。ギリシア神話の牧神パン——この名前は「すべて」をあらわすギリシア語からきている——と同じように、ピーター・パンも田園生活の喜びと結びついた、自然の中に生きる存在である。ヤギの角と耳と脚をもつ半人半獣の姿をしたこの神は、慈悲ぶかさと残酷さを合わせもち、喜びを与えることも恐怖を与えることもある。パンが、翼のついた黄金のサンダルをはき機敏な動きをするトリックスターで泥棒でもあるヘルメスの息子とされているのも納得できる話だ。さらに彼が与える「無限の恍惚」と彼が与える恐怖によって、パンは酒神ディオニュソスの一族にも連なる。パンは児童文学の黄金期にはギリシア神話を抜けだして復活し、ラドヤード・キプリングの『プークが丘の妖精パック』、ロバート・ルイス・スティーヴンソンの『パンの笛［Pan's Pipes］』、ケネス・グレアムの『楽

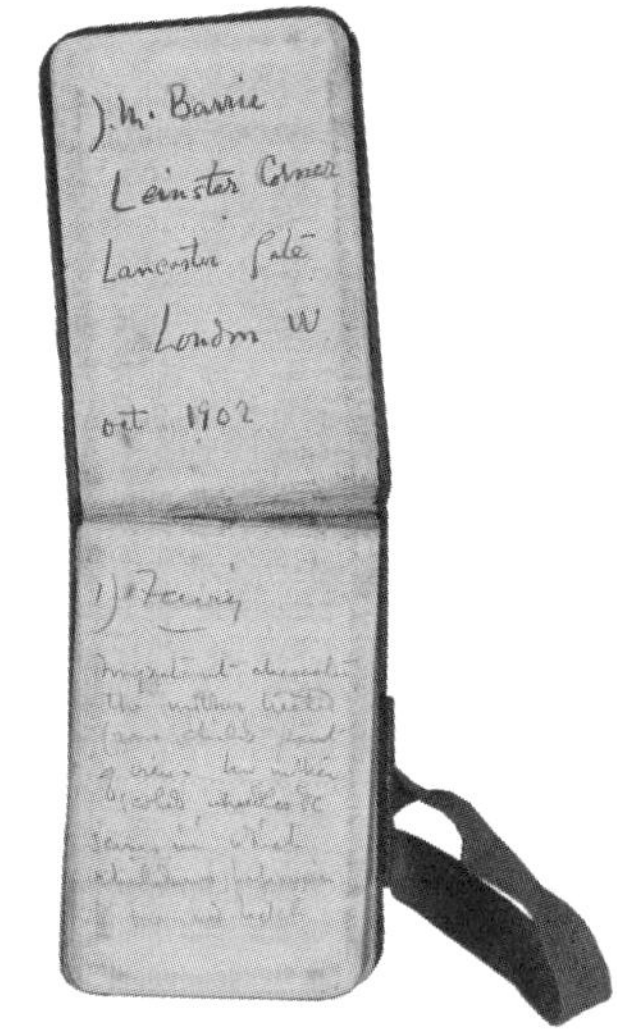

バリーが作品のアイディアから知人の住所まで何でも書きとめていた多くの手帳のうちの一冊。このページには、始めは「妖精」とだけ題していた『ピーター・パン』のごく初期のアイディアが書いてある。（イェール大学バイネッキ稀覯本図書館蔵）

しい川べ』などに登場している。いずれにせよ、大人にならない少年ピーター・パンには牧神パンの異教的エネルギーも与えられていたのだ。[14]

バリーはしかし、複雑に絡みあったピーター・パンの神話的な性格については、次第に触れなくなる。初期の舞台のピーター・パンは葦笛を口にくわえ、ヤギの背に乗って登場していた。こうした「ときに好色で挑発的で、子どもの姿をした牧神とは全然違う要素」をこれ見よがしに表現する演出は姿を消し、小説に描かれることもなかった。[15]

バリーのピーター・パンはケネス・グレアムの『楽しい川べ』で「あかつきの門」に不思議な笛を吹きながら現れる偉大な神パンとはまったく似ていない。いたずら好きでとらえどころのないところが魅力的な彼には熱烈な信奉者がいる。しかし彼らがピーター・パンにいだく気持ちは、行方不明になったカワウソ一家のポートリ坊やを探すためにボートで川へこぎだした『楽しい川べ』のモグラとネズミが、偉大なパン神の「荘厳な呼びかけ」に招かれたときに感じた畏敬の念とはかけ離れたものである。

海賊フックがピーターにおまえは何ものかとたずねたとき、ピーターは「ぼくは若さだ。ぼくは喜びだ……ぼくは卵のからを破って出てきたばかりの小さな鳥だ」と答えた。活動的で少しもじっとしていないピーター・パンは本当に何にでもなる――誰にとっても。それでいて彼は、劇の演出にあるように、ほかの誰にも「影響されない」。一言で言えば彼は独立独歩であり、何かとつながりをもつことを嫌うあまり、語り手が「薄情な」と表現する、すべての子どもに共通する特徴の見本のような存在になっているのだ。彼はパン神であるだけでなく、アドニスであり、ナルキッソスなのだ。神話の中の彼らはみな美しく、成長し円熟すること、そして人との情緒的なつながりをもつことを拒否していた。忘れてならないのは、ピーター・パンは永遠に年をとらないというまさにそのことゆえに、彼以外はすべて成長し、いつか死をむかえるという残酷な事実を私たちに思い出させることである。

ピーター・パンの扮装をしたマイケル・ルウェリン・デイヴィズ。(イェール大学バイネッキ稀覯本図書館蔵)

命がけの戦いと子どもの遊び

これまでほとんどの批評家は、ピーター・パンとフック船長の戦いを、フロイトの用語を使ってエディプス・コンプレックスによる争いとみなす誘惑に抵抗できなかった。舞台ではフック(邪悪な父親)とダーリング氏(善人の父親)を同じ俳優が演じることが一般的だったのがいちばんの理由だろう。多くの批評家は、子どもたちはネバーランドに行って象徴としての彼らの父親に会い、ピーター・パンと共謀して父親の代理としてのフックを殺すという見方をしている。たしかにネバーランドでは大人と子どもとの戦いがある。しかしその戦いではつねに、フックと手下の海賊たちもふくめたすべての大人が、子どものように行動するのだ。フックとピーター・パンのあいだにある明白な敵意や子どもたちの心の奥にある父親への恨みよりも、死に対するフックの恐怖とピーターにはその恐怖がないこと——彼にとってはすべてが「とてつもない大冒険」であること——のほうが、はるかに重要だと思われる。この物語の中ではフック船長だけがワニを「怖がっている」。そして手下のスミーがワニのお腹の中の時計はいつか壊れると指摘すると、フックは「おれはそれが心配でたまらない」と答える。フックにとって死は驚くほど現実的なものだが、まだ大人になっていない少年たちや永遠に成長しないピーター・パンにとってはそうではない。

私たちは子どものころ『ピーター・パン』の劇や小説に、息もつけないほどわくわくした。「どの冒険を選べばいいでしょう?」と言われれば、本の世界の出来事は自分の好きに変えられる気がして、物語の楽しさを乱す出来事――時計のチクタクいう音が聞こえたり、ウェンディに矢があたったり、海賊たちが無造作に殺されたり、ティンカーベルが死にかかったり、ウェンディが軽薄な行動をしたりすること――も時には喜んで受けいれることができた。例えば批評家ティモシー・モリスは、学校へあがる前のころに『ピーター・パン』の劇を見た思い出をこう語っている。「わたしには劇でほのめかされている性的な要素がわからなかった。今ならショックを受けるようなイメージにも、まったく気づかなかった……例えば寝まき姿のウェンディが先に大きなゴムのついた矢が胸の真ん中に刺さったまま地面に落ちてくるシーンなどだ」[16]。大人になった私たちは、ネバーランドの海岸にうちよせる波の音を聞くことはできても「もう二度とそこへ行くことはないだろう」と語り手が言うのを聞いて、胸に小さな痛みを感じる。このときエドガー・アラン・ポーの詩『大鴉《おおがらす》』を、そして「もう二度とない」という言葉に悲痛で冷酷な「メメント・モリ(死を忘れるなかれ)」を連想せずにいられる大人がいるだろうか。『ピーター・パンとウェンディ』の中には、大人にしかわからないことがたくさん埋めこまれている。しかし子どもはダーリング家のきょうだいの冒険に夢中なので、わからないことはあっさり無視できてしまう。妖精の粉や海賊や犬の乳母や人魚が出てくるにぎやかな物語の中では、大人に向けられた内容はほんの小さな混ぜ物にすぎない。一方で大人は、物語のあちこちに死の影がちらついていることに気づき、大人になれば子ども時代の「お楽しみは終わりだ」ということをつねに思い出さずにはいられない。

フック船長とピーター・パンとのにらみ合いには大

人と子どもをわける命がけの戦いの一形態があるのだが、その内容は荒唐無稽で面白い。戦うふたりはスポーツマンシップのようなものを抱いて気持ちを高揚させ、気取った格好をして、得意そうに自分を見せびらかし、戦いの相手の尊敬を得ようとする。フックとピーターは土地や権力や武器や財産がほしくて戦うわけではない。それは軍事的な作戦行動ではなく、競技あるいはゲームに勝って島の住人の尊敬を一身に集めるために精力をかたむけているのだ。非常に芝居がかった顔合わせの場面で、ふたりは少年らしい儀式を演じている。挑戦の言葉を投げつけ、互いに相手を挑発し、それから戦いを始めるのだ。これは、相手を挑発する言葉を投げあってから堂々と戦いを始めることが何よりも重視される多くの部族社会の儀式と似ている。フックは最後まで礼儀にこだわり、「卑怯すぎることはしない」好敵手としての態度を守った。そしてピーターに「無作法な」ことをさせることで最後にひとつの「勝利」を宣言してから、ワニが待ちかまえる海に落ちて「死ぬ」。さすがのピーターも、その夜は悲しい夢を見て泣いたのだった。

J.M.バリー。1911年。(イェール大学バイネッキ稀覯本図書館蔵)

子どもの読者もこれを読んで心が動かされるかもしれない。しかし、どうしてピーターは涙を流したのだろう、と彼らが考えこむことはありそうもない。彼らはフックのなくなった片手のこと、戦いの中でぴかりと光った剣のこと、海へのジャンプ、口を大きくひらいたワニのことのほうに気をとられているからだ。いっぽう大人の読者は、ピーターが泣いたことにもっと深い意味を探そうとする。好敵手を失った悲しみの涙なのか。彼が死なせた男もひょっとしたら彼に好意をもつことがあったかもしれない、と思う気持ちが少しはあったからか。それとも人間の命のはかなさ、人間はいつか死ぬ運命にあることを悲しんでいたのか。

子どもは涙の理由などの細かいことには関心がなく、何も考えずに終わってしまうことが多い。しかし確実に大人にだけは、それが哲学的、心理学的な謎として心に残る。大人の読者の心にも子どもの読者の心にも何かをとどけたいという彼なりの隠れた努力を、物語にこっそり仕こんであるところがバリーの巧みさなのである。

舞台の上の『ピーター・パン』

ピーター・パンの変わり身の早さは、J・M・バリーの『ピーター・パン』作品に多くの翻案、無断流用、前日談、後日談、スピンオフが存在することからも明らかだ。パントマイム、即興、ロールプレイングに興じるピーター・パンは、そもそも演劇の世界に属する存在である。遊びとパフォーマンスの場こそが彼の居場所であり、ありあまるエネルギーであちこち動きまわり、季節ごとにちがう顔を見せる彼は、本のページに書かれた文字の世界にとどまっている存在ではないのだ。

マーク・トウェインは一九〇五年にニューヨークでモード・アダムズ主演の『ピーター・パン』を見て大いに魅了され、『ボストン・グローブ』紙に「『ピーター・パン』は、金銭欲にまみれたこの浅ましい時代に、私たちの心を清め、勇気づけてくれるすばらしい贈り物だと私は確信する。『ピーター・パン』の上演が続くかぎり、次にすぐれた作品といえども『ピーター・パン』とのあいだには大きな差があると断言したい[17]」と書いている。それまでに前作『あっぱれクライトン』にい

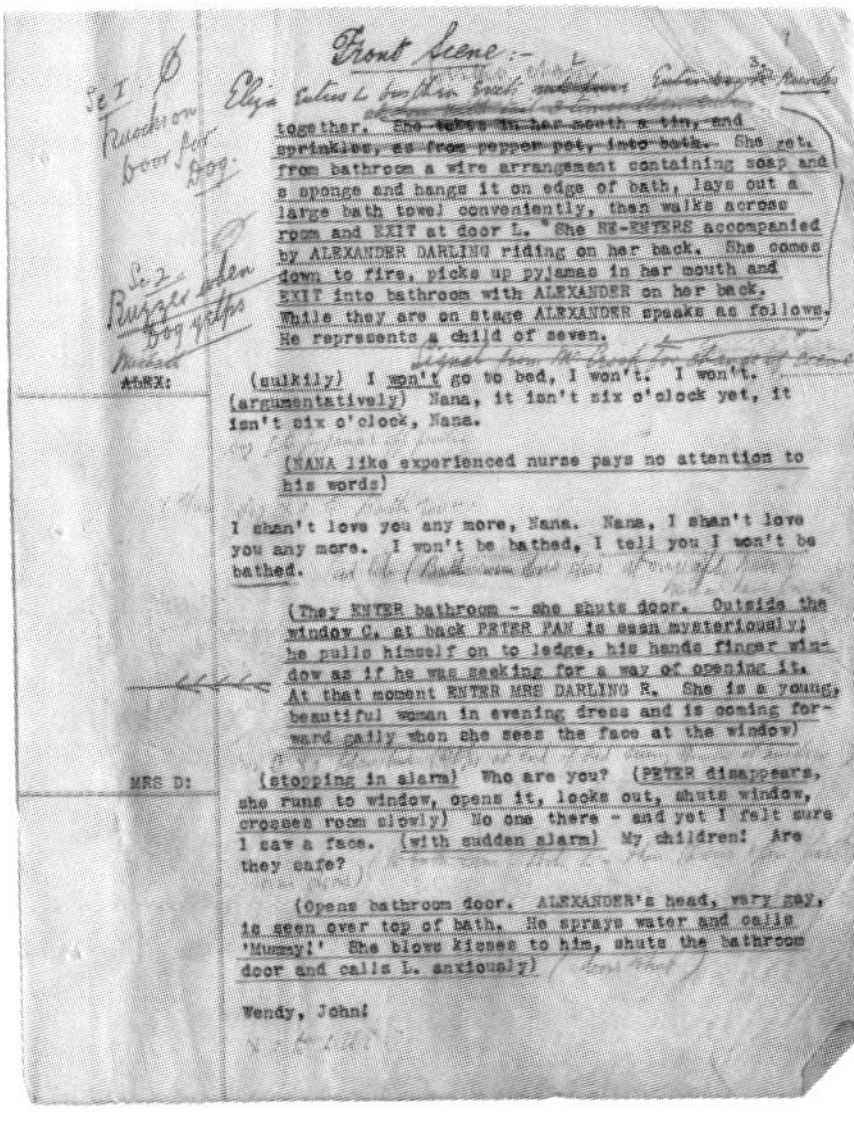

Front Scene:-

together. She takes in her mouth a tin, and sprinkles, as from pepper pot, into bath. She gets from bathroom a wire arrangement containing soap and a sponge and hangs it on edge of bath, lays out a large bath towel conveniently, then walks across room and EXIT at door L. She RE-ENTERS accompanied by ALEXANDER DARLING riding on her back. She comes down to fire, picks up pyjamas in her mouth and EXIT into bathroom with ALEXANDER on her back. While they are on stage ALEXANDER speaks as follows. He represents a child of seven.

ALEX: (sulkily) I won't go to bed, I won't. I won't. (argumentatively) Nana, it isn't six o'clock yet, it isn't six o'clock, Nana.

(NANA like experienced nurse pays no attention to his words)

I shan't love you any more, Nana. Nana, I shan't love you any more. I won't be bathed, I tell you I won't be bathed.

(They ENTER bathroom - she shuts door. Outside the window C. at back PETER PAN is seen mysteriously; he pulls himself on to ledge, his hands finger window as if he was seeking for a way of opening it. At that moment ENTER MRS DARLING R. She is a young, beautiful woman in evening dress and is coming forward gaily when she sees the face at the window)

MRS D: (stopping in alarm) Who are you? (PETER disappears, she runs to window, opens it, looks out, shuts window, crosses room slowly) No one there - and yet I felt sure I saw a face. (with sudden alarm) My children! Are they safe?

(Opens bathroom door. ALEXANDER's head, very gay, is seen over top of bath. He sprays water and calls 'Mummy!' She blows kisses to him, shuts the bathroom door and calls L. anxiously)

Wendy, John!

『ピーター・パン』1904年版脚本の最初のシーンのタイプ原稿。（イェール大学バイネッキ稀覯本図書館蔵）

たる一連の戯曲で好評を得ていたバリーは、一九〇三年一一月二三日に『ピーター・パン』を書きはじめた。現在ブルーミントンのインディアナ大学に保管されているオリジナル原稿には「タイトル未定、戯曲」とある。その後『偉大な白い父 [*The Great White Father*]』のタイトルがつけられたが、チャールズ・フローマン（演劇界のナポレオンと呼ばれた大物プロデューサー）が原稿を見て、ぜひこれを仕上げるように、ただし別のタイトルで、とバリーを説得した。フローマンはバリーの書いたものにはバリー本人より強い信頼をおいていた。今どんな作品を書いているのかとフローマンに問われたバリーは、返信に「これは商業的な成功はおさめられないかもしれない。でもこれは私の『夢の子ども』なのだ[18]」と書いた。バリーはこの戯曲をどうしても上演したかったので、次作の『炉辺のアリス [*Alice-Sit-by-the-Fire*]』を書き、『ピーター・パン』が興行的に失敗したときの穴埋めに使ってほしいと言って提供することまでした（この戯曲は一一五回上演されただけで打ちきられた）。

戯曲『ピーター・パン』にすっかり魅了されたフローマンは、海賊から妖精、人魚、ダチョウまで総勢五〇人のキャストを必要とするファンタジーの上演という大胆な挑戦を少しも恐れなかった。嬉しい気持ちを抑えきれないで、友人たちに劇の一場面を語ってきかせ、路上で実演して見せたりもした。フローマンは、子どもたちに空中を飛ばせたり、オオカミやワニを舞台に登場させたり、犬にかわって父親が犬小屋に入ったりすれば子どもがどれほど喜ぶか、バリー以上にはっきりと予想していた。ヨーク公劇場での初演にあたり、高名な演出家ディオン・ブシコー・ジュニアを招くことができたのは、バリーにとって幸運なことだった。座席数九〇〇のヨーク公劇場は、特殊効果を計画どおり進めるだけの舞台の大きさがあり、魔術的な世界との一体感が損なわれるほど広すぎもしないという理想的な空間だった。役者たちには準備する時間が十分には与えられていなかった。「リハーサル――一〇時半。フライング」。ウェンディを演じる女優はこの連絡をうけて驚き、事故にそなえて生命保険に入る必要があると知ったのである。

フライングは舞台に夢のような世界をつくりだすた

めの重要な要素だと考えていたバリーは、「フライング・バレェ・カンパニー」のジョージ・カービーを雇って、彼が公演で使うハーネスをもっと観客から見えにくく、扱いやすいものに改良してほしいと依頼した。カービーはピーターとダーリング家の子どもたちが使うためにまったく新しい装置を作りだしたが、それを使うには練習をかさねる必要があった。そのため役者たちは、貴重な練習期間のうちの二週間を飛びたったり着地したりの練習についやすことになる。大道具係からは大がかりな仕掛けの操作をマスターするのが大変だという抗議の声があがってきた。精神的においつめられたある作業着姿の男は（バリーの表現によれば）、四六時中ひょいと顔をだしては「もう我慢できない！」と言っていた。バリーは劇のエンディングを五回書きなおし、初日の予定日の数日前になってもまだカットや修正を続けていた。

ピーター・パンを演じるニーナ・ブシコー。
（イェール大学バイネッキ稀覯本図書館蔵）

J・M・バリー作の三幕からなる戯曲『ピーター・パンあるいは大人になりたがらない少年』は、一九〇四年一二月二七日火曜日に初日の幕をあけた。役者たちに箝口令《かんこうれい》がしかれていたので、どんな芝居になるのかは謎につつまれていた。新聞各紙はそれについて大胆な予想を書いていた。妖精が生まれるシーンがある（この情報の出どころはバリーだった）とはっきり書いた記事もあった。じつは初日は一九〇四年一二月二二日の予定だったが、その前夜に問題がもちあがってその解決に四日かかったのである。問題というのは、クレーンのひとつがたくさんの大道具とともに倒壊したことだった。誰も初日の夜を迎えられるとは思わなかった（クリスマスの日に最後の場面の書きなおしをしてすごしたバリーにいたってはなおさらだ）。出演者のあいだには、はたしてこの舞台が無事

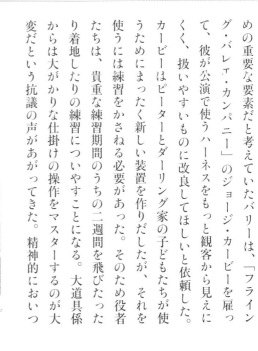

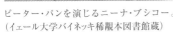

にその年のシーズンをのりきれるのだろうか、という不安がひろがっていた。しかしいったん幕があき、ダーリング家の子ども部屋にみちびかれて子どもたちの夜の儀式が始まるのを目撃したとたん、観客は魔法にかかってしまった。ティンカーベルが死にかけとき、その命を助けるために一階最前列にいた客たちが（事前にたのまれていたように）先頭にたって拍手する必要などなかった。すべての観客――ほとんどは子どもではなく大人だった――が、ピーターの「あなたたちは妖精がいることを信じていますか？」という問いかけに、いっせいに、われるような拍手でこたえたのだ。

　批評家たちは劇場のもりあがりを肌で感じていた。『モーニング・ポスト』紙は「『ピーター・パン』は劇というよりお祭り騒ぎだ」と報じた。『デイリー・テレグラフ』紙は「なんと独創的でなんと優しく、なんと大胆な作品だろう。最後の幕が下りるとき、この作品の大ヒットを疑う理由はまったくなかった……これは真実をつき、自然であり、感動的だった」[19]と評した。『サタデー・レビュー』紙の有名なエッセイストのマックス・ビアボームは、舞台上に本当に魔法の力が働いているのがわかったと打ちあけ「バリー氏はまれにみる天才というだけではない。彼はもっとまれな存在――なんらかの神の恩寵《おんちょう》により、自分の中にある子どもらしい気持ちを芸術という手段で表現できる子どもそのものだ」[20]と書いた。当時バリーと人気を二分していた劇作家ジョージ・バーナード・ショーは、そこまで手放しの称賛はしなかった。彼は『ピーター・パン』を「クリスマス・シーズンの子どものための演目としてはいいが、実際には大人むけの演劇だ」[21]と評したが、

1904年にヨーク公劇場で上演された『ピーター・パン』のためのサテン製のプログラム。

仲間うちでは、子どもにかこつけた「わざとらしいきわもの」だと決めつけていた。ショーが『ピーター・パン』に対抗して書いた『アンドロクレスとライオン』はわずか八週間の上演で打ち切りとなり、その後もほとんど上演されることはなかった。いっぽう『ピーター・パン』は、イギリス国内だけでも最初の五〇年間で数千回も上演され、二年をのぞいて毎年再演されている——その二年は第二次世界大戦中だった。

バリーのタイミングは完璧だった。一八四〇年代、五〇年代のヴィクトリア女王による演劇保護政策および劇場のオーナーたちによる中流と中の上クラスの人々を引きつけようとする努力が、ロンドンの演劇界を変容させつつあった。ロンドン市内および周辺地域の交通網の発達もあって、オーナーたちは出し物を定期的にかえることなく、同じ演目を何週間も何か月もあるいは何年も続けて上演しても劇場を満席にすることができた。ウェストエンドの演劇街のビラにはJ・M・バリー、ジョージ・バーナード・ショー、オスカー・ワイルド、ヘンリック・イプセンの名が、ディオン・ブシコー・シニア（一九〇四年の『ピーター・パン』初演時の演出家の父親）、トム・テイラー、H・J・バイロンなどのヴィクトリア時代の演劇界を通俗的なメロドラマや笑劇を量産して支配していた作家たちの名にとってかわって、目立つようになっていた。

舞台に初登場してから一世紀以上たち、ピーター・パンは子ども向けの本の世界では偶像的な力を獲得している。精神医学の分野では彼の名を冠した症候群まで生まれて、今では『ウェブスター医学辞典』にも「ピーター・パン症候群」の項目がある。この言葉は、

ピーター・パンを演じた4人の有名な女優、モード・アダムズ、ポーリン・チェイス、ニーナ・ブシコー、セシリア・ロフタスのポートレート。（イェール大学バイネッキ稀覯本図書館蔵）

一九八三年に出版されたアメリカの心理学者ダン・カイリーの著書『ピーター・パン・シンドローム――なぜ、彼らは大人になれないのか』が「決して大人にならない」男性をそのように描写したことに始まる。さらにピーター・パンの名は、さまざまな社会教育や文化事業の場面にも見られる。もちろん彼はグレート・オーモンド・ストリート小児病院の守護聖人であり、ケンジントン公園では彼の像が人気の観光スポットだ。彼の劇を見るためにいく晩も続けて劇場にかよったボーイ・スカウトの創設者、ロバート・バーデン＝パウエルも彼の魔法にかかったひとりだ。そしてピーター・パンはいくつもの映画――サイレントもトーキーも、アニメーションも実写もある――で主役を務めてきた。

しかし無秩序な文化の世界では、彼の物語が翻案、盗用、改作された漫画の主人公になる危険もある。新しい『ピーター・パン』作品はどれも、オリジナルの輝きの何かを失っているように見える。商品のコマーシャルやコミック本、後日談を語るディズニー映画などに使われるときは特にそうだ。さいわいなことに、私たちはオリジナルに立ち戻ることができる。この本はオリジナルのネバーランド――生まれたときのままの――J・M・バリーがピーター・パンの物語を書いたときのままのネバーランドに戻る機会を提供するためのものだ。『シンデレラ』や『不思議の国のアリス』や『クマのプーさん』などの物語がもつパワーを体現するピーター・パンというキャラクターが、つねに変化し続けるのがいけない、というわけではない。しかし、コピーがオリジナルと同じくらい鮮明で魅力的なことは滅多にないのだから、バリーの『ピーター・パン』は、彼以降の作者がじゅうぶんにとらえきれなかった何かを私たちに伝えてくれるはずだ。

ウィリアム・ワーズワースは彼の自伝的な長編詩『序曲』に「私たちが愛したもの、他の人々はそれを愛するだろう、そして私たちはどのように愛するかを彼らに教えるだろう」と書いている。私はこの本でそれをしようと思っている。『ピーター・パン』のような物語はいつまでも魔法をかけることができ、私たちがピーター・パンとその作者についてより多くを知ったとしても、その魔法がとけることはないと信じているからだ。小説『ピーター・パンとウェンディ』は、バリーの生涯のうちに書かれた他の多くの「ピーター・パン物語」――『ブラック・レイク島少年漂流記「*The Boy Castaways of Black lake Island*」』から、映画化のための最初の脚本まで――を見ていくための出発点としては最適だろう。またここに『ピーター・パンとウェンディ』を紹介することは、それにまつわるいろいろなこと、例えばバリー自身の生涯、戯曲『ピーター・パン』がたどった運命、「ピーター・パン物語」のために描かれたいくつもの挿絵、そして大人にならない少年が有名人や文学者だけでなく一般の人々にも与えた影響などについて、深く思いをめぐらせる機会を提供することにもなるだろう。『ピーター・パンとウェンディ』はどのページにも美しい和音が響いている。それらの和音は、バリーの生涯、文学、そして彼が残した文化的な遺産からなり、つよく響きあっているのである。

楽園に裏口から入る

C・S・ルイスの『ナルニア国物語』との出会いについて回想した感動的な文章で、文化評論家ローラ・ミラーは子どものころ夢中になってそれを読んだときのことを語っている。しかし大人になってその感動をもういちど味わおうとして読みなおしたときには、いくつか思想的に問題のある表現があることに気づいてがっかりし、子どものころ大好きだったその物語に少し裏切られたような気がしたということだ。それでも彼女は『ナルニア国物語』を時代遅れの陳腐な作品としてあっさり切り捨てることはしなかった。そのかわりに、わくわくしながらその本を読み、満足して読みおえた子どものころの気持ちをとり戻す方法を思いついたのだ。「その物語が書かれた背景について、それがどのように読まれてきて、どんな読み方ができるか、いろいろ調べてみたらどうだろう。そうすれば『裏側のどこか』にたどりついて、そこに開いている別の入り口を見つけられるかもしれない。オリジナルの、洋服ダンスのドアではなく、その向こう側に別の楽園があるドアが見つかるかもしれない」[22]。私たちも、彼女と同じように愛情と熱意をこめて『ピーター・パン』にアプローチすればいいのではないか。物語の深いところまで掘りさげていき、その誕生のいきさつ、当時の文化状況、この物語がおよぼした影響を探ることで、このJ・M・バリーの作品の本当の意味に近づいていくのだ。

C・S・ルイスと同じくバリーも大英帝国で生まれた。とはいえルイスは自分をアイルランド人だと思い、バリーはスコットランド人だと思っている。そしてふたりとも、彼らの時代の考え方や偏見にある程度は縛られていた。インディアンや黒人の子どもの特徴をあえて大げさに誇張することで、バリーは逆に人種的な偏見をうちけそうとしたのだと主張した批評家もいるが、たいていの大人はそのような部分を子どもに読み聞かせるとき、知らず知らずのうちに表現を和らげている。大人の私たちはそのような誇張があからさまな風刺をねらったものだとわかるが、「インディアン」の「ずる賢さ」やピカニニ族の変な言葉づかいをそのまま読んだら子どもはどう思うだろうかと不安をいだくに違いない。

トニ・モリスンは、私たち大人が人種的偏見だと感じることも、子どもから見れば少しもそうではないだろうと語っている。モリスンは子どものころ、ヘレン・バンナーマンの『ちびくろサンボ』が大好きだったそうだ。「ちびくろサンボは誰よりも両親から深く愛され、かわいがられている子どもだった。マンボ、ジャンボ、サンボ。美しい名前だ。一枚の木の葉にむかってささやきかけたり、地下室の中で大声で叫んだりすれば、何かとても大切なものを唇から飛びたたせたように感じるひびきだ」[23]。それでも、例えばジャン・ド・ブリュノフの『ぞうのババール』シリーズを、ポストコロニアルの視点で読み、これが旧植民地の文明化にのりだしたヨーロッパの老婦人がアフリカ象を教育する(教育を受けた象のババールが、文明化の遅れたほかの象に西洋文明を紹介する)絵本なのだと気づけば、子ども向けの本はどれも差別意識とは無関係だとは言いきれないかもしれない。物語を読むときはその背景まで読む必要があるというのは、まさにその理由からなのだ。

私たちはピーター・パンを失ってもいいのだろうか？　彼は忘却の世界へ飛びさる運命なのだろうか？　もっと現代の私たちが信奉する文化にふさわしい、新しいキャラクター、新しい物語がつくられるべきなのだろうか？「さあ、行こうよ！　行こうよ！」というピーター・パンの呼びかけは今も力強くひびき、簡単には消えそうもない。彼の物語には美しさと魅力があると同時に危険と恐怖もあるが、さからうことのできない力で私たちをとらえている。だから私たちは内容に多少の問題を感じることはあってもそれを読み続け、次の世代に伝えていくのだ。しかし、もはや無邪気な気持ちで『ピーター・パン』を読むことができないのも事実だ。大人にとっても子どもにとっても、成長するということは、読んでかすかな不快感を受ける箇所があっても、その歴史的背景などを考えてそこに折り合いをつけるということだ。私たちは、無邪気なだけではなく、多少ひっかかるところのある本を子どもに与える必要があるのだ。それは子どもに問題をつきつけ、考えさせ、ときには胸を痛めさせるだろうが、私たちはそれによって生きる力を手に入れ、先人に思いをはせることができる。そしてその子どもたちも大人になって『ナルニア国物語』を読みなおした評論家ローラ・ミラーのように、みずから調査し、探究することを学ぶだろう。

貴重な文化的遺産の中でも特に『ピーター・パンとウェンディ』は、子どもが寝る前に読んで聞かせる本として確固たる地位にある。ダーリング家の子ども部屋で行われる就寝前の儀式に入りこむことで、子どもは住人――迷い子から海賊まで――のすべてが物語を切望している場所へ連れていかれる。それ自体が申し分ない就寝前の物語として、イギリスの父母たちが子どもを寝かしつけるために鎮静作用のあるシロップを使っていた時代に現れたのである。『ピーター・パン』の物語が子どもを眠らせることはできなかったかもしれないが、本を読みながら子どもが眠りにつくまでの時間を一緒にすごし、何もかもが「死んだように静かになって」子どもの頭に不安なことが浮かんでくるそのときに、楽しみとなぐさめを与えてやろうと親たちに考えさせることはたしかにできた。そして『ピーター・パンとウェンディ』は出版後一世紀が過ぎても、親と子をつなぐ力をもち続けている。

バリーが大人にも子どもにも『ピーター・パン』を読んでほしいと願ったように、私の『ピーター・パン注解』も大人にも子どもにも手にとってほしい。子どもはストーリーの流れに身をまかせればいいし、大人はストーリーを「じっくり読み」ながらその誕生の背景、その構造、文学の世界に与えた影響と意味、そして誕生してからこれまでにたどった運命などについて、深く考えることができるはずだ。そのほうがいいと思えば注解を見ないでストーリーだけを読み、挿絵とともに楽しんでもらってもいい。J・M・バリーと彼の作品を研究するために人生のうちの数年をすごした私と同じように、海賊とサンゴ礁、遊びとクリケットの試合、あるいは犬のポーソスとルウェリン・デイヴィズ家の少年たちについてさらに詳しく知りたくなった人のために私の解説が添えてある。

バリーは思想家ではなかったが、他のどんな作家よりも、子ども時代と遊びに関するジャン＝ジャック・ルソーの考察を深く理解していた。バリーはルソーと同じように、遊びと自由を制約なしに子どもに与えている。そしてさらに注目すべきは、フランス人思想家ルソーとスコットランド人作家、劇作家のバリーがそろって、子どもに接するときに重要なのは細やかな愛情だと考えていたことだ。今から二世紀前にルソーが主張したことは現代の私たちから見れば当然のように思われるが、当時の人々には理解されなかった。「どうして人々は私に反対の声をあげるのだろう!」とルソーは嘆いている。「子ども時代を愛そう、その遊び、楽しみ、喜びにみちた本能的行為を愛するのだ」[24]という彼の主張は、今の私たちにとっては少しも革命的なことではない。だがバリーはルソーの思想の擁護者となり、遊びを愛する子どもを満足させると同時に、人間はいつかは死ぬ運命であり、子ども時代の喜びはつかの間のものだという大人の悲痛な思いもこめられた奇跡のような物語を作りだしたのだ。

1 J.M.Barrie, in Mark Twain, *Who Was Sarah Findlay, with a Suggested Solution of the Mystery* by J.M.Barrie(London : Clement Shorter, 1917), 10

2 E.B.White, The Trumpet of the Swan(New York : Harper Collins, 2000), 60.

3 New York Herald, Fevruary 10, 1906.

4 ナタリー・バビット『時をさまようタック』小野和子訳。

5 ヨハン・ホイジンガ『ホモ・ルーデンス――文化のもつ遊びの要素についてのある定義づけの試み』里見元一郎訳。

6 ローズ『ピーター・パンの場合』

7 同右

8 同右

9 ジェイムズ・M・バリー『小さな白い鳥』鈴木重敏訳。

10 バーキン『ロスト・ボーイズ』鈴木重敏訳。

11 Donald Crafton,"The Last Night in the Nursery : Walt Disney's Peter Pan," The Velvet Light Trap 24(1989):33-52.

12 Millicent Lenz and Carole Scott, eds., His Dark Materials Illuminated : Critical Essays on Philip Pullman's Trilogy(Detroit : Wayne State University Press, 2005)71.

13 Beineche Library, MS Vault BARRIE, A3.

14 Jean Perrot, "Pan and Puer Aeternus : Aestheticism and the Spirit of the Age," Poetics Today 13(1992):35.

15 Ann Yeoman, Now or Neverland : Peter Pan and the Myth of Eternal Youth. A Psychological Perspective on a Cultural Icon(Toronto : Inner City Biiks, 1999), 15.

16 Timithy Morris, You're Only Young Twice : Children's Leterature and Film(Urbana and Chicago : University of Illiois Press, 2000),114.

17 Mark Twain, Boston Globe, October 9, 1906. トウェインは何回かバリーと会っていたが、いつも会話に邪魔が入ることに不満をもっていた。「彼と邪魔が入らずに話せたことは五分もない」とトウェインは嘆いていた。

18 Roger Lancelyn Green, Fifty Years of Peter Pan(London : Peter Davis, 1954),70.

19 Janet Dunbar, J.M.Barrie : The Man Behind the Image(Newton Abbot, Devon : Readers Union, 1971),142.

20 同 88.

21 Bernard Shaw, Collected Letters, (1898-1910, edited by Dan H. Laurence(London : M.Reinhardt, 1965), II.907.

22 Laura Miller, The Magician's Book : A Skeptic's Adventures in Narnia(Boston : Little, Brown, 2008), 175.

23 Jim Haskins, Toni Morrison(Springfield, MO : 21st Century, 2002),24.

24 ジャン＝ジャック・ルソー『エミール』（戸部松実訳）

ネバーランドのJ・M・バリー伝

『ピーター・パン』という作品を書いたことで、ジェイムズ・マシュー・バリーは子ども時代の活気、喜び、楽しさと永遠に結びつけられることだろう。一八六〇年五月九日にスコットランドのキリミュアで生まれたバリーは、中年になっても少年のようなところがあった。繊細な顔立ちと小柄な体格にくわえ、つねに何サイズか大きめのコートを着ていたせいで、彼は実際の年齢よりも若く見えた。セントバーナードの愛犬ポーソスを連れてケンジントン公園を散歩するときは、大人より子どもたちと仲よくして、立ちどまってちょっとした手品を見せたり、物語を聞かせたりした。会えば耳をぴくぴく動かしたり、右の眉と左の眉を交互に上げ下げしたりして見せる彼は、子どもたちの人気者だった。そんな彼がピーター・パンのモデルになる少年たちと知りあったのは、愛犬ポーソスのおかげだった。

ぶかぶかのコートを着た男、大きな犬、小さな子どもたち、公園――この組み合わせにはなんとなく危険な香りがある。J・M・バリーとピーター・パンの組み合わせから世間が連想するのは、決して明るい言葉かりではない。特に注意して見ていなくても、ピーター・パンに関連する騒動のニュースは目に入ってくる。マイケル・ジャクソンが作ったネバーランド・バレー牧場、大衆向け心理学者ダン・カイリーの著書『ピーター・パン・シンドローム――なぜ、彼らは大人になれないのか』、ジャクリーン・ローズの『ピーター・パンの場合――児童文学などありえない?』は、どれもそれぞれの視点からネバーランドにまつわる問題を提起している。だからこそバリーが作品にこめた真の意味を理解し、彼自身の恐怖や欲望が子ども時代の無邪気さと冒険をえがいた物語にどの程度浸透しているのかを確かめるために、ピーター・パンというキャラクターを創造したこの作家についてもっと詳しく知る必要があるのだ[1]。

バリーの親切心や気前のよさを示すたくさんの行為——彼は小説や劇の脚本を書くことで得た財産をよく周囲の人々のために使った——を見れば、彼が家族や友人や社会に貢献しようとしていたことがわかる。しかし彼と親しかった人たちは、彼について「気難しい」「無口」「内気」「陰気」などという表現をよく使っている。完全に黙りこんでしまうこともあったようだ。高名な詩人、批評家のA・E・ハウスマンとの面会が気まずいまま終わったあと、バリーが送った短い手紙からそれがわかる。「昨夜は隣に座っていながら一言も話さず、申し訳ありませんでした。ずいぶん無作法な男だと思われたことでしょう。じつは私はとても内気なのです」[2](ハウスマンがまったく同じ内容で書いたそっけない返信には、さらに失礼なことにあなたはハウスマンのスペルを間違えている、という追伸がそえてあった)。バリー自身も自分に暗く鬱々《うつうつ》としたところがあると自覚しており、母親から受けついだ「抑制的な性格」のせいで世間から孤立することを不安に思っていた。自分の出自を言い訳にして、一般的なスコットランド人の例にもれず自分も「すべてのよろい戸を閉め、ドアに鍵をかけた家」[3]のようなものだと語り、ときにはよろい戸やドアを開けたままにしておこうとするが「それらはバタンと閉まってしまう」と悩むのだ。悩みを率直に告白したり、あふれんばかりの愛情を他者にしめしたりする(彼が書いた母親の伝記

J.M.バリーと愛犬ルース。1904年。バリーが住んでいたレンスター・コーナーの家の庭で、ウィリアム・ニコルソンが撮影したもの。『ピーター・パン』に出てくるナナの衣装はこのルースの毛の模様をモデルにしたものだった。(イェール大学バイネッキ稀覯本図書館蔵)

『マーガレット・オグルヴィ――息子J・M・バリーによる伝記［*Margaret Ogilvy, by Her Son, J.M.Barrie*］』にも見られるように）かと思えば、気難しくて内気な面（彼の結婚生活に見られるような）もあるバリーという人物は、その家族や作家生活や社会活動について多くの情報があるにもかかわらず謎にみちている。

バリーの子ども時代は、ほかの子どもと同じように自分もいつか大人になる、という恐怖につきまとわれていた。「私が恐れたのは、遊びもできなくなる日がくると知っていたことだ……どうすればできるのかわからなかったが、隠れて遊びを続けなければならないと感じていた」[4]。バリーによる子どもの遊び――クリケット、難破船ごっこ、砦づくり――の描写は喜びと輝きにあふれ、たいていの人の子ども時代の思い出よりもずっと、熱中していた感じが伝わってくる。彼は生涯をつうじて自分は「男性といるほうが楽しい」性《しょう》分《ぶん》だと言っていた。アーサー・コナン・ドイル、A・A・ミルンなどの作家友だちと交際することは、彼にとって子どものころ遊びに熱中したエネルギーをとり戻すひとつの方法だった。バリーは「アッラクバリーズ」という名のクリケット・チーム（モロッコ旅行から帰ってきたひとりの友人が、チームのメンバーに「アッラー・アクバル」というアラビア語は「神は私たちを助ける」という意味だと教えたので、そこに「バリー」をかけた接尾辞をつけた）を結成している。しかし彼が本当に求めていたもの――海賊ごっこなどの、はらはらするような大冒険が果てしなく続くと思える夏――を手に入れたのは、一八九七年にケンジントン公園で初めて会ったルウェリン・デイヴィズ家の少年たちを通してだった。「一二歳をすぎてから起こったことには大して意味がない」[5]。作家、劇作家として成功をおさめたあとでさえ、バリーは哀愁をこめてこう書いている。

初期の小説のひとつ『トミーとグリゼル［*Tommy and Grizel*］』で、バリーは大人になることへの不安は真実味のある、心の奥からのものだと私たちに伝えている。トミー・サンダースは――ピーター・パンとはちがって――肉体的には成長していたが「どうしても子どものままでいたかった」ために精神的な成長を遂げることができず、悲惨な最期を迎えることになる。

この小説の緊迫した局面で、トミーはなんとかして子どものころの自分をとり戻そうともがき苦しむ。「彼は毎夜さまざまな方法をためしたが、子ども時代に戻る黄金のはしごは見つけられなかった。それでいてつねに、それがどこか近くに隠れていることはわかっていたのだ」[6]。大人になってからのバリーは、大人としての退屈な義務を果たして疲れてしまった自分を癒すために子ども時代の遊びを楽しんでいるところを、ほかの大人に見られるのをいつも恐れていた。

バリーは彼を子ども時代に連れ戻してくれる黄金のはしごを、つねに探し求めていた。その時代には、素朴で幸福感にみちた思い出がたくさんあった。だが近づいてよく見れば、そこにはいちど落ちたら抜けだせない蟻地獄の穴のようなものもある。バリーが育ったキリミュアの家庭は何度も悲劇におそわれていた。それを思えばあどけなかったバリーの顔立ちが、ある批評家の言葉をかりれば「悲しみに打ちひしがれた老人のような顔」[7]にあっという間に変わった理由も想像がつく。悪夢に苦しみ（「幼いころ、夜に私の首をしめようとしたのはシーツだった」）、自分に自信がもてなかった（「もし私の脚がもっと長かったら、彼らに言ったであろうこと」）バリーは、トラウマと喪失感によって子ども時代にたれこめていた暗い雲のようなものに一生もがき苦しんでいたのだ。死神はその後も彼の家族や親しい友人に忍び寄り、早すぎる死を与えていく。

J.M.バリーと母マーガレット・オグルヴィ。1892年。（イェール大学バイネッキ稀覯本図書館蔵）

「(バリーが)愛する人たちはなぜか死んでしまうのだ」と、D・H・ロレンスは決して悪意からではなく、バリーの離婚した妻メアリー・キャナンにあてた手紙に書いている。[8]

機織り職人の父デイヴィッドと母マーガレット・オグルヴィ(スコットランドの古い習慣から母は結婚前の姓を名のっていた)の三番目の息子として生まれたジェイミー(バリーはこう呼ばれていた)は、いくぶんふたりの兄アレクサンダーとデイヴィッドの陰に隠れた存在だった。一九世紀半ばのキリミュアは、一五〇〇人の職人をかかえる織物産地として栄えていた。住人の識字率は高く、子どもの教育にも熱心な土地がらだった。デイヴィッド・バリーは、大勢の子どもを養い、十分な教育を与えて自分より良い生活をさせるために熱心に働き、節約に励んだ。長じたのちバリーは母を称賛する文章をたくさん書いたが、奇妙なことに父親に対しては勤勉な努力家だったことを大いに讃えただけで、ほかには何も書いていない。

バリーは著書『マーガレット・オグルヴィ』で、彼の母を絶望に追いこみ、子どものころだけでなく大人になってからの彼にも影響を与えていた悲痛な出来事について書いている。彼の長兄アレクサンダー(アリックと呼ばれていた)はアバディーン大学を優秀な成績で卒業し、ラナークシャーで私立学校を経営し、姉のメアリーもそこで教えながら家事をしてアレクサンダーを助けていた。その後アレクサンダーは私立学校グラスゴー・アカデミーに古典の教師として招かれたため、すぐ下の弟デイヴィッドをそこによこして学ばせるよう両親にすすめた。デイヴィッドはハンサムで学業にも運動にもすぐれ、誰もが認める母のお気に入りで、聖職者をめざしていた。アレクサンダーの提案は願ってもないチャンスだった。こうしてジェイミーは家に残るただひとりの男の子になったのだ。

ある報告によれば一八六七年の冬はことのほか寒かった。デイヴィッドは兄アレクサンダーから新しいスケート靴をもらったばかりだった。気のいい彼は、それを友だちにも使わせてやっていたのだが、スケート靴をはいた友だちは猛スピードで氷上をすべり、そのまま戻ってきてデイヴィッドにぶつかった。デイヴィッドは転倒して頭を打ち、頭蓋骨を骨折してしまった。

『マーガレット・オグルヴィ』には「その恐ろしい知らせが届いたとき、母は異様なほど平静な顔で、愛する息子と死神とのあいだに割って入るためにグラスゴーへ行く準備をしたそうだ」[9]とある。しかし彼女がグラスゴーに向けて出発する直前に「彼は亡くなった」という悲しい知らせが届いた。

マーガレット・オグルヴィの人生は、それまでも決して平坦ではなかった。五番目の子どもアグネスを生んだあとは「神経質」になっていた。産褥熱《さんじょくねつ》のような症状があったうえに、生まれたばかりの赤ん坊が死に、その後も娘のエリザベスが百日咳《ひゃくにちぜき》で死んでしまった。そんな悲しみのさなかに、石工として長年石切り場の粉塵を吸いこんで肺を傷めていた彼女の父親が亡くなった。ブレチン通りにある一家の家は何か月ものあいだ苦難と悲劇と悲しみに包まれていた。しかし一八五三年になるとマーガレットは健康をとり戻し、七年のあいだに三人の女の子とふたりの男の子を産んでいた。ところがそこにデイヴィドの事故の知らせが届いたのだ。デイヴィドの死に打ちのめされた彼女は、洗礼式にデイヴィドが着た白いドレスとともに寝室に引きこもった。ジェイミー少年はなんとかして母の気をそらし、部屋から引きだそうとした。彼は練習をかさねて、例えば人の声色を使ったり、パントマイムをしたりすることが上手になった。「母にも見分けがつかないほど「デイヴィドと」そっくりになりたい……」という強い願い」がどれほどのものだったか、こっそりデイヴィドそっくりに口笛を吹く練習や、デイヴィドそっくりの姿で立つ（両脚を広げ、ズボンのポケットに両手を入れる）練習をどれほどしたか、バリーは『マーガレット・オグルヴィ』に詳しく書いている。[10]子どものころの遊びとならんで、おそらくここにも、バリーの何かの役を演じること、人前でパフォーマンスすること、そして演劇そのものを愛するきっかけがあったように思われる。

なんとか母親を会話に引きこんで気分を晴らしてあげたい一心で、ジェイミーは母と物語――彼が作った冒険物語と、母が子どものころ弟の世話をしたことや、彼女自身の母親が亡くなったあとは自分が家事を引きうけたことなどの思い出話――を交互に話すようになった。そして母と一緒に夢中になって本を読んだ。

彼は特に『ロビンソン・クルーソー』や『天路歴程』が好きだった。母親と息子との生き生きとしたやりとりには（年齢的なずれはあるにしても）ピーターとウェンディの関係を連想させるものがある。冒険にあこがれる少年と、縫い物や拭き掃除をするかたわら物語を聞かせる従順な娘との関係だ。そもそも少年のバリーが母の気を引きたくて始めた兄のまねをしたり物語をしたりする行為は、悲嘆にくれる母親に対して「治療者の役割を巧みに演じる」ことに役立った。そればかりか、そうした行為はのちに大人のバリーにとっても大いに役立つ才能へと発展するのだ。

マーガレット・オグルヴィはその後も息子デイヴィドの死を完全に乗りこえることはなかったが、普通の生活に戻ったように見せる努力はしていた。ある日彼女はジェイミーに、自分に話してくれた物語を書いておくよう提案した。バリーは「そのすばらしいアイディア」は自分の思いつきのように思っていたが、じつは母が思いついたことだったようだと回想している。そのころ母は「大して期待していなかった息子」[11]が多少の進歩をするかもしれないと思いはじめていたのだろう。バリーと一緒に学校に通っていたある人物が、のちに友人の並はずれた物語作りの才能を回想して次のように語っている。

ある夏の午後、彼と一緒に学校から帰る途中……私たちが裏路地に入ると鉄床《かなとこ》にハンマーがあたる音がひびいていた。私たちはたちどまって鍛冶屋のフォーサイスがのみをとがらせているのを見物した……鍛冶屋を出ると、ジム（バリーは彼にこう呼ばれていた）は私に物語を聞かせはじめた。ふたりがライムポッツのほうに曲がったとき、その話はまだ続いていた……それは「波乱万丈の不思議な物語」で、ジムは目をきらきらさせながら微に入り細に入り話してくれたから、私は夢中になって聞いていた。話の内容は忘れてしまったが、彼と別れて家に向かいながら「ジムは変わった奴だ。あの話をどこから思いついたんだろう。子どもが作るような話じゃない」と思ったことは今も覚えている。[12]

ジェイミーは早熟だったばかりでなく、将来を見通してもいた。物語作りは彼にとって孤独をいやす薬になっていたが、のちに彼は、子どもの自分がほこりっぽい屋根裏部屋に引きこもって将来作家になる準備をどのようにしていたか、次のように記している。

冒険物語がたくさんあった（誰にとっても、それを書くのは最高に楽しいことだ）。物語には、私が実際に知っているような人物は登場させない。舞台は誰も知らない場所だ。無人島、魔法をかけられた庭園、騎士があらわれ……真っ黒な馬に乗り、最初の角を曲がるとクレソンを売る貴婦人がいて……。屋根裏部屋で初めて物語を書く楽しさを知ったあの日、私の心は決まった。作家の仕事に退屈することは絶対にない、文学は私の遊びだ。[13]

書くことは少年バリーを支え、はぐくみ、大人になってからのバリーにとっては子ども時代の遊びに代わる役割をはたした。特に彼の初期の小説には、机の前に座って書いたというより、語り手が親しい人にむかって話を聞かせているような独特の調子がある。『トミーとグリゼル』や『小さな白い鳥』のような茶目っ気のあるスケールの大きい小説を書いたときのバリーは、いつも目の前の聞き手を意識し、聞き手に演劇を見ているような感覚をいだかせようとしていたお話好きの少年に立ちかえっていたのだろう。

バリーは一三歳になると、当時兄のアレクサンダーが視学官をつとめていたダンフリーズ・アカデミーに進学した。のちに同校出身者として一九二四年にダンフリーズで講演をしたバリーは、ピーター・パンはその校庭で遊んだゲームから生まれたと語っている。「夜のとばりが下りはじめるころになると、数人の若き数学者が彼らの三角定規をどこかへ放りなげ、冒険物語の登場人物になったつもりで壁をはい上がったり、木から下りたり、海賊になったりした。のちにこれが『ピーター・パン』の劇になったのです。ダンフリーズのとある庭園――そこは私にとって魔法をかけられた場所でした――でくりひろげられた冒険が、悪い海賊が出てくる私のあの作品のもとになったのは確かです[14]」

バリーがバランタインの冒険小説『珊瑚島』を読んで「何か月ものあいだ、土曜日になるとあきもせずに公園で難破していた」のは、このダンフリーズでのことだった。演劇に関心をもったのもダンフリーズにいるときからで、彼は建てなおされたばかりの劇場で上演されるほとんどの演目を見た。「学校のある日も劇場に行き、できれば平土間の最前列の端の席をとった……舞台上の幻想ではなく、舞台の「そで」で役者が何をしているかを見るためだった」[15]。ダンフリーズ・シアター・ロイヤルではシェイクスピアの劇を上演しており、若きバリーは『ハムレット』『オセロ』『マクベス』に酔いしれたが、通俗劇や笑劇も同じように楽しんだ。こうして演劇漬けになっていた学生のバリーは、自分も『山賊バンデレロ［*Bandelero the Bandit*］』(バンデレロもピーターと同じく、バリーの物語に登場する「お気に入りのキャラクター」の寄せあつめだった)と題する劇を書いて上演したのだが、一部には批判もあった。劇を見たある牧師は「ひどく道徳に反する」と攻撃した。しかし土地の名士の多くは「宗教界の一部のがんこ者」の激しい非難に対し、若き演劇人を支持した。それに続く二度目のシーズンも、ダンフリーズ・アマチュア演劇クラブは成功をおさめた[16]。ある舞台(アメリカの作家ジェイムズ・フェニモア・クーパーの作品のひとつを翻案したもの)では、バリーはひとりで六役を演じた。のちにダンフリーズでの五年間をふりかえって、バリーは「おそらく人生でいちばんしあわせなときだった」と語っている。

ダンフリーズ・アカデミーを卒業したバリーは、気が進まないままエディンバラ大学で文学を学ぶことになる。しかしそこには、暗い大学生活(「空腹と勉強のしすぎで死ぬ学生もいた」)よりもはるかに魅力的なものがあった。ジャーナリズムの世界だ。エディンバラ大学で文学修士号を得たあと、バリーは週三ポンドの報酬で『ノッティンガム・ジャーナル』紙に記事を書くという願ってもない仕事にありついた[17]。ペンで身を立てる決意をかためた彼は、積極的に発表の場を求めるようになる。『セント・ジェイムズ・ガゼット』紙に『オールド・リヒト物語』のタイトルで連載したシリーズは、架空の村スラムズ(故郷のキリミュアがモデル)の生活をえがいたものだった。これをきっかけにバリーは、ロンドンに出て作家になるために「がんばってみよう」という決意をかためたのである。ロンドンについた彼を迎えたのは幸先《さいさき》のよい出来事だった。到着してすぐに、彼が『セント・ジェイムズ・ガゼット』紙に書いた『ミヤマガラスは巣をつくる』というエッセイを広告する看板が目に入ったのだ。彼はそのときの思い出を他人事のように三人称を使って書いている。「私は、彼が荷物の箱に腰をおろして、そのミヤマガラスについての輝かしいニュースを見つめていたのを覚えている」。バリーはその瞬間を、冒険にみちた新しい人生の始まりとして振りかえっている。

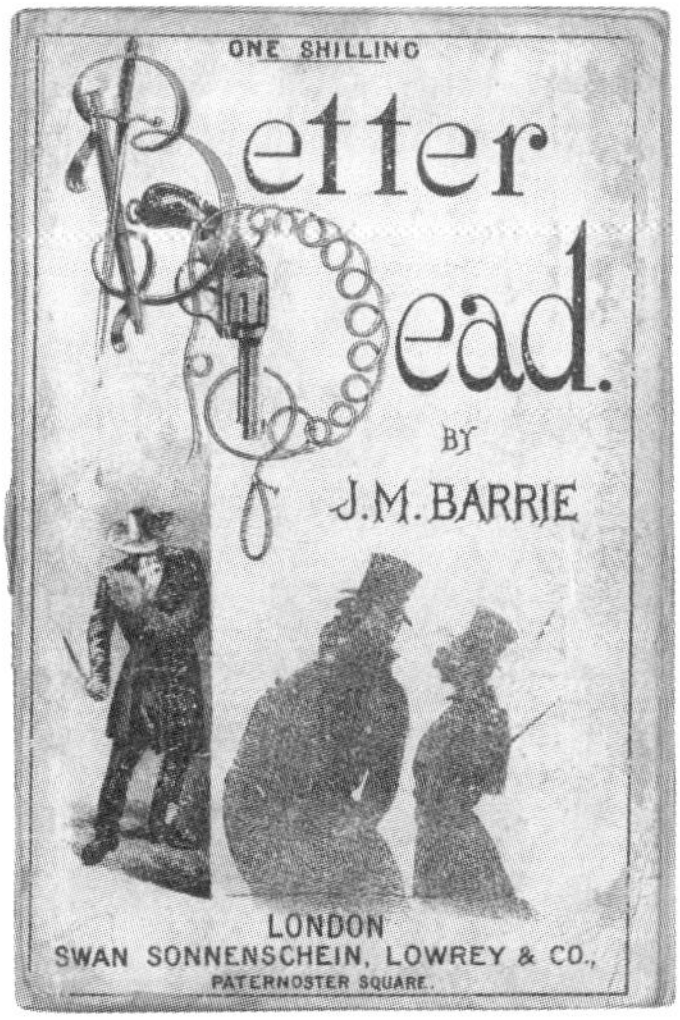

1887年出版のバリーの最初の小説『ベター・デッド』。これはいわゆる「三文小説」の部類。(イェール大学バイネッキ稀覯本図書館蔵)

ロンドンでフリー・ジャーナリストとして働く彼は、都会的な生活をおくる読者が『ブリティッシュ・ウィークリー』『エアラ』『パンチ』などのページでは読んだことのないような、飾らないスタイルを自分のものにしていた。タイトルの一部をあげれば「帽子をおいかけて［On Running After One's Hat］」「野の花のための祈り［A Plea for Wild Flowers］」「ある太った貴族による富の喜び［The Joys of Wealth by a Bloated Aristocrat］」「地図を折りたたみながら［On Folding a Map］」などである。彼のエッセイはひねりをきかせたユーモアとつむじ曲がりなところが魅力となって、教養ある読者のあいだでも人気があった。しかしバリーは、自分の意見をそのまま書いたものはほとんどないことを自覚していた。彼は他の人物になりきることが習慣になっていたからだ。「医者、サンドイッチマン、国会議員、母親、探検家、子ども……娼婦、犬、猫になりきって書く。自分がなぜそうするのか彼にはわかっていなかった。だが私は、彼がひとつの立場と自分とを一体化するのを避けるためにそうしているのだと思う。彼の心の奥底には誰かに影響をあたえること、あるいは自分の意見を表明することすら躊躇する気持ちがあったのだ」[18]。バリーの特徴として、代名詞の使いかたに一貫性がないことがあげられる。新聞記事にせよ小説にせよ、彼はその中で「私」から「彼」に、「私たち」から「あなた」にするりと代名詞を変えて、決して特定の立場、特定の見方をとることをしない。

新聞紙面で好評をはくしたバリーのエッセイを本にしたものは『オールド・リヒト物語［*Auld Licht Idylls*］』のタイトルで一八八八年に出版された。この作品集をきっかけにバリーはさらに小説に力を入れるようになり、二年後に出版した『スラムズの窓［*A Window in Thrums*］』は批評家から絶賛され、本もよく売れた。どちらの作品も、産業化と都市化の波にのまれて急速に消えつつある社会を描いたものだった。キリミュアをモデルにしたスラムズ村は、たとえ貧しくても、田舎には地に足のついた凛とした生活をおくる共同体があったことを思い出して郷愁にひたる機会を読者に提供していた。故郷の村でいつも目にしていた織工、職人、農夫たちの日常生活をもとに書かれたこの小説で、バリーは感傷におちいることなく、彼らのありのままの姿をあまりにも率直にえがいていたので、彼の母は家に人が来るときはその本を隠したということだ。

バリーは次の作品で一躍ハーディー、キプリング、メレディスなどと並ぶ文学界の主流におどり出た。その作品『小さな牧師［*The Little Minister*］』は、スラムズ村のオールド・リヒト派の教会に（マーガレットという名前の敬虔な母親とともに）赴任した牧師ゲヴィン・ディシャートと、陰険な村の名士リンタウル卿の婚約者、美しくミステリアスなジプシーの娘バビーとのスキャンダラスな関係をえがいていた。村の因習、信仰、自分のなすべき務めと、エキゾティックな美女との禁断のロマンスのあいだでもがき苦しむディシャートは、この世のものとは思われないほどの美貌をもつバビー——彼女は「天使のような美しさ」だった——の魅力に屈してからも、なんとか義務を果たそうと苦闘する。

当初この小説は雑誌『グッド・ワーズ』に連載され、一八九一年にロンドンで三巻本として出版された

［「スリー・デッカーズ」（三巻本）とは、十九世紀に大流行した出版の形で、流行の長いロマンス小説などを三部に分けて出版したものを指す。貸本屋で貸し出すのに都合がよ

く、読者をひきつけて最後まで読ませる工夫もされていた。この場合、『小さな牧師』はこの形で出版されたものとしては最後の例の一つであるということになる」。六年後には舞台化され、その後も五回映画化されている（最後の映画化作品は一九三四年版で主演はキャサリン・ヘプバーンだった）。『小さな牧師』に出てくる牧師は、バリーに言わせれば「小説の登場人物史上、もっとも背の低い主役」だった。彼は本の前書きに、いくらかプライドをこめて「ディシャートは今までで初めての小柄な主役だ」とつけくわえている。「もしすべての小説のヒーロー役が大平原に集合することがあっても、ディシャートはすぐに見つけられるだろう。彼がほかの人物に説教をしているからではなく（彼は実際にそうするだろうが）、彼の身長が低いからだ」[19]

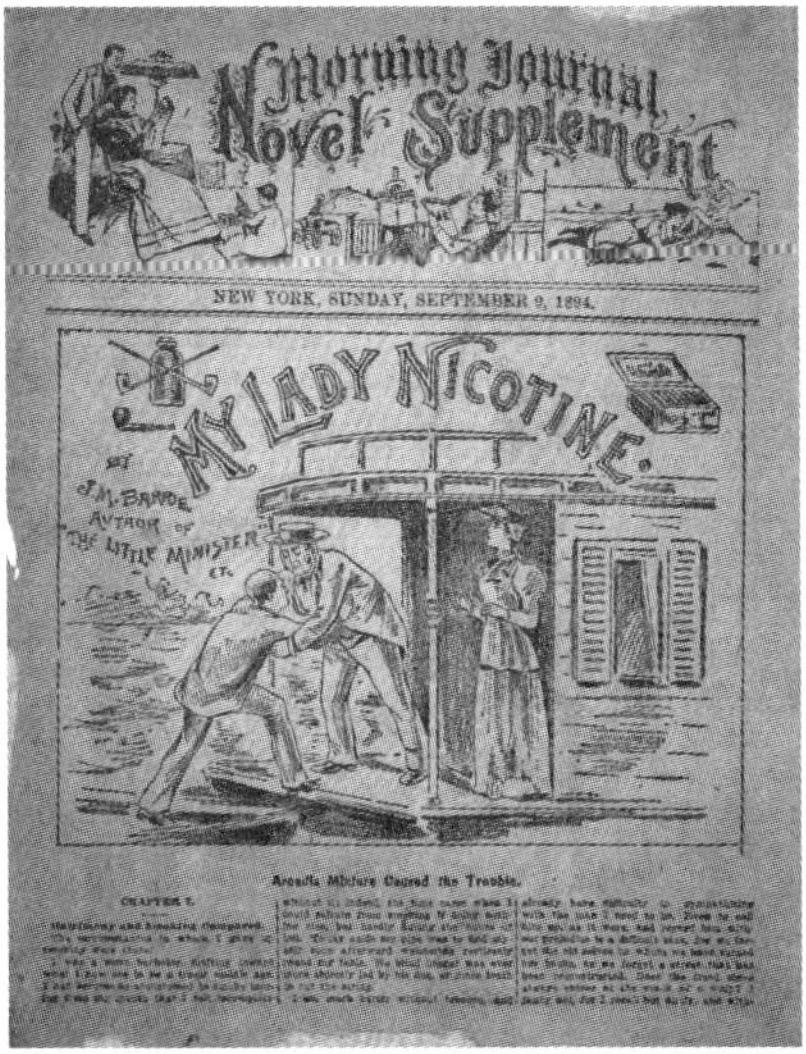
Morning Journal Novel Supplement

NEW YORK, SUNDAY, SEPTEMBER 9, 1894.

MY LADY NICOTINE.

BY J.M. BARRIE AUTHOR OF THE LITTLE MINISTER ETC.

Arcadia Mixture Caused the Trouble.

CHAPTER I.

『我がニコチン夫人』の第一話。この小説は喫煙と結婚生活を対比させる内容。（イェール大学バイネッキ稀覯本図書館蔵）

『小さな牧師』によって、英米文学の世界におけるバリーの評価は確固たるものになった。この作品の演劇版がアメリカで上演されたとき（アメリカではすでにこの小説の海賊版が数多く出まわっていたが）、フローマンズ・エンパイア・シアターにおけるモード・アダムズ主演の舞台はブロードウェイの記録を塗りかえる大ヒットだった。それに続いてバリーは次々に戯曲を書いた。もっともバリーは、戯曲はつまらないが初めはしかたなく歩んだ道だと固く信じていたのだが[20]。ともあれこの時期に書かれた戯曲のひとつに一八九二年の『ウォーカー・ロンドン［*Walker, London*］』があった。その準主役にバリーが起用したのが、メアリー・アンセルという若い女優で、やがてバリーと彼女は洒落たレストランで一緒に食事をするようになる。ロンドンのゴシップ新聞の記者に追いかけられながらのふたりの交際には、さまざまな紆余曲折があった。途中バリーを悲劇的な出来事が襲ったために数か月中断したこともあった。出来事というのは、彼の妹の婚約者が落馬して死んでしまったことだった。その馬はバリーからの贈り物だったので、彼は事件のあと数か月は悲しみと罪悪感にうちひしがれていたのだ。

交際を始めたのはバリーとメアリー・アンセルがともに三〇歳代のころで、メアリーはなかなかプロポーズされず、先の見通しも立たず、何も決定的なことが起こらないために不安になり始めていた。しかしその間バリーのほうは、メアリーとの将来について真剣に悩んでいたのだ。ある時はコーンウォールにある友人のアーサー・クイラー・クーチの別荘に引きこもり、「ブックワーム（本の虫）」と呼ばれる人物の物語を書いた。友人の三歳の子どもベヴィルとすごす時間を楽しみながら、バリーは戯曲『教授の恋物語［*The Professor's Love Story*］』の登場人物のアウトラインを考えてもいたのだ。バリーはこの戯曲の中で、一生独身でいようと考えている男にたいする深い懸念を示している。ブックワームの友人でもある医師は、結婚すれば彼の人生は変わり、そうすれば彼も「生まれ変わったようになる」と断言する。そして「彼は本に没頭しすぎている。本が彼をつぶしてしまう。今に彼は羊皮紙か、ミイラになってしまう[21]」と言うのだ。

一〇年後の一九〇四年、メアリーと結婚したあとでさえ、バリーは現実の生活と自分の書く物語との区別がつかなくなる不安に苦しんでいた。王立文学基金でのスピーチで「私たちは本当にここにいるのか、それともこれは本の中のひとつの章なのか、いったいどちらなのだろう。もしこれが本の一部なら、それを書いているのはどちらの私たちなのだろう[22]」と文学者の聴衆に語りかけた。彼はしばしばこのように分裂した自

メアリー・アンセル。1896年。（イェール大学バイネッキ稀覯本図書館蔵）

我についての思索を語っているが、これはまさに現代の心理学でいう分裂した意識と存在の不安をあえて過度に知性化する自己防衛本能だろう。文学はバリーにとって本当の意味の遊びになっていた。台本があり、配役があり、パントマイム、仮面、自分とは別の人格がある文学が、彼の人生を支配するようになっていた。バリーは自分のことを内にこもる性格だと思っていたが、それは明らかに他の誰とも――心のよろい戸を閉めていると彼が表現した仲間のスコットランド人たちとも――異なる種類の内気さだった。メアリーとの結婚が形だけのものだった可能性も考えあわせれば、彼が長いあいだ結婚をためらっていたことも納得できる。

その何年も前に、バリーは別の種類の悩みをかかえていた。彼は『エディンバラ・イブニング・ポスト』紙に書いた「私のおぞましい夢」と題するエッセイで、繰り返し見る悪夢の内容が長年のあいだに少しずつ変わり、しだいに結婚生活への不安の形をとるようになったと書いている。

この忌まわしい悪夢がいつ、どのようにして私にとりついたのかわからないのだが、おかげで私は誰よりも不運な男になった……学生時代には、寮にいる他の少年たちは良心に何の不安もなく眠っているというのに、私は毎夜のようにこの悪夢と格闘していた。それは、いやらしいのにどうしようもなく魅力的な夢だった。内容は見るたびに違っていたが、いつもそれとわかった。私が夢を恐れた理由のひとつは、それがどこから、どのようにしてやってくるのかを私が知っていたことだ……今は、いつも同じ悪夢を見る。結婚した夢、

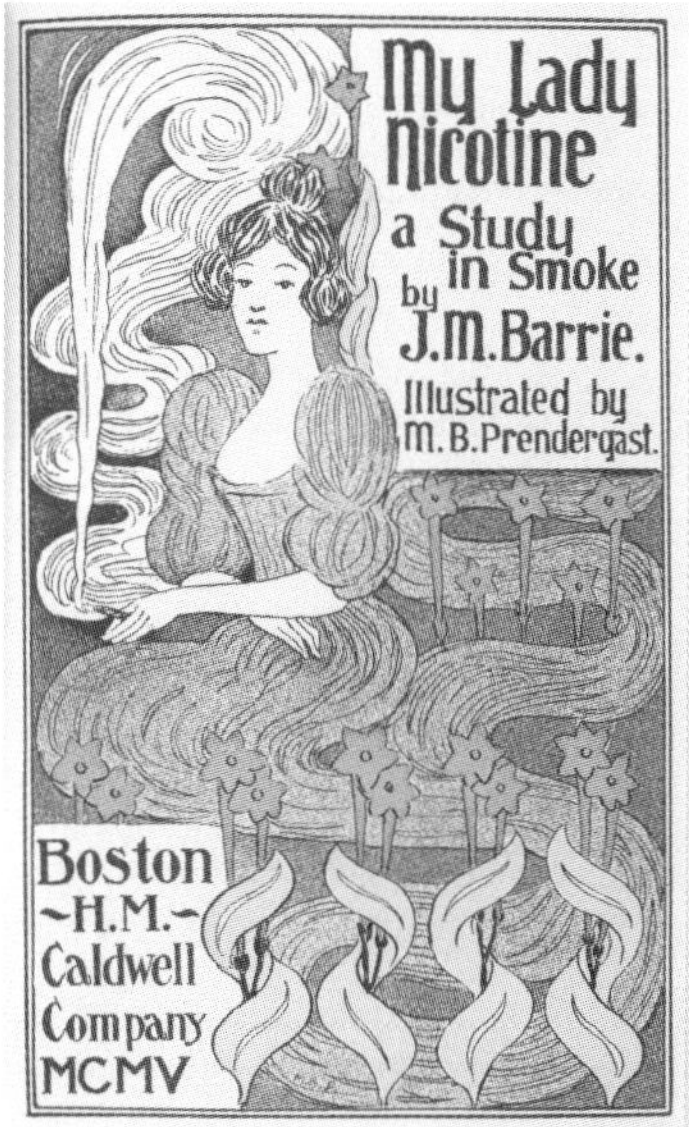

『我がニコチン夫人』は喫煙に関する小文によるシリーズ物。バリー自身は生涯をとおしてパイプを吸っており、しつこい咳に悩まされていた。（イェール大学バイネッキ稀覯本図書館蔵）

そして私は失った魂の悲鳴で目がさめる……このおぞましい夢は、いつも同じように始まる。ベッドに入ったことは自分でもわかっているらしい。それから霧の中のようなぼんやりとした世界でゆっくりと目をさましていくのがわかる。[23]

一八九四年三月、バリーはやっと心を決め、ある女優と婚約したことを母親に知らせるためにスコットランドへ帰った。彼は滞在中に肺炎にかかり、さらに悪化して肋膜炎になるというかつてない重病を経験した。メアリー・アンセルは彼のもとへ駆けつけ、回復するまでつきそっていた。そして彼の回復を待ってふたりの結婚の日にちが決められた。一八九四年七月九日、ジェイムズ・マシュー・バリーとメアリー・アンセルは結婚し、スイスへの新婚旅行に旅立った。バリーはスイスで一匹のセントバーナードの子犬を買い、新妻への贈り物にした。ロンドンまで船で送られてきた子犬は、ジョージ・デュ・モーリアの小説『ピーター・イベットソン』に出てくるセントバーナード犬の名前ポーソス（これは『三銃士』のポルトスからとった名前だ）にちなんでポーソスと名づけられ、夫妻の子どものような存在になった。ロンドンのグロスター通り一三三番地に構えたふたりの新居はケンジントン公園に近く、バリーと非常に大きな愛犬（後足で立って飼い主とボクシングができた）はそこで遊ぶ子どもたちの注目をあびる存在だった。

バリー夫妻の生活において、ポーソスは予想を超える働きをした。メアリーは著書『犬たちと男ども［*Dogs and Men*］』に耐えがたい沈黙につつまれた食事風景を描写している。「夫の心がどこかよそへ行ってしまい……それ以上沈黙に耐えられなくなったちょうどそのとき、犬が近づいてきてあなたに何かを訴える……あなたが口に食べ物を入れてやれば、犬は愛情のこもったまなざしでこたえてくれる。そのとたん、冷え切っていたあなたの心は温かさをとり戻すのだ」[24]。子どもがなく、女優の仕事もやめてしまったメアリーのなぐさめは、犬とのふれあいと、家や庭を装飾したり改造したりすることだった。ロンドンではグロスター通りの家に手をくわえ、その後はレンスター・コーナーの家も改造した。のちに夫バリーとルウェリン・デイヴィズ家の少年たちの海賊ごっこの舞台になるブラック・レイクの近くのサリー州の別荘も彼女が改装することになる。

一八九五年の夏、バリー夫妻は結婚一周年を祝うために再びスイスを訪れ、ホテル・マローヤの快適さとエンガディンのさわやかな山の空気を楽しんだ。そして九月一日、バリーは母の世話をしてきた姉のジェイン・アンが急死したとの知らせを受ける（彼女はしばらく前から診断を受けないまま癌の痛みに耐えていた）。急いでキリミュアに向かったバリーが到着するちょうど一二時間前に、母マーガレット・オグルヴィも亡くなっていた。彼は母と姉をいちどに葬ることになったのだ。母の死後、バリーは『マーガレット・オグルヴィ』を書いた。母親を慕うあまり死後に彼女の伝記を書いて出版した――しかもその母親は社会的にも文化的にも名を残すような人物ではなく、生涯のほとんどを死んだ家族を悼むことについやしただけだった――バリーのような人間はほかにない。彼にとって母親との関係はつねに最優先事項であり、その前では他のことはすべて二次的な意味しかなかった。彼が母に捧げたこの伝記に、妻メアリー・アンセルの名はいちども出てこない。驚いたことに、この作品は一部の批評家からは批判された（「胎児コンプレックス」を示すものと見られた）ものの、非常によく売れた。数週間ほどのうちにイギリス国内で四万部が売れ、アメリカでも高い評価と売れゆきを得たのである。

一八九六年に出版された『センチメンタル・トミー［*Sentimental Tommy*］』で、バリーの作風はさらに自伝的傾向を強めている。当初バリーはロンドンからスラムズに戻ってきた青年の成長物語を書くつもりだったが、この登場人物に愛着を感じるあまり、その後の彼を書くよりそこにいたる彼を書かざるをえなくなったということだ。バリーはこの小説の序文に書いている。「私たちは興味ぶかいところ、謎めいたところのある人物に会うと、その人がどんな少年時代をすごしたか知りたいと思うだろう」「作家も同じで、自分の作りだした登場人物について知りたくなる」。そして登場人物の子ども時代を書こうとしているうちに作家は「自分は彼をそのまま大人にしたくないと思っている、あるいはひょっとすると、登場人物自身が、自分を待ちうける将来の出来事に不安を抱いて大人になりたくないと思っている」のではないかと気づくのだ。この作品でバリーは、子ども時代への並々ならぬ関心を示しているが、これは習慣や道徳や結婚を扱った戯曲で成功してきた作家には珍しいことだった。たいていの作家は登場人物が成長する物語、あるいは大人の行動の謎を扱ったものを好むものだ。ところがバリーにとっては、大人の登場人物は子どもを知るためのきっかけにすぎない。子どもとは、大人の父であるのだから。

『マーガレット・オグルヴィ』と『センチメンタル・トミー』を書きあげたあと、バリーはアメリカへ行き、大物の演劇プロデューサー、チャールズ・フローマンと会って有益な時をすごした。フローマンは一八九七年にロンドンのヘイマーケット劇場で初演して好評だった『小さな牧師』に興味を示した。バリーは将来的な収入が確保でき、フローマンはバリーとの仕事がうまくいくことを確信していた。仕事の話はあっという間にまとまり、バリーの名声と収入の見通しもたったので、仕事だけでなく遊びに使う時間もじゅうぶんに確保できた。

今やバリーはケンジントン公園をゆっくり散歩できるようになり、彼がポーソスと散歩していて五歳のジョージ、三歳のジャック、そしてまだ乳母車に乗っていたピーターの三兄弟と出会ったのもこの公園でのことだった。ベレー帽に似たおそろいの赤いタム・オ・シャンター帽をかぶった兄弟は、飼い主と一緒に芸をするセントバーナード犬にすっかり魅せられた。眉毛を自由に動かすことのできるおじさんと遊ぶのも楽しみになっていた。「片方の眉を上げて、反対の眉を下げることができるのは私だけだった」とバリーは自慢していた。「ひとつの眉が額をあがっていくともうひとつの眉が下がってくる。つるべ井戸の桶のようにね」と言っていた。そのうえこのおじさんはお話をしてくれた――あっちへ行ったりこっちへ行ったりいつまでも続く冒険の話で、その中に少年たちも出てきて悪い敵と戦ってやっつけるのだ。

バリーがロンドンの高名な弁護士サー・ジョージ・ルイスの家の晩餐会でシルヴィア・ルウェリン・デイヴィズと夫で弁護士のアーサー・ルウェリン・デイヴィ

ズに初めて会ったのは、おそらく一八九七年の大みそかだったと思われる。シルヴィアは公園で知りあった少年たちの母親というだけでなく、俳優ジェラルド・デュ・モーリアの姉であり、作家ジョージ・デュ・モーリアの娘でもあった。非常に美人だったが、伝統的な美人の枠に入るタイプではなかった。「いわゆる美人というより、それまでに私が会った誰よりも感じがよくて明るく輝くような顔立ちをしていた……ふんわりしたきれいな黒髪だったが、何より彼女の表情と低い声が魅力的だった」と彼女に会ったある女性が日記に書いている[25]。前にも書いたように、J・M・バリーは「会ったとたんに魅了された[26]」。そして話しているうちに、バリーはすでにケンジントン公園で彼女の息子たちと出会っていること、バリーとポーソスはいつも面白いことをしてケンジントン公園にいる子どもたちの注目を集めていることがわかってくる。お子さんたちは本当に赤いタム・オ・シャンターをかぶっている？ええ、あれはあの子たちの曾祖父にあたる人の法服で作ったものです、などと話したことだろう。

バリーとルウェリン・デイヴィズ家との交際はロマンス――バリーのシルヴィアに対する好意と少年たちへの愛情――として始まり、ルウェリン・デイヴィズ夫妻が亡くなりバリーが残された五人の少年を養子にするという悲劇で終わる。そのあいだ、作家であり劇作家であるバリーは、彼――結婚はしているが子どものいない男――の経験を文学として表現していた。一九〇二年に出版された『小さな白い鳥』では、ある男の子をわが子の代理として愛し、父親の気分を味わおうとする男の病的な内面を描いて、ルウェリン・デイヴィズ家の少年たちに対する彼の愛情を作品に埋めこんでいる。そしてそのちょうど二年後に上演される戯曲『ピーター・パン』で彼はついに（少なくとも作品の中では）悪魔払いに成功する。その要因としては彼がルウェリン・デイヴィズ家の少年たちへの愛情を父性愛に変えることに成功したことが大きいが、もうひとつ、決して大人にならない少年を登場させたことも重要だった。

だがまずは『小さな白い鳥』――多くの点でバリーの内面的な生活をいちばん反映している作品――の話から始めよう。バリーは執筆中に思いついたことは何

アーサー・ルウェリン・デイヴィズ。1890年。（イェール大学バイネッキ稀覯本図書館蔵）

でもすぐにノートに書きとめる習慣があり（「ジョージが靴紐を結んでくれと言ったときの奇妙な喜び」など）、それによると彼の最高の喜びはルウェリン・デイヴィズ家の少年たちの父親と間違われることだった——だがこの喜びには、本当はそうでないことが明かされるかもしれないという不安がつねに影を落としていた。『小さな白い鳥』の語り手はバリー本人を思わせるような風変りな独身男性で、こっそり子どもの世界に戻ったり、物語と現実の境界をなくしてしまったり、父親であるという幻想とたわむれたりしている（バリーはシルヴィア・ルウェリン・デイヴィズが第四子を妊娠中に「この本の白い鳥、彼女の赤ん坊」とメモしている）[27]。

語り手の独身男性には子どもがないが、仲なおりして結婚するように彼が仕向けた若いカップルのあいだに生まれた赤ん坊のデイヴィッドと多くの時間をすごしている。物語のデイヴィッドの母親はメアリーだが、語り手は自分が作る物語と遊びの中でその赤ん坊にいろいろな性格を与えている。その男の子に対する語り手の愛情は私たちの目から見れば病的で、小児性愛におちいるかどうかのぎりぎりのところであやういバランスをとっているようにしか見えない。デイヴィッドが語り手のところに一晩泊まる場面の描写を見てみよう。

私にはその意味が直感的に分かった。彼は私に靴を脱がせてくれと言っていたのだ。私はその道のベテランらしく、極めて冷静に注文に応じ、続いて彼を膝に乗せてブラウスを脱がせてやった。これもまた、まことに楽しい作業だった。ここまでは、私は何の感動も示さず、自分でも驚いたほど平然とやってのけることができた。ところが次にこの子の小さなズボン吊りを外す段になって

［……］私はすっかり狼狽し、取り乱してしまった。

これ以上デイヴィドの着がえを人目にさらすには忍びない。この話はこれまでとしよう。間もなく寝室の明かりは消え、闇を照らすのは常夜灯のちいさな焔《ほのお》だけとなった。ときどき大人が一人、そっとドアを開けて、ベッドに横たわる小さな姿を覗《のぞ》き込む。（『小さな白い鳥』鈴木重敏訳）

語り手が床についたあと、デイヴィドは目をさまし、自分のベッドから大人の男性である語り手のベッドに移ってくる。もちろんこれはフィクションの世界のことだ。しかしこうした少年と大人の男性との描写には不穏な感じをもたざるを得ない。父親でない大人の男性に夜の安心を求めようとする少年と夜の子どもの動きを熱心すぎるほどにじっと見守る男性のようすを何のはばかりもなく描写したこのシーンに、当時の読者がショックを受けなかったとしてもだ。

私がそう言うなり、待ってましたとばかりにデイヴィドは起きあがり、その小さなからだを私にぶ

シルヴィア・ルウェリン・デイヴィズとジョージとジャック。1895年。（イェール大学バイネッキ稀覯本図書館蔵）

つけてきた。それからあとは朝まで、彼のからだは縦横無尽、好き勝手に動き回った。私の上に乗るかと思えば私を枕にし、足がちゃんとベッドの裾《すそ》を向いているかと思えば、いつの間にか枕の上に移動していた。しかもその間も彼は、一度握った私の指を決して離さず、ときどき目を覚ましては、私と一緒に寝ていることを確かめるのだった。私は横になったまま考え続けていた［……］。その優しい寝息を聞こうとして、私がいつまでもドアの外に立ち続けたこの少年のことを、そして、いつしか私はその少年の名を忘れ、「ティモシー」と声に出して呼んでいた。（鈴木重敏訳）

ティモシーというのは、子どものいない語り手の作り話に出てくる架空の子どもの名で、デイヴィドの両親に赤ん坊用の衣類を贈る口実として、生まれてすぐ死んだことになっていた。『小さな白い鳥』の最終章は眩暈《めまい》がするようなどんでんがえしや裏がえしの連続で、語り手はデイヴィドの母親が宿して「流産した」ふたり目の子どもの小説を書いていたと言い、デイヴィドの母親は語り手の本はデイヴィドではなくティモシーの物語だと言う。語り手も母親も子どもを宿したのだが、デイヴィドの母は「実体」を、語り手は「影」を宿していたのだと。[28] ここでは母性と父性は作者と敵対する存在であり、デイヴィドが母親を、彼が「お父さん」と呼ぶ語り手に紹介する決心をしたとき、父性と母性は作家性に完全に敗北する。

『小さな白い鳥』はひとりの子どもの父親役を演じるという不思議な幻想を作品化することで、バリーの精神をいやす効果があった。大人になるのが嫌で家から逃げ出した「迷い子の」少年というアイディアを、バリーが思いつくきっかけにもなった。「彼の両親は彼がひとりで楽しそうに歌っているのを見つけた。彼が楽しそうなのは、これで永遠に大人にならないですむと思っていたからだ。両親につかまったら、むりやり大人にさせられると思った彼は、さらに森の奥へと逃げこんだ。そして今も、少年のままでいられることが嬉しくて、ひとりで歌いながら森の中を走りまわっている」[29]。『小さな白い鳥』にピーター・パンとして登場した「永遠の少年」でいるために「さまよう少年」は、生まれて七日目に「窓から逃げだし」てケンジントン公園に飛んでかえった。バリーはジョージとジャックを連れて散歩にでるとこの少年の話をしてやり、それが『小さな白い鳥』から『ケンジントン公園のピーター・パン』へ移行することになったのだ。『ケンジントン公園のピーター・パン』はシルヴィアとアーサーの夫妻と「彼らの子どもたち――私の子どもたち」に捧げられている。

少年のままの男はついに父親になる方法を見つけたのだ。『センチメンタル・トミー』の続編にあたる『トミーとグリゼル』で、バリーは「彼はまだ少年のままだった。彼はつねに少年だった。ときどき今のように大人になろうとするのだが……少年でいることが楽しすぎて、成長することができなかった[30]」と書き、そのことを憐れんでいた。「ぼくはほかの男たちとは違うらしい。何か呪いがかけられているのだろう。ぼくはきみを愛したい。きみは今までにぼくが愛したいと思ったただひとりの女性だ。でもぼくにはできない[31]」と言いきる登場人物を生みだした作家が、実際の結婚生活に何か問題を抱えていたとしても不思議はないだろう。バリーの妻メアリーはこの『トミーとグリゼル』の内容の一部に異をとなえ、そのいくつかを削除するよう強要した。例えば「神がトミーを許しがたいと思われることがあるとすれば、何よりもグリゼルがついに子宝に恵まれなかったことがいちばんだろうと私は思う」という一節である。

たしかにメアリーは子宝に恵まれなかったが、バリーはつねに子どもに囲まれてすごした。はじめはルウェリン・デイヴィズ家の少年たちに、そしてそのあとはさまざまな形のピーター・パン物語の中の子どもたちに。ここで『小さな白い鳥』に見られるバリーの病的な面をいやし、より創造力を高めることになるいくつかのピーター・パン物語とその始まりをもう一度検証しておこう。

一九〇一年夏、バリーは休暇をサリー州のブラック・レイクの山荘で過ごすことにした。それに合わせたかのようにルウェリン・デイヴィズ一家はそこからほど近いティルフォードに別荘を借りたので、少年たちはブラック・レイクという名の池のまわりでバリーと毎日のように遊ぶことができた。ブラック・レイク島は

ルウェリン・デイヴィズ家の3兄弟。ジョージ、ジャック、ピーター。(イェール大学バイネッキ稀覯本図書館蔵)

少しの工夫で海賊やインディアンや野生動物のいる無人島になった。バリーは子どもたちが遊ぶ様子をすべてカメラにおさめていたが、ある日ふと、少年たちのために彼らを主人公とした冒険物語のような本を作ろうと思いつく。この本は二冊だけ作られ、今は一冊だけ残っている――もう一冊は贈られたアーサー・ルウェリン・デイヴィズが電車に置き忘れてなくしてしまった(「この馬鹿げた行為全般に対する彼なりの意見」とのちにアーサーの三男ピーターが語っている)[32]。

一九〇一年に「出版」された『ブラック・レイク島少年漂流記――ピーター・ルウェリン・デイヴィズがありのままに伝える、一九〇一年の夏にデイヴィズ家の兄弟が経験した恐ろしい冒険の記録』には文章はなく、一六にわかれた章のそれぞれのタイトルと、下にキャプションのついた三六枚の写真で構成されていた。そしてさらに、少年たちの母親の解説と「子を育てる親への忠告」が添えられていた。遊んでいる子どもたちを撮った写真の中にひとりだけいる大人は、スウォージー船長という悪漢に扮したバリーだった。

この写真本の赤と黒で彩られた表紙には、少年たちがあり合わせのものを使った武器のうちの三つ——鋤《すき》などの庭仕事の道具——がデザインされていた。この「島」では弓矢とナイフも使われており、休暇の途中にはジョージが射た矢でジャックの唇が切れるという事件が起こり、驚いた母親からもっと安全な武器を使うようにと命令されたこともあった。各章のタイトルからストーリーを追っていけば、まず少年たちが家を出て（「愉快なお母さん——うっかり屋のお母さん」）、「恐怖のハリケーン」に遭い、「アンナ・ピンク号」という名前の船が難破し、とある島に流れつく。少年たちは小屋を作り、海賊を見つけ、海賊船に乗りこむ。海賊たちを「皆殺し」にし、なんとかトラから逃げて「タバコの楽しみ」を知り、イギリスに向けて旅立つことになる。

少年たちにとってバリーは、有名人だがひょうきんで優しく、ブラック・レイク島で彼らに冒険ごっこをさせてくれたジミーおじさんだったが、彼らの母シルヴィアに贅沢な生活の楽しさを教えた人でもあった。翌一九〇二年、シルヴィアはバリー夫妻に同行してパリへ行き、「すばらしく豪華な生活」と、彼女の夫アーサーの言う「バリーの新作劇と新作の小説の大成功を祝うイベント」[33]をともに楽しんだ。その間に少年たちは成長し、バリーが「知恵の木」と呼ぶものを見つけていた。「思慮のない人間は十字路にさしかかると見なれた道を進むが、それはもはやわが家へ続く道ではない。それと同じで、あなたは時には森にひき返すことがある。あるいは森の木の枝にこれ見よがしにとまって、まだそこにいるふりをして私を喜ばせようとする」[34]

シルヴィア・ルウェリン・デイヴィズが五番目の子

J.M.バリー、1901年。（イェール大学バイネッキ稀覯本図書館蔵）

どもを妊娠していたころ、バリーは机に向かって「無題」とした戯曲を書き始めていた。彼は「ダーリング家の夜の子ども部屋」とする舞台セットの詳細な図を描き、不思議な少年がそこへ忍びこんでダーリング家の子どもたちを『ブラック・レイク島少年漂流記』さながらの世界へ連れていく物語の構想を始めていた。

バリーは『ピーター・パン』という戯曲を書いた記憶がないと言うが、それはある意味では生涯書き続けていたということだろう。その劇は彼の幼いころの遊びと大人になってからの経験をもとに、現実と想像を織りまぜたものだったからだ。子どものころの彼は無人島や海賊の話を読むのが大好きで、母と一緒に初めて読んだ『ロビンソン・クルーソー』は生涯をとおして愛読し続けた。スティーヴンソンの『宝島』にも魅了されたが、バランタインの『珊瑚島』にはそれ以上に心を奪われ、「道を行く人を手当たりしだいに呼びとめて『珊瑚島』を読んだかとたずねたい」という衝動にかられ「読んでいない人は気の毒だ」と思わずにはいられなかったということだ。しかし彼に何よりも大きいインスピレーションを与えたのは現実の生活であり、ダーリング家の家庭生活には、ルウェリン・デイヴィズ夫妻と子どもたちの生活が、時にはそのままに、時にはパロディを加えて、反映されているのは明らかだ。

ルウェリン・デイヴィズ夫妻の息子ピーターが両親の経済状態を描写したものを読めば、バリーがどれほどルウェリン・デイヴィズ夫妻の生活をモデルにしてダーリング夫妻の生活を書いたかは明白だ。ピーターはこう書いている。「簡素な家庭生活。酒はほとんど飲まない……自動車や馬車は使わない、レストランで飲食に多くの出費をすることはない、もちろんラジオ

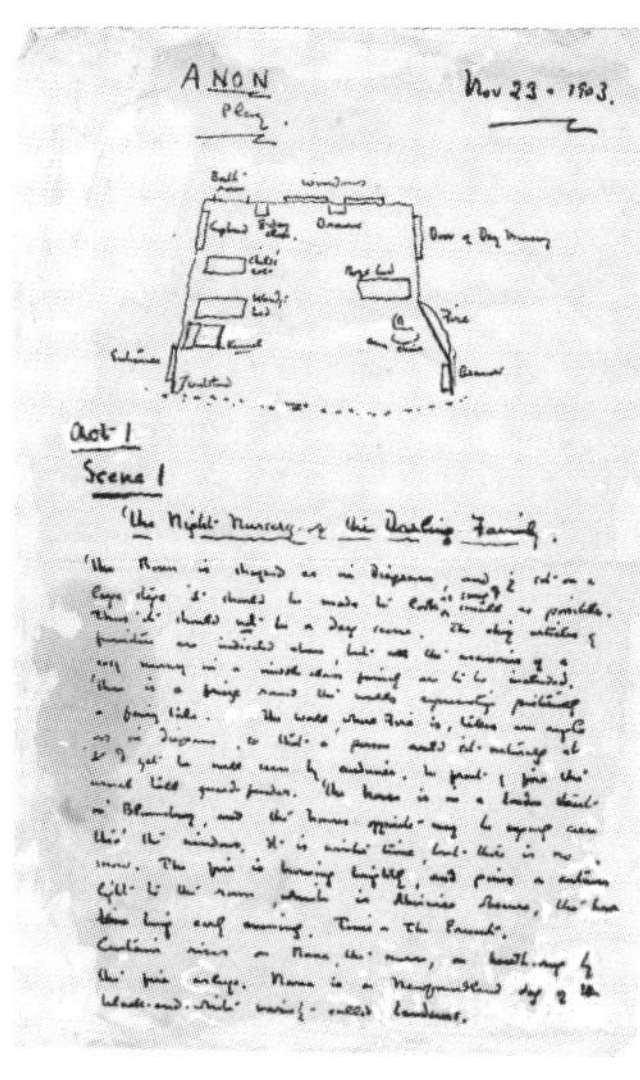

『無題』として構想を始めた劇の第一幕の草稿。ダーリング家の子ども部屋のシーン。1903年。(イェール大学バイネッキ稀覯本図書館蔵)

や冷蔵庫その他の電化製品はない、子どもに高い学費はかけない。父アーサーはほとんど毎日安くて手軽な『A・B・Cチェーン』の店で昼食をとっていた。母シルヴィアは自分の美しい服のほとんどを手作りしていた……こうした事実を見れば、彼らが出費を必要最小限におさえていたのは明らかだ。さまざまな工夫をして、少ない収入で望みうるかぎりの生活水準をほぼ完璧に維持していたのだ[35]」

戯曲『ピーター・パン』の初稿は四か月もかけずに書きあがったが、上演の実現までには長い時間がかかった。バリーが絶えず修正をくわえ、多くのシーン、特にエンディングのシーンを何度も書きかえたために配役の変更も必要になったからだ。現代の私たちから見れば意外なことだが、この企画自体が大きな賭けだと思われていた。バリーが親しい俳優のビアボーム・トゥリーにこの戯曲を読んで聞かせたときの反応は、冷淡なものだった。彼は急いで、この劇の上演で大金を失うことが予想されるプロデューサーのチャールズ・フローマンにメッセージを送った。「バリーは正気ではない……こんなことは言いたくないが、あなたに知らせないわけにはいかない……たった今バリーが脚本を読んでくれたので……だからあなたに警告しているのだ。彼が読むのを聞いたあと何度も考えてみたが、私の頭がおかしくなったわけではない。おかしくなったのはバリーだ[36]」

フローマンは忠告を気にしなかった。彼はバリーの「夢の子ども」に魅了されていた。ただひとつの問題はタイトルだった。タイトルは変えなければならない。そこで『偉大な白い父親［*The Great White Father*］』というタイトルは『ピーター・パン』に変わり、一九〇四年一〇月からロンドンのヨーク公劇場で本格的なリハーサルが始まった。

有名女優ニーナ・ブシコー（劇作家ディオン・ブシコーの娘）が忘れられないほど謎めいたピーター・パンを、同じく名優のジェラルド・デュ・モーリアが神経質で邪悪なフック船長を演じたこの劇は、観客の心を完全につかんだ——初演の夜の観客は大人が多かった。ニューヨークのフローマンはやきもきしながら電話の横で連絡を待っていた。そしてついに電報が届く。「ピーター・パン大丈夫。大成功と思われる」

シルヴィア・ルウェリン・デイヴィズとジャック、ピーター、ジョージ。1901年。（イェール大学バイネッキ稀覯本図書館蔵）

電報の予言は当たった。『ピーター・パン』の成功とともに、バリーへの称賛の声はますます高まった。彼はすでに作家、劇作家としての地位を確立していたが、驚くほどさまざまな賞が次々に授与された。そして彼の慎ましい好みや生活ぶりから考えれば使いきれないほどの大金が手に入った（ニューヨークでの七か月におよぶ公演は、バリーとフローマンに五〇万ドル以上という当時としては破格の収入をもたらした）。

『ピーター・パン』のリハーサルが行われていたころ、家族の人数がふえたシルヴィアとアーサーの夫妻――息子が五人になっていた――は、バーカムステッドの町に引越していた。バリーは少年たちと毎日ケンジントン公園で会うことができなくなって残念がっていた。「ルース［愛犬ポーソスの跡継ぎ］とケンジントン公園を散歩していて、やった、ピーターがいる、と私が叫び、ルースも嬉しそうに吠えながら一緒に走っていくとそれは知らない子で、私は散水車みたいに涙を流し、ルースはしょんぼりしっぽを垂らすことがときどきある」[37]とバリーはピーターに手紙を書いている。住むところが遠くなっても、少年たちと「ジョスリン」（シルヴィアに手紙を書くときにバリーが使った愛称）に対するバリーの気持ちは変わらなかった。一九〇六年の初めには彼と妻メアリーがパリへ行くのに一緒に行こうとシルヴィアを誘ったが、このときはマイケルとニコが病気だからという理由でことわられた。するとその年の春には、まだ病気が治らなくてロンドンまで行けないマイケルを喜ばせるために、『ピーター・パン』をバーカムステッドで上演してやった。

ルウェリン・デイヴィズ夫妻の末息子ニコは、そのころのバリーの気持ちについての鋭い洞察を記している。一九七五年に当時をふりかえって「ジョージとマイケルは彼のいちばんのお気に入りだった。ジョージはそもそも私たちがつき合うようになったきっかけであり、マイケルは……いちばん頭がよくて独創的で天才的なところがあったから……バリー氏のジョージとマイケルに対する気持ちが『恋愛感情』に近かったかどうかときかれると、うまく答えられない。だがそう――バリーとジョージ、バリーとマイケルの関係はそれに近かったかもしれない。私たちの母に対する彼の気持ちもそうだった。メアリー・アンセルは、と言えばそれはまた別の『愛情』だった。……私とピーターとジャックに対してはそのときそのときで違いはあっても――世間で普通に見られる深い親愛の情に近かった」[38]

劇場における『ピーター・パン』の大ヒットに続く数年のあいだに、バリーは想像を超える試練を受けていた。個人生活で不幸な出来事が続いたのだ。弟の事故死、癌による姉の死、母の逝去――彼はそのたびにキリミュアの墓地へ行かなければならなかったが、そうした出来事はのちにさまざまなトラウマとなって現れることになる。しかし彼は、仕事の面ではつねに意欲的だった。もともと仕事に打ちこむことが好きであり、築きあげてきた実績に対するプライドもあった。スコットランド人ならではの強固な意志もあった。彼はそうしたもののおかげで、周期的に彼をおそっては、いつもは感じのいいこの作家が陰気に黙りこんで友人たちを当惑させる憂鬱の発作をなんとか切りぬけていた。

マイケルのためにバーカムステッドで『ピーター・パン』が上演されたその日、数年後の子どもたちがまだ成長しきらないうちに、アーサーもシルヴィアも亡くなると想像した者は誰もいなかったことだろう。ふたりともその時点では健康に問題はなかった。いっぽうバリーは、長年にわたり彼の「もっとも信頼する友人」であった代理人のアーサー・アディソン・ブライトの死を悲しんでいた。ブライトはバリーの金を何千

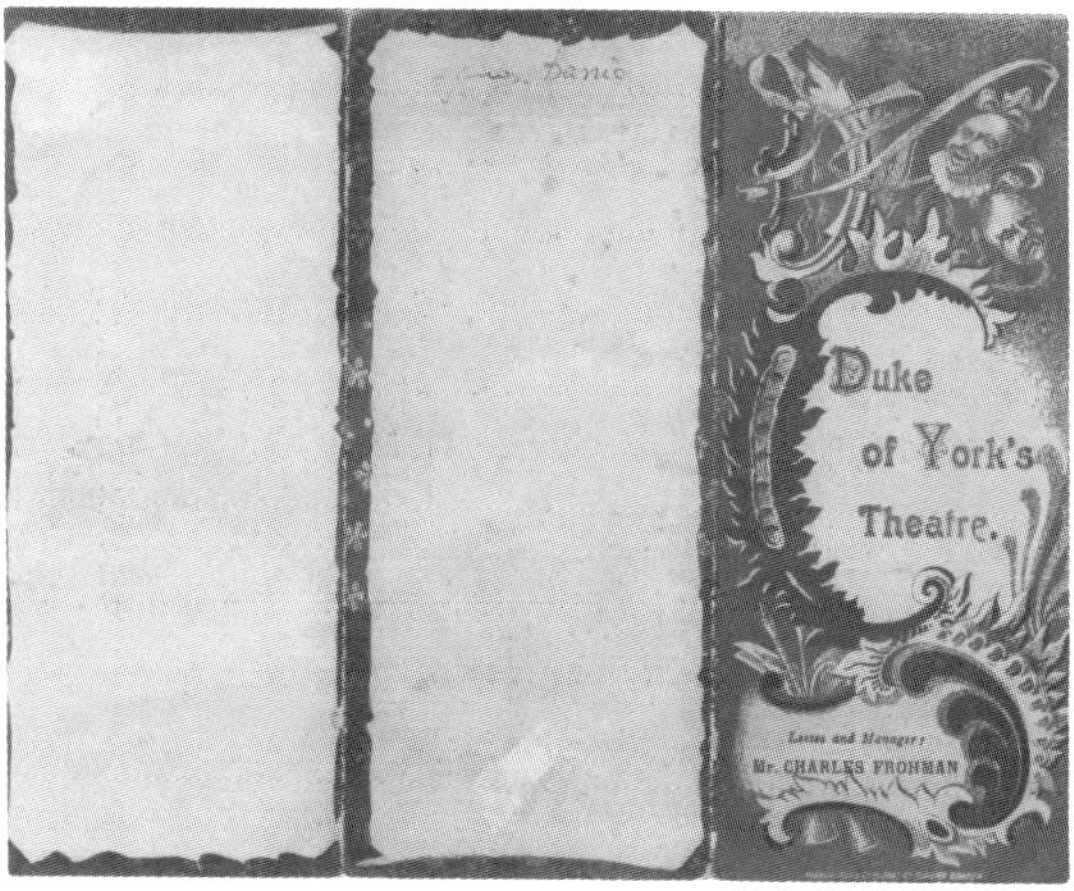

『ピーター・パン』初演時のプログラム。(イェール大学バイネッキ稀覯本図書館蔵)

ポンドも横領していたことが明るみに出たために自殺したのだ。バリーは金銭に無頓着だった。仕事で得た小切手は次々に引き出しに押しこみ、何か月もそのままにしていた。ブライトの不正処理に気づいた別の人物が暴露しなければ、いつまでも横領に気づかなかったことだろう。しかし彼は持ち前の寛大さで、金銭を失ったことよりも、自分の多額の収入が人を堕落させる場合があることのほうを気に病んだのだった。

一九〇六年六月の初め、ブライトの自殺からわずか数日のうちにアーサー・デイヴィズに癌がみつかった。はじめはただの膿瘍だと思っていたものが、命にかかわる癌だと診断されたのだ。手術によって彼の上顎と口蓋の半分が切りとられた。手術は成功したが、アーサーは二度と元のようには話せなくなり、法廷弁護士としての仕事はできなくなった。バリーは自分の資産をアーサーとシルヴィアが自由に使えるようにはからった。自分の妻と子どもに並々ならぬ愛情を示すバリーを、アーサーがうとましく思うことがあったかもしれないが、今ではこのジミーおじさんには感謝してもしきれない状況だった。「バリーは本当に私たちに

良くしてくれる――彼は私たちにとって兄のような存在だ」[39]

　アーサーは自分の顔立ちを変えてしまった病気に勇敢に立ちむかい、激しい痛みとひどい出血に耐え、失った顔の部分にはめる人工装具にも慣れようと努めていた。だがそのさなかに癌が転移して、もはや治療は不可能だと知らされたのである。妻による愛情のこもった看病とバリーの「惜しみない行為と気配り」に励まされ、アーサーは手術後の数か月を生きのびた。[40]バリーが病室で夜通し看病したことも何度かあった。アーサーは一九〇七年四月一九日に亡くなる直前に、バリーを「見ているだけ」でとても嬉しいとメモに書いてバリーを感動させた。

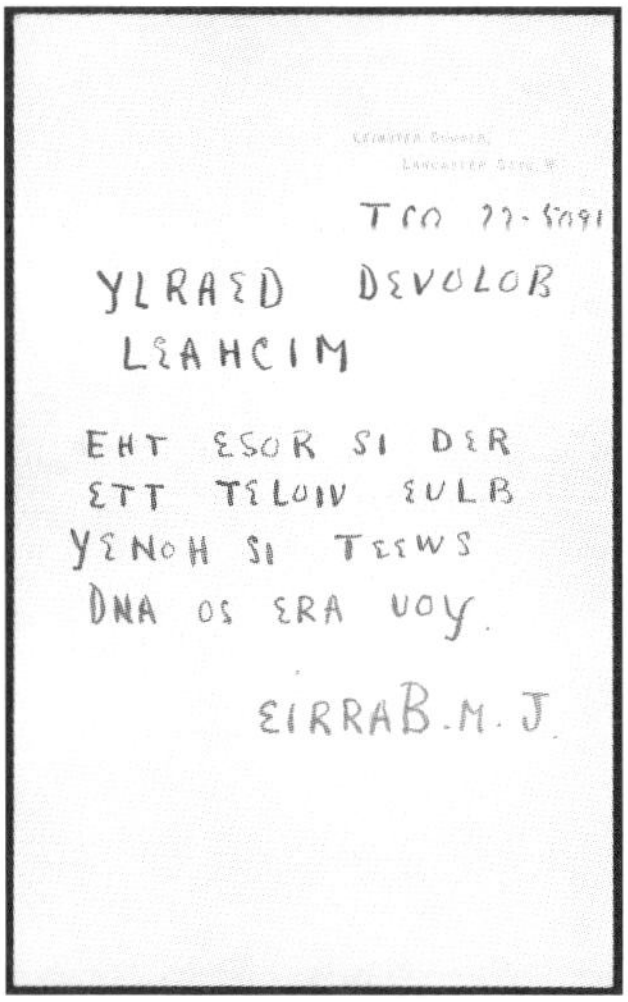
TCO 22-5091
YLRAED DEVOLOB
LEAHCIM
EHT ESOR SI DER
ETT TELOIV EULB
YENOH SI TEEWS
DNA OS ERA UOY
EIRRAB.M.J

J.M.バリーからマイケル・デイヴィズに宛てた1905年10月22日付の手紙。裏文字で書いてある。(イェール大学バイネッキ稀覯本図書館蔵)

　シルヴィアはバーカムステッドの家を売り、子どもたちを連れてロンドンに戻った。新しく買ったカムデンヒル・スクエアの家はレンスター・コーナーのバリーの家から遠くなかった。そのころバリー自身の身に、横領事件よりはるかに重大な、家庭をゆるがす不快な出来事が起こる。ブラック・レイクの別荘の庭師が、バリーの妻メアリーに仕事ぶりをけなされた腹いせに、メアリーの不倫を暴露したのだ。夫に問いただされたメアリーは、彼女より何歳か年下のカリスマ的な新進作家ギルバート・キャナンとの不倫をあっさり認め、バリーとは離婚したいと申し出た。バリーが何人かの美しい女性とその子どもたちに常軌を逸するほどの愛情をそそいできたことを思えば、離婚訴訟を起こしたメアリーを誰がとがめられるだろう。自分より他の女性の子どもを深く愛しているような夫、「天才」で「男性としての能力はほとんどない」[41]男だとH・G・ウェルズに言わしめた夫との結婚生活を続けることは、彼女にとってかなりつらいことだったに違いない。バリーをとりまく社交界の人々の間では、メアリーの

スクーリー・ロッジの前で。1911年。後ろに立っているのはジョージとピーター。J.M.バリーと前列にいるのはニコとマイケル。(イェール大学バイネッキ稀覯本図書館蔵)

不倫だけでなく、性生活のない結婚についてのゴシップもささやかれていた。

バリーのほうは不倫とはまったく縁がなかったようだ。ルウェリン・デイヴィズ家の少年たちとシルヴィアに献身的な愛情をそそぐことで、彼の心はじゅうぶんに満たされていた。しかしメアリーの不倫は大きな痛手であり、彼女が正式な離婚訴訟を起こしてからもキャナンと別れるよう説得を続けていた。彼は離婚問題で新聞に自分の名前が出ることに耐えられなかったのだ。ヘンリー・ジェイムズ、H・G・ウェルズを始めとする作家仲間は、新聞各社にバリーの結婚生活に関する記事の自主規制を求める声明を出した。「この一連の出来事が広く知られることは、彼のような人物が当然こうむるであろう苦痛をさらに増すことになる」として、新聞各社に「ひとりの天才的な作家に対する敬意と感謝を示すものとして、この件に関する一切の報道を控えること」[42]を望んだのだ。

バリーの離婚訴訟は一九〇九年に決着したが、そのわずか二日後にシルヴィア・デイヴィズが自宅で倒れた。彼女は癌と診断されたが、患部が心臓と肺に近すぎて手術は無理だということだった。一年後の一九一〇年八月二七日に彼女が亡くなったとき、バリーは彼女につき添っていた。まだ四四歳の若さで、五人の孤児を残して逝ったのだ。母親が死んだ日、兄弟と一緒に釣りをして帰ってきたピーターは、そのとき家を包んでいた陰鬱な雰囲気を次のように描写している。「霧雨の降るどんよりと暗い日だった……なぜか［下りたままのブラインド］が、とても悪いことが起こったと私に伝えていた。心は沈み、膝は震えるまま、私は玄関のドアまでの残り三〇メートルほどを進んだ。J・M・Bがそこで待っていた。彼は動揺した様子で、両腕はだらりと垂らされ、髪は乱れ、目には絶望の光があった」[43]

シルヴィアは遺言書を残していた。バリーは、夏休みをすごした農家で書かれたそれが、彼女が亡くなった数か月後に見つかったと言った。バリーは自分の手でそれを筆写したものを「シルヴィアの遺言を一言一句そのままに写したもの」だと言った。もっとも重要な箇所は五人の子どもたちをどう育てるかという問題に関するところで、バリーの筆写したものによれば「ジミーが家に来て、メアリー〔少年たちに献身的につくしてきた乳母メアリー・ホジソンのこと〕とふたりで助けあいながら、子どもたちの世話と家事をとりしきってほしい。メアリーにとってもそれがいちばん良いだろう」と書いてあった。だがじつは、シルヴィアはジミーではなく「ジェニー」（メアリー・ホジソンの姉妹）と書いたのだった。「ジミー」はジェニーと描かれたところに少しだけペンを入れ、メアリー・ホジソンと並ぶ事実上の父親代わりの地位を手にしたのだ。少年たちはカムデンヒル・スクエアの家に住み続け、メアリー・ホジソンもそれまでどおり家事一切をとりしきることになった。バリー自身は自宅と少年たちの家を行ったり来たりしていたが、少年たちの家をわが家《ホーム》と呼んでいた。

「五人の子どもたちにとって最善のこと」とはどういうことか。父方にしても母方にしても、親類縁者から子どもたちが必要とするだけの経済的援助が受けられるかどうかは疑問だった。アーサーとシルヴィアの兄弟姉妹の多くは自分の子どもがいて、五人全員を養うことはできそうもなかったが、母シルヴィアは何があっても五人を離ればなれにしないことを望んでいた。五人はジャック以外の全員がイートン校に入ったが、それはバリーの経済的援助がなければとても無理なことだった。もっともジョージ以外にとってイートンでの生活は決して楽しいものではなかったことは、ここに書いておく必要があるかもしれない。

バリーの少年たちに対する気持ちに父性愛以上の何

かがあった可能性については、時には不健全な執着に見えることがあったとしてもそれは決して適正な親愛の情の枠を超えることはなかったと、ピーターとニコがはっきり否定している。「キスをしたがる(もちろん、ほほへのキスは別だ)ということは二〇〇パーセントなかった。彼の頭には、私のような凡人の頭にはとうてい浮かばないようないろいろな考えが浮かんだことは間違いない――それがすばらしい魔法を生むことも多かったのだが」と、のちにニコが書いている。「私が自信をもって言えるのは……ホモセクシャルあるいは小児性愛を思わせるどんな言葉を聞いたことも、どんな小さな仕草を見たことも一度もないということだ。もしそんなことがあれば、私は絶対に気づいただろう。彼は無垢な人だった――だからこそ『ピーター・パン』が書けたのだ[44]」。彼がどんな欲求をもっていたにしても、それは文学作品の中に、あるいは子どもたちに対する叔父のような態度に昇華されて現れたということだ。

　それでも、バリーがシルヴィアの最期の望みを露骨に書きかえたこと、そしてアーサーとシルヴィアが存命中に築いていた家族ぐるみのつきあいから少年たちを切り離そうとしたと感じる人もあったことについては、誰もが居心地の悪さを感じないではいられないだろう。ともあれ、少年たちの面倒をみることがバリーにとっての最優先事項になった。バリーほど彼らの生活の安定と幸福のために全力をつくすことは、ほかの誰にもできなかったことだろう。シルヴィアの死後の数年間はそれ以前の一〇年間とくらべて、バリーが書き上げた作品数が圧倒的に少ない。バリーは次第に少年たちの生活に気をとられて、「少しは書いた」ものの、文学こそ彼の遊びだったことを思えば、その創作意欲

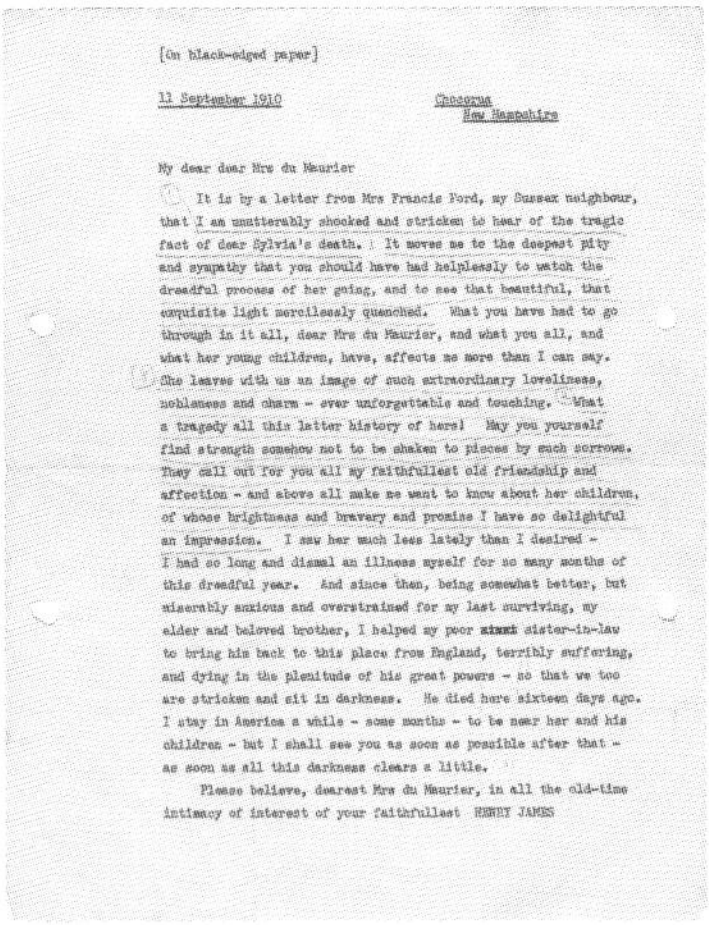
[On black-edged paper]

11 September 1910　　Chocorua
New Hampshire

My dear dear Mrs du Maurier

It is by a letter from Mrs Francis Ford, my Sussex neighbour, that I am unutterably shocked and stricken to hear of the tragic fact of dear Sylvia's death. It moves me to the deepest pity and sympathy that you should have had helplessly to watch the dreadful process of her going, and to see that beautiful, that exquisite light mercilessly quenched. What you have had to go through in it all, dear Mrs du Maurier, and what you all, and what her young children, have, affects me more than I can say. She leaves with us an image of such extraordinary loveliness, nobleness and charm – ever unforgettable and touching. What a tragedy all this latter history of hers! May you yourself find strength somehow not to be shaken to pieces by such sorrows. They call out for you all my faithfullest old friendship and affection – and above all make me want to know about her children, of whose brightness and bravery and promise I have so delightful an impression. I saw her much less lately than I desired – I had so long and dismal an illness myself for so many months of this dreadful year. And since then, being somewhat better, but miserably anxious and overstrained for my last surviving, my elder and beloved brother, I helped my poor sister-in-law to bring him back to this place from England, terribly suffering, and dying in the plenitude of his great powers – so that we too are stricken and sit in darkness. He died here sixteen days ago. I stay in America a while – some months – to be near her and his children – but I shall see you as soon as possible after that – as soon as all this darkness clears a little.

Please believe, dearest Mrs du Maurier, in all the old-time intimacy of interest of your faithfullest HENRY JAMES

ヘンリー・ジェイムズからダフネ・デュ・モーリアに宛てたタイプ打ちの手紙。シルヴィア・ルウェリン・デイヴィズの死に関する内容。(イェール大学バイネッキ稀覯本図書館蔵)

の低下は劇的と言えるほどの変化だった。「小説にも戯曲にもあまり関心がもてない。どちらも私のかたわらを流れ去ってしまった」とバリーは旧友のクイラー・クーチに告白している。「ある意味で、私は今あなたより多くの家族をもっている。四年前に父親を、去年の夏に母親を亡くした五人の少年の面倒を見ているのだ。今はそれが、私が生きる最大の理由になっている。ルウェリン・デイヴィズ家の少年たちがね[45]」

ルウェリン・デイヴィズ家の兄弟は今や本当に「私の子どもたち」になっていた。独身のバリーが彼らを養子にしたのは五〇歳のときだ。五人のうちニコとマイケルのふたりだけが家に残っていた。ジョージはイートン校に在学中で、ケンブリッジに進学するつもりだった。彼はバリーが『ピーター・パン』の序文の献辞に書いたとおりの「五人の中でいちばん立派な若者」で、それは彼の弟たちも認めるところだった。ピーターもイートン校に在学中で、ジャックは海軍に入ることを考えていた。バリーは少年たちに望みうる最高の教育を与えられることを誇りに思っていて、そのエリート主義には若干の違和感をおぼえていたとはいえ、名門校であるパブリック・スクールの優秀さは認めていた。彼は姪が経営する学校でこんなスピーチをしたことがある。「私が言いたいのはこれだけです。もし「パブリック・スクールが」それほどすばらしいのなら、外にいる少年が入る方法が見つけられるべきでしょう[46]」。ルウェリン・デイヴィズ家の少年たちは何でも最高のもの――夏の休暇、衣類、演劇、最高のレストラン――を与えられた。ジョージが第一次世界大戦に従軍して西部戦線の激戦の恐怖のさなかにいたとき、衣類や食料を入れて戦地の彼に送ったたくさんの小包の内容を書き連ねた手紙を読むと、バリーがど

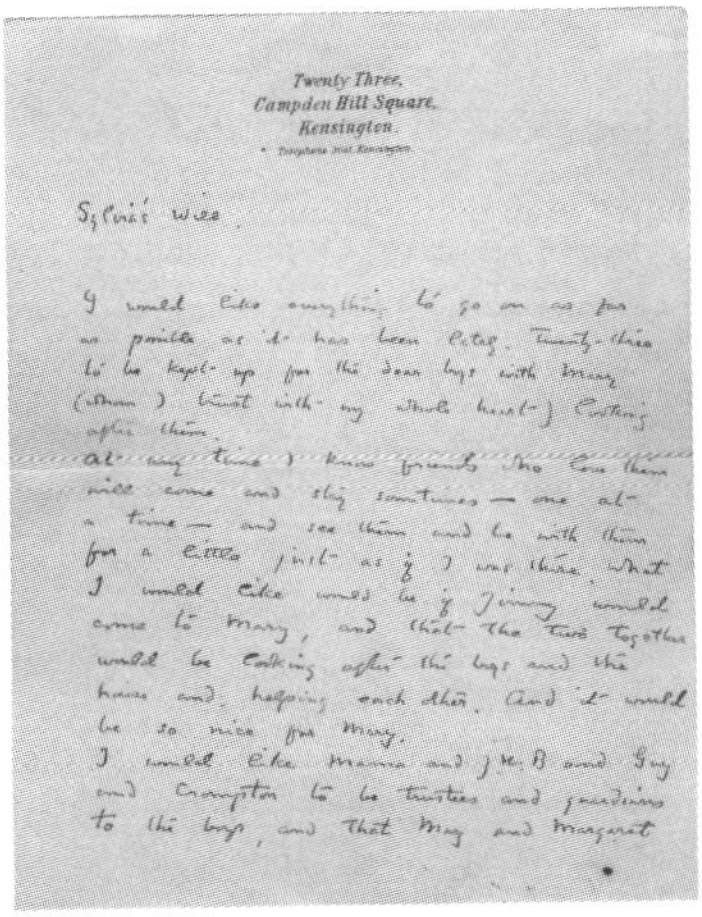
Twenty Three,
Campden Hill Square,
Kensington.

Sylvia's will

I would like everything to go on as far as possible as it has been lately. Twenty-three to be kept up for the dear boys with Mary (whom I trust with my whole heart) looking after them.
At any time I know friends who love them will come and stay sometimes — one at a time — and see them and be with them for a little just as if I was there. What I would like would be if Jimmy would come to Mary, and that the two together would be looking after the boys and the house and helping each other. And it would be so nice for Mary.
I would like Mama and J.M.B and Guy and Crompton to be trustees and guardians to the boys, and that May and Margaret

J.M.バリーが筆写したシルヴィア・ルウェリン・デイヴィズの遺書。(イェール大学バイネッキ稀覯本図書館蔵)

れほどジョージのことを大切に思っていたかがよくわかり、胸をうたれずにはいられない。

いよいよ第一次世界大戦が始まったとき、バリーと少年たちはロンドンを遠く離れたスコットランドのアーガイルシャーで釣りざんまいの休暇をすごしていたため、彼らには丸一日以上遅れてそのニュースが届いた。九月初めにジョージとピーターは陸軍の下士官に、ジャックはイギリス海軍の中尉になった。バリーは彼らの健康に何の心配もないと信じてはいたが、次第に戦死者が増し、短期間のうちに勝利できるという期待は打ち砕かれてしまった。バリーはジョージにあてた手紙に書いている。「今は戦場での栄光などどうでもいいと思っている。私にとって戦争はただ忌まわしいだけのものだ[47]」。少年たちの伯父ギー・デュ・モーリアは歩兵連隊に所属する職業軍人で、彼が家族に書いた手紙には、死体やばらばらになったからだの部分、泥、血、塹壕の悪臭などの恐ろしい光景が事細かに描写されていた。バリーはセント・アンドルーズ大学で「勇気」と題するスピーチを行い「この戦争は少なくともひとつ、大きなことを成しとげました。一年の『春』を奪ってしまったのです。春が奪われた今、わが国の指導者たちはその他の季節も今までどおりではないことに気づいて愕然としています。今年の春はフランスの平原に埋葬されました[48]」と語った。

ベルギーの前線に派遣されたジョージは、軍隊に志願したときから自分の運命に幻想をいだいてはいなかった。自分のからだが「弾丸を受けとめる」可能性が高いことは十分に承知していた。三月一五日の早朝、彼は死の予感をいだきながら戦場に向かったのである。それでも彼はジミー叔父さんに書いた手紙には、気軽な口調をたもつよう気を使っていた。戦死する前に書いたある手紙では「どうか暗い気持ちにならないで、今まで怠けて暮らしてきた若者にとって、これは願ってもない経験だと考えてください[49]」とバリーを励ました。そしてできるだけひんぱんに手紙を書くと約束し、バリーも「勇気」を失わないでほしいと願った。残念ながら、ジョージは他の士官たちと腰を下ろして上官の指示を聞いていたとき、飛んできた弾丸が頭にあたり即死した。詩人アルフレッド・テニソン卿の息子はジョージの同僚で、彼はピーター・デイヴィズにあてた手紙に、ジョージは誰からも愛されていて、仲間の全員が「最高の友人」を失ったと思っていると書いた。[50]

　この衝撃的なニュースがカムデンヒル・スクエアの家に届いたのは、ジョージが戦死した当日、一九一五年三月一五日だった。メアリー・ホジソンとニコはすでに子ども部屋で眠っていた。その時のことをメアリーはこう語っている。「ジム叔父さんの声が聞こえました。この世のものとは思えない、まるで死人が出るのを予言して泣く妖精バンシーのような――ああー！と嘆く――声でした。私もジャックもピーターもマイケルも――小さなニコまでがみんな玄関のほうへ行きました。この恐ろしい戦争は最後にはみんな奪ってしまう……私にはジョージが亡くなったのだとわかりました」[51]。ジョージの死はこの家族にとって大変な痛手だった。長年にわたって家族を結びつけてきた絆の中心が失われてしまったのだ。のちにピーターが書いている。「私たちもそうだったが、J・M・Bもこの喪失感にとても耐えられそうになかった。そして私たちは少しずつ……ばらばらになっていった。家族をひとつにまとめる計り知れないほど貴重な絆が弱まってしまったのだ[52]」

ピーター・ルウェリン・デイヴィズ。1916年。（イエール大学バイネッキ稀覯本図書館蔵）

　そのわずか数週間後のこと、チャールズ・フローマンはニューヨークからイギリスに向かう船に乗った。新作戯曲『バラ色の歓喜［*Rosy Rapture*］』の演出について相談にのってほしいとバリーに頼まれたフローマンは、戦時中の危険をかえりみず、バリーのためにあえてイギリス行きを決意したのだった。一九一五年五月七日、フローマンをのせた優雅な客船ルシタニア号は第一次世界大戦でもっとも大規模で恐ろしい非戦闘員に対する攻撃によって沈没した。一九五九人の乗客

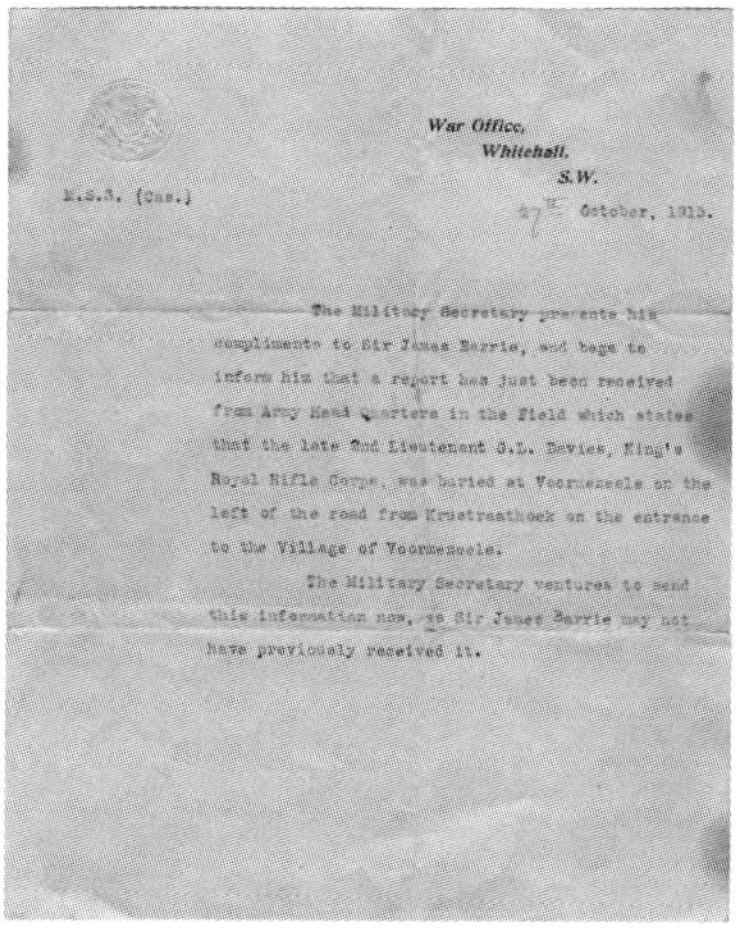

War Office,
Whitehall.
S.W.

M.S.3. (Cas.)

27th October, 1915.

The Military Secretary presents his compliments to Sir James Barrie, and begs to inform him that a report has just been received from Army Head Quarters in the Field which states that the late 2nd Lieutenant G.L. Davies, King's Royal Rifle Corps, was buried at Voormezeele on the left of the road from Krustraathoek on the entrance to the Village of Voormezeele.

The Military Secretary ventures to send this information now, as Sir James Barrie may not have previously received it.

陸軍省がサー・ジェイムズ・バリーにジョージ・ルウェリン・デイヴィズの埋葬場所を知らせる書類。（イェール大学バイネッキ稀覯本図書館蔵）

のうち、フローマンをふくむ一一九八人が死亡した。彼は数少ない救命ボートの席を固辞したということだ。

　戦争中、家庭生活が変化するのは避けられないことだった。まずメアリー・ホジソンが引退し、バリーの個人秘書としてシンシア・アスキスが雇われた。バリーの生活態度はあいかわらずで、受けとった小切手は机の引き出しに押しこんだまま忘れてしまうありさまだったので、アスキスは何かと気を配る必要があった。それからの約二〇年間、バリーはやっと元のように文学というゲームに熱中するようになり、戯曲や映画のシナリオを書き、制作にもかかわるようになった。映画化された作品は一四本におよび、『センチメンタル・トミー』はアメリカのパラマウント映画社によって制作された。シンシアの活動はバリーの仕事関係だけにとどまらなかった。彼女は既婚で子どももいたが、バリーをおおっていた「悲しみとひとつのことに没入する傾向」の殻の中に巧みに入りこみ、彼に残された年月をとおして、個人生活もふくめた精神的なサポートに努めたのだ。

　しかし一九二〇年に届いたある知らせについては、シンシアにもどうしようもなかった。その日の真夜中、バリーから電話があり「恐ろしい知らせがあった。マイケルがオックスフォードで溺死した」と告げられたのだ。それは五月のことで、バリーはマイケルに書いた手紙を投函しようと夜遅く家を出た。するとロンドンから来たひとりの新聞記者が彼を呼びとめ「溺死事件」について詳しい話を聞きたいと言った。だがそのときはまだ、テムズ川のサンドフォード・プールで、オックスフォードの学生ルパート・バクストンとマイケル・ルウェリン・デイヴィズが溺死したニュースはバリーには届いていなかった。「何もかもすっかり変わってしまいました。マイケルは私にとって世界のほとんどすべてだったのです」とバリーは古い友人に宛てた手紙に書いた。何ひとつ重要とは思えません。「ひとつの大きなもの」が消えてしまった今、他のものはどれもうつろで些細なものに見えます、と。

マイケルの死後、バリーは元どおりの彼に完全に戻ることはなかった——それは彼の兄デイヴィドが亡くなったときの母の状態に近かった。あいかわらずノートにアイディアを書きとめ、いくつか短い作品は書き上げたが、大作と言えるものは二度と彼のペンからは生まれなかった。精神的に疲れきり、神経が張りつめていても彼が著名人であることに変わりはなく、いろいろな栄誉を受け、セント・アンドルース大学の学長にもなった。その任期を終えて一九二二年に退官するときには人々の心に残るスピーチをした。彼はロンドンに出たばかりのころの思い出を語り、その大都市になじんでいった「喜び」を語った。「知人のひとりもなく、生計をたてる手段もなかったが、星が出るまで一心に仕事を続ける楽しさがあった」[53]。この九〇分におよぶバリーのスピーチのタイトルは「勇気」であり、バリーにとって勇気とは「私たちが不滅であるあかし」だった。スピーチが終わると万雷の拍手が起こり、バリーは学生たちの肩にかつがれて、講堂から外で待ちかまえていた群衆の中へと連れだされたのだった。

バリーはのちにセント・アンドルースでのスピーチを思い出しては、マイケルがいないこの世で生きながらえているのはなんと「恐ろしい」ことかと気に病んでいた。そして「本当の意味」での「ピーター・パン」を体現していたように思われるマイケルが「大人になりたくてもどうしてもなれないでいる」[54]という悪夢に繰り返し見舞われていた。彼は人生の最後の二年間をかけて『デイヴィド少年［*The Boy David*］』という劇を書きあげた。それは聖書の物語からとった若き王のストーリーに、バリー自身の人生（彼の死んだ兄の名がデイヴィドだった）と彼の作品（『小さな白い鳥』に出てくる少年の名もデイヴィドだった）をかすかに感じさせる作品だった。しかしその作品のエディンバラでの初演は、スコットランドまでわざわざ見にきたロンドンの批評家たちからさんざん悪評を浴びせられ、わずか七週間の公演で終わってしまった。

友人に囲まれ栄光に包まれながらも、陰鬱な気分と健康上の不安に苦しむバリーは、ひとりでいるのは生まれつきの「定め」なのだと言ったり、「ひとりぼっちで寂しい」と言ったりして苦悩にさいなまれていた。シンシア・アスキスはそんな彼の日常生活に気を配り、彼を思う多くの友人がいること、彼女の夫や子どもも含めた多くの人間がかたく結びついた関係の輪の中に彼も入っていることを思い出させては、バリーを献身的に支えていた。多くの栄光のときがあった。一九二八年に「イギリス作家協会」の会長に選ばれ、一九三〇年にエディンバラ大学の学長になった。ふるさとキリミュアの祭に招かれたし、ヨーク公夫妻にお茶に招かれ、ふたりの公女エリザベスとマーガレットとも会った。彼はふるさとスコットランドに「燃えるような郷愁」をいだいており、その家々や山々を見ると「落ちつく」ことができると語った。シンシア・アスキスの表現を借りれば「憂鬱と栄光」の日々だった。しかしバリーの健康の衰えもあって、栄光よりも憂鬱のほうがはるかに多い日々だった。生涯をとおして悩まされてきた不眠症をなんとかしようとヘロインの処方を受けて摂取するようになったものの、期待された鎮静効果は得られず、むしろ気分の浮き沈みが激しくなった。シンシアとボブのアスキス夫妻が彼とH・G・ウェルズを招いた晩餐会の席でバリーは体調をくずして老人病院に運ばれ、その数日後に死去した。

サー・ジェイムズ・マシュー・バリーは一九三七年六月一九日に亡くなった。ピーターとニコがベッドのそばでつきそい、シンシア・アスキスはコーンウォールから、離婚した元妻メアリー・キャナンはフランスから駆けつけた。彼の葬儀の日には国中がその死を悼み、キリミュアの墓地に向かう彼の葬列には多くの著名人が加わっていた。彼は当時最高の著名人のひとりになっていたのだ。チャールズ・チャップリンが一九二一年にロンドンを訪れたさい、イギリスで誰に会いたいかと尋ねられた彼は、真っ先にJ・M・バリーの名をあげていた。

作家、劇作家として大成功をおさめたバリーは、当然ながら相当の財産を残した。バリーは一九二九年にグレート・オーモンド・ストリート小児病院のための募金活動の先頭にたってほしいと頼まれたときはそれを辞退したが、死後に『ピーター・パン』『小さな白い鳥』『ケンジントン公園のピーター・パン』『ピーター・パンとウェンディ』に関するすべての権利を気前よくそこに遺贈した。メアリー・キャナンと数人の使用人や親族にいくらかを遺贈した残りの財産の大部分は、シンシア・アスキスに贈られた。ジャック・ルウェリン・デイヴィズには六〇〇〇ポンド、ニコには三〇〇〇ポンドが贈られ、バリーの家具、手紙、手稿、書類などはピーターとシンシア・アスキスに残された。ルウェリン・デイヴィズ家の三人の息子たちにとって、この遺産分配は満足できるものではなかった(彼らとその家族に対する生前のバリーの気前のよさにもかかわらずというべきか、あるいは気前のよさがあったからこそというべきか)。何年もたってからピーターの息子が、父親は事実上遺産相続人から排除されていたことをずいぶん恨みに思っていたと明かした。「父はピーター・パンに関しては複雑な気持ちをいだいていた。バリーが彼からピーター・パンのインスピレーションを得たと人に言われるのは仕方ないと思っていたから、バリーの遺産はすべて自分が相続するのが当然だと思いこんでいた。彼はそれを期待していた。それは、ピーター・パンと結びつけられることでこうむってきた数々の不愉快なこと――父はそれを心底嫌がっていた――への償いになるはずだった」

グレート・オーモンド・ストリート小児病院が「ピーター・パン」関係の権利を相続したことは、いかにもJ・M・バリーらしい高潔な意思表明だったと言えるだろう。バリーは遺産を相続することの危険をよく理解していた。残った三人のルウェリン・デイヴィズの少年たちには、自分が選んだ職業に彼と同じような熱意をもって励み、彼と同じように成功してほしいと望んでいたに違いないのだ。もしそれがかなわなかったとしても(ピーターとニコは出版業である程度の成功はおさめたが)、「ピーター・パン」がグレート・オーモンド・ストリート小児病院の門をくぐる何千人もの子どもたちの役にたつことになれば、それはバリーにとって大きななぐさめになる。ピーター・パンは決して大人にならないかもしれないが、彼の物語のおかげで、大人になることを拒否した少年のおかげで、多くの子どもが病気を克服し、大人になるチャンスを得られたのだ。

1 Allison B. Kavey discusses some of the negetive associations in her introduction("From Peanut Butter Jars to the Silver Screen") to Second Star to the Right : Peter Pan in the Popular Imagination(New Brunswick, NJ : Rutgers University Press, 2009),1-12.

2 Graham Chainey, A Literary History of Cambridge, 2nd ed.(Cambridge, MA : Cambridge University Press, 1995),225.

3 J.M.Barrie, Margaret Ogilvy, by Her Son, J.M.Barrie(New York : Charles Scribner's Sons, 1923),156.

4 Ibid.,30.

5 Ibid.,42

6 J.M.Barrie, Tommy and Grizel(New York : Charles Scribner's Sons,1911),88.

7 Anthony Lane, "Lost boys," The New Yorker, November 22, 2004, 98-103.

8 Warren Roberts, Charles T.Boulton, and elixabeth Mansfield, eds., The Letters of D.H.Lawrence(Cambridge : Cambridge University Press, 2002), 48.

9 Barrie, Margaret Ogilvy,30.

10 Ibid.,16-17.

11 Ibid.,49.

12 J.A.Hammerton, The story of a Genius(New York : Dodd,Mead & Co.,1929),36.

13 Barrie, Margaret Ogilvy, 50-51.

14 Ibid.

15 J.M.Barrie, The Greenwood Hat, Being a Memoir of James Anon(New York : Charles Scribner's Sons,1938),64.

16 Dunbar, J.M.Barriew : The Man Behind the Image,35-36.

17 Ibid.,41.

18 Barrie, Greenwood Hat,29.

19 J.M.Barrie, The Little Minister(New York : Charles Scribner's Sons,1921),vii.

20 Barrie, Greenwood Hat,266.

21 Birkin, J.M.Barrieand the Lost Boys,25.

22 James Mathew Barrie, McConnachie and J.M.B. : Speeches by J.M.Barrie(London : Peter Davies,1938),13.

23 J.M.Barrie, "My Ghastly Dream," Edinburgh Evening Post, 1887.

24 Mary Ansell, Dogs and Men(New York : Ayer, 1970),42.

25 Dolly Ponsonby, Diaries, October 13, 1891, cited by Lisa Chqney, Hide-and-Seek with Angels : Life of J.M.Barrie, The Author of Peter Pan(New York : St.Martin's Press,2005),151.

26 dunbar, J.M.Barrie, 115-16.

27 Beinecke Library, MS Vault BARRIE.A3.

28 Barrie, Little White Bird,206.

29 Barrie, Tommy and Grizel,399.

30 Ibid.,117.

31 Ibid.,179.
32 Birkin, J.M.Barrieand the Lost Boys,88.
33 Ibis.,96.
34 J.M.Barrie, Dedication, Peter Pan(New York : Oxford University Press,1995),vii.
35 Dunbar, J.M.Barrie,128.
36 Phyllis Robbins, Maude Adams : An Intimate Portrait(New York : Putnum,1956),90.
37 Ibid.,143.
38 Birkin, J.M.Barrie and the Lost Boys,130.
39 Chaney, Hide-and-Seek with Angels,253.
40 Birkin, J.M.Barrie and the Lost Boys,145.
41 ウィリアム・メレディスはこのフレーズをバリーの出版社への手紙で使った。Dunbar, J.M.Barrie,180 参照。
42 Dunbar, J.M.Barrie,181.
43 Ibid.,190.
44 Yeoman, Now or Neverland,147.
45 Viola Meynell, ed.,Letters of J.M.Barrie(London : Peter Davies,1942),22.
46 Allen Wright, J.M.Barrie : Glamour of Twilight(Edinburgh : Ramsay Head Press,1976),20.
47 Birkin, J.M.Barrie and the Lost Boys,243.
48 Wright,27.
49 Ibid.,244.
50 Ibid.
51 Ibid.,243.
52 Ibid.,245.
53 Chaney, Hide-and-Seek with Angels,349.
54 Beinecke Library, MS Vault BARRIE. A2/40.

PETER
AND
WENDY

BY
J·M·BARRIE

ピーター・パン
と
ウェンディ

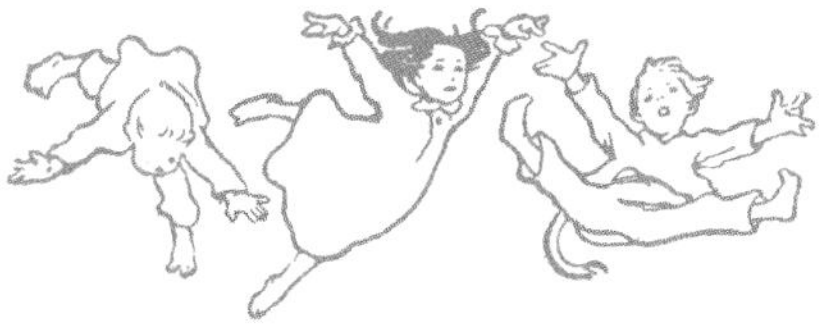

J・M・バリー

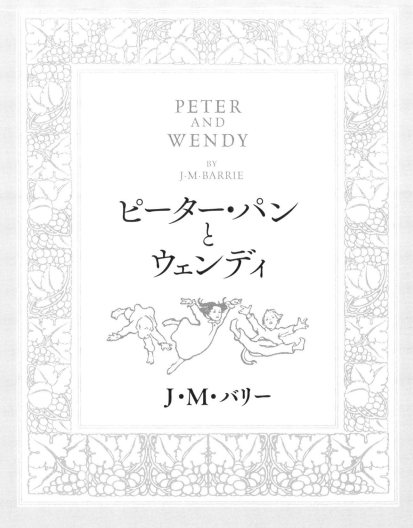

『ピーター・パンとウェンディ』のテクストについて

バリーは小説『ピーターとウェンディ』を一九一一年に出版した。その後一九一五年に『ピーター・パンとウェンディ』とタイトルを変えた学校版が出版された。どちらの版にもイギリスの画家F・D・ベッドフォードによるペン画の挿絵がついていた。ベッドフォードはすでにチャールズ・ディケンズ、ジョージ・マクドナルド、E・V・ルーカスの本の挿絵で著名な画家だった。建築家になるための訓練を積んでいたベッドフォードは、細かいところまで入念に描いた背景のなかにバリーの登場人物を描いている。一九二一年、この本は『ピーター・パンとウェンディ』として再版されたが、このときはメイベル・ルーシー・アトウェルによる一ページ大のカラー挿絵がついていた。可愛い子どもをパステル風の淡い色あいで描いた彼女の絵は、当時大流行していた。その後、この本は『ピーター・パン』のタイトルで出版されることが普通になった。本書に掲載する『ピーター・パンとウェンディ』は、一九一一年にホッダー・アンド・ストートン社から出版されたものに基づいている。挿絵は一九一一年のチャールズ・スクリブナーズ・サンズ社版を使った。


中央にダーリング一家が配されている。ダーリング氏は娘のウェンディが飲ませようとする薬を断ろうとしている。ダーリング夫人は少年たちに母親らしい愛情を見せている。

この一家にネバーランドの影が迫っている。一家より大きく描かれたフック船長とタイガー・リリーは不穏な空気をただよわせる武器（フック船長の手鉤とタイガー・リリーの斧）をこれ見よがしに示し、人魚は子どもたちを水中の世界へ誘いこもうとしている。

ピーターは高いところにいて、そのすべてを楽しそうにながめている。

（©1911 Hodder Children's Books, a division of Hachette UK、以下同）。

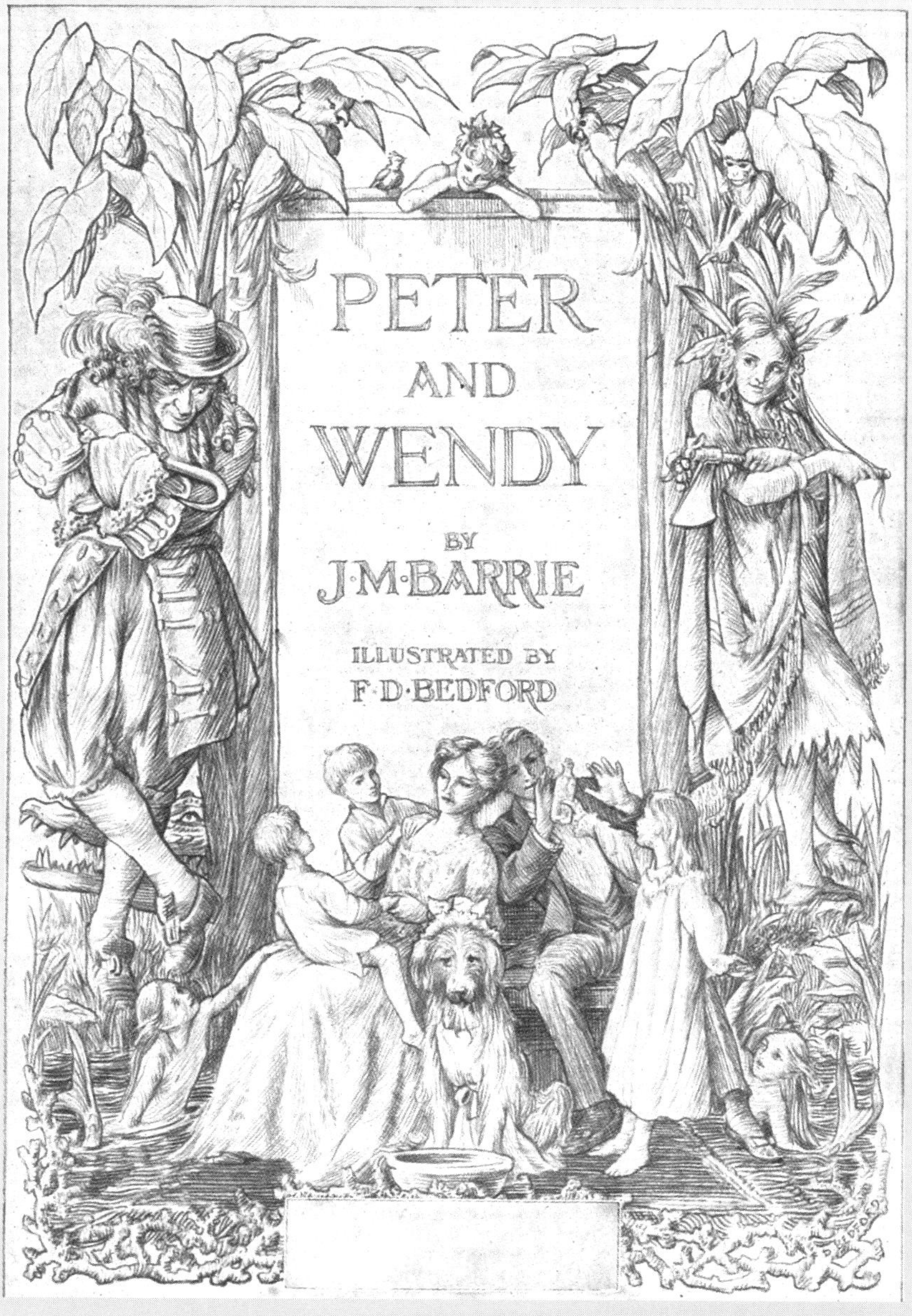
PETER
AND
WENDY
BY
J·M·BARRIE
ILLUSTRATED BY
F·D·BEDFORD

THE BIRDS WERE FLOWN

PETER FLEW IN

子どもたちが飛んでいってしまったことを
嘆き悲しむダーリング夫妻。
犬のナナもいっしょになって嘆いている。
ロンドンの夜空をつらぬく明かりは、
ネバーランドに向かう子どもたちが
彗星のように
見えているところに違いない。
散らかった子ども部屋の様子は、
子どもたちが普段の生活よりも
波乱にとんだ生活を
選んだことの象徴にも見える。

ダーリング家の子どもたちが
ぐっすり眠っているとき、
ティンカーベルの出す光と星の光を
あびながらピーターが
窓の敷居を越えてくる場面。
子ども部屋の壁は
空想上の動物の絵の飾り縁など
いろいろな物で飾られている。

"LET HIM KEEP WHO CAN

THE NEVER NEVER LAND

ダーリング家の子どもたちは
飛んでいる鳥がくわえている食べ物を
ひょいと取ってきて空腹を満たした。
彼らは、楽しい心を
エネルギーにして
鳥といっしょに飛びまわる
幸福感にひたっている。

岩の上で笛を吹くピーター・パンの
周囲に、野生の動物や
飼いならされた動物が集まっている。
インディアン、海賊、人魚たちは
画面の中央にいる。
背景の山の手前では、
フック船長とワニの戦いが
繰りひろげられている。

SUMMER DAYS ON THE LAGOON

PETER ON GUARD

虹が水と空をつないでいるあいだ、
海の生き物と空の生き物が
いっしょに楽しく遊ぶ。
この喜びで輝くばかりのシーンからは、
ネバーランドの楽しい雰囲気を
描くために画家が大いに
精力を傾けたことが見てとれる。

ジョンの帽子で作った煙突のついた
家の前で、剣を手にしたまま眠りこむ
ピーターのまわりを
妖精たちが飛びまわっている。
恐ろしいオオカミの群れが
岩陰を走りぬけて行く。
家の近くに生えている落葉樹は、
他の挿絵に見られる
ヤシの木とは対照的だ。

WENDY'S STORY

子どもたちの注目が
自分からウェンディに移り、ピーターは
憂鬱に包まれているように見える。
ウェンディは迷い子たちに
話を聞かせている。
地上ではインディアンが木の幹にあいた
穴から盗み聞きしている。

"TO DIE WILL BE AN AWFULLY BIG ADVENTURE?"

沈みかけた島に残った岩の上に立って
空の月をながめながら、
おぼれて死ぬことについて
考えこんでいるピーター。
これを描いたベッドフォードは、
小説の中のピーターのことばが
本心かどうか疑問を
投げかけているのかもしれない。

HOOK OR ME THIS TIME

地上でも水中でも空中でも、
同じように自由に動きまわれるピーターは、
自分が今そのうちのどこにいるのか
忘れてしまうこともある。
このシーンでは海岸から
水のほうへ向かっていきながら、
どうやってフック船長を
やっつけようかと考えている。

FLUNG LIKE BALES

『聖書』にある
「幼児虐殺」のシーンのように、
迷い子たちは
海賊の手から手へと乱暴に
手渡されていく。
フックは目の前で起こっている
恐ろしい光景に身動きもできない
ありさまのウェンディを、
どうするべきか考えている。

PETER AND JANE

"THIS MAN IS MINE!"

ウェンディは娘のジェインが
うっとりと飛びまわるのを見ている。
ピーターとウェンディは
ある時は嬉しそうに、
またある時は心配そうにジェーンを
見まもっている。

ピーターは両手に1本ずつ剣をもって
フックと戦った。
フック船長の手ごわさは、片腕の先についた
手のかわりの大きなカギを見ればわかる。
髪がメドゥーサのヘビのような
房になったフックは
すばしこく動きまわる敵の上から
おおいかぶさるように攻撃する。
迷い子たちは
ハラハラしながら見守っている。
そのあいだにワニが横から
船に近づいている。

第I章 ピーターが入ってくる

子どもたちはみんな大人になります。大人にならないのはひとりだけ。[1]そのうちに子どもは、自分もいつか大人になることを知ります。ウェンディ[2]はこんなふうにして、そのことを知りました。二歳のころ、庭で遊んでいたウェンディは、自分でつんだ花をもってお母さんのところへ駆けていきました。そのようすが、とてもかわいかったのでしょう。お母さんのダーリング夫人[3]は手を胸にあてて叫びました。「ああ、どうしてあなたは、ずっとこのままでいられないのかしら!」そのときは、それでおしまいでした。でもウェンディは、自分が大人になるのはしかたのないことだと、そのときに知ったのです。[4]二歳をすぎれば、あなたにもわかることです。二歳というのは、終わりが始まるときなのです。[5]

もちろん、ウェンディの家族が住んでいるのは一四番地です。ウェンディが生まれるまでは、お母さんが家族の中心でした。お母さんは夢みる心の持ち主で、人をからかうような口もとをした、とてもきれいな人でした。お母さんの夢みる心は、不思議な東洋というところから[6]誰かがもってきた、あけてもあけても中にもっと小さな箱が入っている箱のようでした。そして今にも誰かをからかいそうなお母さん

1【子どもたちはみんな大人になります。大人にならないのはひとりだけ。】バリーがこの冒頭の一文に自分を重ねあわせていたことは、一九二二年に彼がノートに書いたメモを見れば明白だ。人生の終盤にさしかかった彼は自分の生涯とピーター・パンとの関連性に気づいたのだ。「『ピーター・パン』を書いたのはずいぶん前のことだが、今になってやっと本当の意味がわかった気がする――それは自分では大人になりたくてたまらないのに、どうしてもなれないということだ」これは自分の結婚が失敗に終わったことを指しているのかもしれないし、子どもや子どもの遊びに夢中になったことを指しているのかもし

れないし、その両方だったのかもしれない。少年のころに死んだ兄デイヴィドのことも思っていたかもしれない。「私が大人になっても、兄は三歳のままだった」と彼は母親の伝記『マーガレット・オグルヴィ』の中で書いている。『ケンジントン公園のピーター・パン』では「ピーターが生まれたのはずいぶん前のことですが、いつも同じ年のままです。だから年はどうでもいいのです。彼は生まれて七日目です。生まれたのはずいぶんむかしですが、彼はそのあと誕生日を迎えたことは一度もありません。あるはずがないのです。生まれて七日たった日に、人間でいることをやめたのですから。部屋の窓から抜けだして、ケンジントン公園へ飛んで帰ったのですから」と書いている。
　冒頭の一文は「子どもたちはみんな」で始まるが、いつのまにか主語が「かれら」そして「あなた」へと変わる。バリーはまず「子どもたちはみんな」「かれら」と、大人の立場で語り、「あなたにもわかる

ことです」と言うときには子どもと同列に並ぶ立場をとっている。バリーと親しかった歴史小説家モーリス・ヒューレットが一八九八年に書いた戯曲『パンと若き羊飼い［*Pan and the Young Shepherd*］』の冒頭の台詞は「少年よ、汝は永遠に少年たるか？」だった（それ以外にバリーの『ピーター・パン』との類似点があるわけではないが）。
「大人になる」ことがこの小説のポイントであることは第一パラグラフに「大人になる」「いつか大人になる」「大人になるのはしかたのないこと」と三度も繰り返すこと（この繰り返しは、バリーの文体の特徴だ）によって強調されている。

2【ウェンディ】ウェンディという名前は、『不屈』という詩で知られるヴィクトリア時代の詩人ウィリアム・アーネスト・ヘンリーの娘マーガレットとバリーとの共作によって生まれた。この詩人はバリーの親しい友人で、一八八八年にエディンバラで発行が始まったスコッツ・オブザーバー紙の編集者をしていた。娘のマーガレットは、バリーを「フェンディ」と呼んでいたらしく、バリーはそこからウェンディという名前を思いついたのだ。『ピーター・パン』の上演が始まると、この名前は英米文化圏で大流行した。「彼女がフェンディと言うのを聞いて、私は登場人物のひとりをウェンディという名前にしようと思いついた。彼女は私をフレンド、つまり友だちと呼びたかったのだろう」と、バリーはエッセー集『グリーンウッド・ハット［*The Greenwood Hat*］』に書いている。マーガレット・ヘンリーは六歳で亡くなった。「可愛かったあの子は五歳かそこらで死んでしまったが、元気に遊びまわっていた姿をなぜか急に思い出したのだ」とバリーは回想している。ウェンディという名前はグウェンドリンという名前と関係があるとも言われてきた。いずれにしても、ピーター・パンと一緒にネバーランドですごすことになる登場人物は、手あかのついていない、言うなればまっさらの名前をもつ人間だったことに注目すべきだろう。

3【ダーリング夫人】「ダーリング」にはいとしい人の意味があり、バリーがシルヴィア・ルウェリン・デイヴィズに手紙を書くときによく使う言葉だった。手紙にはシルヴィアのミドルネームであるジョスリンも使っていた。「ダーリング・J」「最愛のジョスリン」などと書くこともあった。『マーガレット・オグルヴィ』には、この親愛の情をしめす言葉をバリーが誰にでも使っており、遊びに出てくるあるキャラクターにも使っていたと書いてある。「今夜は私の邪魔をしないでほしい。あるキャラクター、そう『ダーリング』という名前にしよう、そいつを作ることにしているから。それにはひとりで集中することが必要なのだ」

4【ウェンディは、自分が大人になるのはしかたのないことだと知った】語り手はここで子どもの心の中に入りこんでいる。まずは世間

の唇《くちびる》には、いつもキスがひとつありました。[7] でも唇の右の端っこにははっきり見えていたそのキスを、ウェンディはいちどももらえませんでした。

　このお母さんと結婚するために、ダーリング氏はずいぶんがんばりました。たくさんの立派な男の人が子どもだったころ、小さな女の子だったお母さんのことをみんなそろって、好きだと思っていました。男の人たちはみんな、結婚してくださいと言うためにお母さんの家へ走っていきました。でもダーリング氏だけは辻《つじ》馬車に乗っていって、いちばん先に結婚してくださいと言ったのです。こうしてダーリング氏はお母さんを手に入れましたが、お母さんの心の中の不思議な箱とキスだけは自分のものにできませんでした。お父さんはお母さんの心の中に箱があることなんか知りませんでしたし、キスのほうは、そのうちに諦めてしまいました。ウェンディはナポレオンならお母さんのキスをもらえたかもしれないと思いましたが、私にはナポレオンがキスをもらおうとしても、もらえないでかんしゃくを起こし、ドアをパタンとしめて帰っていくようすが想像できます。

の人々すべてに語りかけ（子どもたちはみんな大人になります。ひとりをのぞいて）、そのあとウェンディが突然、いつまでも二歳ではいられないと気づくシーンに切り替わる。ウェンディがアダムとイヴの楽園からの追放を想起させる牧歌的な場所、つまり「庭で」遊んでいたのは意味ありげだ。このシーンはまた、もうひと組の母と娘の話、ギリシア神話の豊穣の女神デメテルとその娘ペルセポネの物語を思い出させる。ペルセポネは花を摘んでいたときに冥界の神ハデスにさらわれ、地下にある死者の国に連れていかれた。ダーリング夫人の嘆き「ああ、どうしてあなたは、ずっとこのままでいられないのかしら！」は変化によって失われるものを惜しむ気持ちをよく表している。人間の変化にしても、季節の変化にしても［訳注＝神話によれば、デメテルは娘をとり戻したが、ハデスとの約束でペルセポネは、一年のうちの四か月は冥界に住まなければならず、デメテルが悲しむその四か月間が冬になった］

5【二歳をすぎれば、あなたにもわかることです。二歳というのは、終わりが始まるときなのです】たしかに二は終わりが始まる数かもしれない。しかしバリーは「二歳を過ぎてから起こったことは大したことではない」と断言して、人生の大切な時代を引きのばしてもいる。二歳という年齢は自意識が芽生えはじめるときなのだろう。だからこそ「二歳をすぎれば、あなたにもわかる」のだ。

6【不思議な東洋というところ】不思議な東洋からの連想で、ダーリング夫人は異国風の神秘性をもち、理解しにくい「他者」のような位置づけになっている。当時のイギリス人が西洋文化の枠外にいる人々にいだいていた「謎めいている」というステレオタイプなイメージを、バリーも共有していたようだ。

ダーリング氏は、お母さんはわたしを愛しているだけでなく尊敬もしているんだよ、とウェンディによく自慢していました。[8]お父さんは株とか配当とかいうものについてよく知っている人でした。もちろん本当にそういうもののことをわかっている人なんかいないのですが、お父さんはよく知っているように見えましたし、いつも株が上がったとか配当が下がったとか言っていて、そういう姿を見ているとどんな女の人もお父さんを尊敬してしまうのです。

お母さんは真っ白のドレスを着て結婚しました。初めのうちは、家計簿を完璧に、まるで楽しいゲームをしているような気分で、芽キャベツのひとつも書きもらすことのないようにつけていました。でもだんだんと家計簿には丸ごと一個のカリフラワーでさえ抜けおちてしまい、そのかわりに顔のない赤ちゃんの絵がかいてあるようになりました。お母さんは使ったお金の計算をしなければならないときに、赤ちゃんの絵をかいていたのです。お母さんは赤ちゃんのことを想像していたのでした。

まずウェンディが、それからジョンとマイケルが生まれました。

ウェンディが生まれてからの一、二週間は、ウェンディを育てられるかどうかわかりませんでした。なにしろ食費がひとり分増えるのですから。お父さんはウェンディがとても自慢でした。でも名誉を大切にする人だったので、お母さんのベッドのへりに腰かけてお母さんの手を握りながら、これからいくらお金がかかるか計算しました。[9]お母さんはそんなお父さんを祈るような気持ちで見つめていました。お母さんは何があってもこの子を育てたいと思っていました。でもお父さんのやりか

7【キスがひとつありました】ウェンディとピーターのあいだでキスのやりとりは重要な行為だ。ただふたりのあいだでは、キスと指ぬきが入れかわっていた。もらえなかったキスの話は物語の先のほうでも登場する。ピーターは物語の最後で「ほかの誰ももらえなかったキス」をもらって去って行くのだ。

8【愛しているだけでなく尊敬もしている】このあとの家計をやりくりするための計算を始める場面からわかるように、ダーリング氏は滑稽な人物として描かれており、それは彼の仕事ぶりについても同じだった。彼がウェンディに「お母さん」の話をし、彼女が彼を愛し、尊敬していると自慢したこと自体が、子どもより自分にもっと注目してほしい、自分を甘やかしてほしいという願望のあらわれに見えて、彼を喜劇的な人物に見せている。バリーがダーリング家を、父親が妻子より圧倒的に上位にあった

たは違いました。紙と鉛筆を使って計算するのがお父さんのやりかたで、もし途中でお母さんが口をはさんで邪魔をしたら、お父さんはもういちど初めからやり直さなければなりませんでした。

「邪魔をしないでおくれ」とお父さんはお母さんに頼みました。「ここに一ポンド一七シリングある[10]。事務所に二シリング六ペンス。事務所で飲むコーヒーを減らして一〇シリング節約すれば二ポンド九シリング六ペンスになる。おまえがもっている一八シリング三ペンスを合わせて三・九・七。私の小切手帳に五・〇・〇あるから合わせて八・九・七――赤ん坊、動くんじゃない――八・九・七に点をうって七くりあげて――話しかけるなよ――私の金が――それから玄関に来た男におまえが貸した一ポンドがあったな――赤ん坊、静かにしろ――点をうって赤ん坊をくりあげて――ほら、こんなことになってしまった！――さっき九・九・七と言ったな？　そう、九・九・七だ。問題は九ポンド九シリング七ペンスで一年暮らせるかどうかだ」

「もちろん暮らせますとも、ジョージ[11]」とお母さんは叫びました。でもお母さんはウェンディがかわいくてたまらないので、都合のいいことを言っただけでした。この家でいろいろなことを決めるのはお父さんでした。

「おたふく風邪を忘れちゃいかん」お父さんはお母さんをおどかすように言って、引き算を始めました。「おたふく風邪に一ポンド、とりあえずこうしておくが、もしかすると三〇シリングかかるかもしれない――黙ってろ――はしかが一ポンド五シリング、風しんが一〇シリングと六ペンス、合わせると二ポンド一五シリング六ペンス――指をふるんじゃないよ――百日ぜきが一五シリングというところか」

典型的なヴィクトリア時代の家族として描かなかったことは、法廷弁護士としての仕事で家族を養うのに苦労していたアーサー・デイヴィズに対する当てこすりと見られてきた。演劇の舞台でダーリング氏が初めて登場する場面には手のこんだ演出が見られる。彼は家族から言葉をかけられるまで顔のない勤め人の姿なのだ。「彼は一家の稼ぎ手としては申し分なかった。しかし今このときに彼が部屋に入ることになったのは不運だった。それが数分だけ前か後だったら、彼はもっと立派な人物として登場できただろう。事務所の彼は同僚とならんで一日中椅子に座り、封筒にはった郵便切手のようにじっと動かない。同僚と彼を見分ける方法は彼の顔ではなく椅子の場所なのだ。家に帰って家族から彼を喜ばせるような言葉をかけられることで、彼は大勢の中のひとりではなく人格をもつ個人となる。彼は非常に良心的な人間であり、ダーリング夫人が家計簿を正しくつける

——こうして引き算が続きましたが、計算するたびに答が変わりました。でもけっきょくウェンディはなんとかきりぬけられました。おたふく風邪を一二シリング六ペンスにして、はしかと風しんはひとつと教えて、計算しなおしたのです。

弟のジョンが生まれたときも同じように真剣な計算がありました。下の弟のマイケルが生まれたときは、もっと大変でした。でも弟たちも計算をなんとかきりぬけることができたのです。それから少したって、三人が一列に並び、乳母《うば》につきそわれてフルサム先生の幼稚園に通うところは、あなたも見たことがあるかもしれませんね。

ダーリング夫人はなんでもきちんとすることが好きでしたし、ダーリング氏は近所の人たちとなんでも同じようにしたいと思っていました。だからもちろん、ダーリング家の子どもたちにも乳母がいました。子どもたちがたくさんミルクを飲むので、ダーリング家にはあまりお金がありませんでした。だからこの家の乳母はナナという名前のすました顔をしたニューファンドランド犬でした。[12]この犬はダーリング家に来るま

のをやめて絵をかいていた（彼はそれを彼女の想像と呼んだ）とき、そんな妻のかわりにすべてを計算してやった。彼女の手を握り、ウェンディが生まれても暮らしていけるかどうかを計算して、望んでいた結果を導きだしたのだ。

9【いくらお金がかかるか計算しました】ダーリング氏は家計のやりくりが心配でたまらず、子どもにかかる費用を繰り返し気に病んでいる。子どもの誕生に対するこの過剰とも思われる警戒心は、それが単に経済的な脅威だけではなかったことを暗示している。ダーリング夫人の注意が子どもに向けられるというだけではない。子どもはやがて成長し、上の世代にとってかわる存在だという心配もあったのだ。

10【一ポンド一七シリング】ダーリング氏はケチだとか金銭にうるさいとかいうよりは、家計を心配しているだけなのだ。彼はピーター・パンの影を金にかえようと考え「これは金になるよ。あした大英博物館にもっていっていくらになるか聞いてみよう」と言っている。セシル・エビーが指摘するように、ダーリング氏は世界を「ポンドとシリングの目盛りのついた物差しで」測る「ディケンズの小説に出てくる帳簿係のような心」をもつ人物なのだ。

11【ジョージ】ダーリング氏と息子たちの名前はアーサー・ルウェリン・デイヴィズとシルヴィア・ルウェリン・デイヴィズ（旧姓デュ・モーリア）の家族からとられている。ジョージはシルヴィアの父親の名前とルウェリン・デイヴィズ家の長男の名前からとられている。（戯曲の初期の草稿では、ジョージでなくアレクサンダーと名づけられていた）。マイケルはアーサーとシルヴィアの四男の名前を、ジョンは次男（ニックネームはジャック）の名前をとっている。

で、特に誰の犬でもありませんでした。でもナナは子どもをとても大切に思っていましたから、ひまなときはいつもケンジントン公園に乳母と一緒に散歩にきた子どもの乳母車をのぞきこんでいました。そしてちゃんと子どもを見ていなかった乳母が子どもを連れて家へ帰るあとについていっては、その子のお母さんに乳母の悪口を言うので、乳母たちからはとても嫌われていました。ダーリング一家はそんなナナとケンジントン公園で知り合ったのです。[13] やとってみると、ナナはすばらしい乳母でした。子どもをおふろに入れるのもとても上手です。寝ている子どものひとりが夜中に少しでも声をあげたら、必ずぱっと目をさまして起きあがりました。もちろんナナの小屋は子ども部屋の中にありました。どんなせきをしたらすぐ手当が必要か、どんなせきをしたら喉に靴下をまかなければならないかを見わける天才でした。死ぬまでルバーブの葉[14]のようなむかしながらの薬の効き目を信じていて、はやりの病原菌だのなんだのの話にはふんと鼻をならしてそっぽを向きました。ナナが子どもたちを学校へ送っていくのを見るのは、子どもを学校へ送っていく正し

12【この家の乳母はナナという名前のすました顔をしたニューファンドランド犬でした】乳母のナナが犬だという設定から、劇中の仮装に、それと一対になったもうひとつの入れかわりが生まれる。犬が人間の役割をはたす一方で逆に人間が犬になることだ（あとでダーリング氏がナナの犬小屋に引っ越すシーンがある）。子どもの世界では、人間と動物の境界は流動的なのだ。バリー自身はポーソスという名のセントバーナード犬を飼っていた。ディズニーのアニメーション映画『ピーター・パン』では、ナナはセントバーナード犬になっている。ポーソスが一九〇二年に死んだあと、バリーはルースという名のニューファンドランド犬を飼った。舞台版のナナはこの犬がモデルになっている。実際のルースは「すました」態度とはほど遠く、あるバリーの伝記作家によれば「ドライブが大好きだった」ルースと言う名前は、スコットランドの作家、詩人のジェイムズ・マクファーソンが古代の叙事詩の現代語訳（捏造との批判もある）として発表した叙事詩『オシアン』に出てくる英雄クーリンの犬の名をとったのかもしれない。あるいはロバート・バーンズの詩『二匹の犬［*The Twa Dogs*］』に出てくるコリー犬の名前からとった可能性もある。あるニューファンドランド犬の専門家によると「一種のステータスシンボルとして飼育されるほか、子守り犬や飼い主に連れそう友としての働きもあり、猟犬としても人気がある」（ベンデュア）ということだ。

バリーは戯曲『ピーター・パン』の序文で「ある昼の公演でナナ役の俳優のかわりにルースを少しのあいだだけ舞台にあがらせてみた。観客の中にこの入れかわりに気づいた人がいたかどうかはわからない。だがルースは舞台でちょっと『用足し』をした。これは観客には初めて見る動作だったが、私たちにとっては見慣れたものだった」

13【ケンジントン公園】バリーの時

い方法のお手本を見るようなものでした。お行儀よく歩いているときはゆったり落ちついて三人の横を歩き、道からはずれそうになると、つついてもとに戻らせるのです。ジョンがフッター[15]をする日に運動着を忘れることは絶対にありませんし、急に雨が降ったときのために、だいたいいつも口に傘をくわえていました。フルサム先生の幼稚園の地下には乳母が待っているための部屋があります。人間の乳母たちはベンチに座り、ナナは床に座りました。ナナとほかの乳母との違いはそれだけでした。人間の乳母はナナを自分たちより下の身分だと思って見ないふりをしていましたが、ナナのほうは、ほかの乳母たちのつまらないおしゃべりを馬鹿にしていました。ナナは、ダーリング夫人のお友だちがダーリング家の子ども部屋に来るのが嫌いでした。でもいざ来るとなったら、まずマイケルのエプロンをさっと取って、青い組み紐《ひも》のついたのを着せます。それからウェンディの服のしわをのばし、ジョンに飛びついて髪をとかすのです。

　ナナほど子ども部屋をきちんとしておく乳母は、たぶんほかにはいないでしょう。ダーリング氏にもそれ

代のケンジントン公園は田園風の素朴な雰囲気で、芝生の広場では羊が草を食べていた。ハイドパークとケンジントン公園のあいだはロングウォーターとサーペンタインという細長い池が境界になっている。バリーはケンジントン公園からほど近いグロスター通り一三三番地に住んでいた。彼はポーソスを連れて毎日そこへ散歩に行き、そこでケンジントン・パーク・ガーデンズ三一番地に住んでいたルウェリン・デイヴィズ家の兄弟と知りあったのだ。ケンジントン公園の名を高めた功労者として、バリーはその公園に入る門の鍵を贈呈された。それは王室顧問のエッシャー子爵のはからいだったが、バリーはいかにも彼らしく厳粛さをよそおい、この特権を決して濫用しないと誓った。

14【ルバーブの葉】ルバーブの根は子どもの消化不良の治療に使われており、便秘や下痢に対する伝統療法だった。一八一〇年に商品作物［訳注＝くきでジャムやパイを作る」としてイギリスに初めて紹介されると、その人気は二〇世紀にかけてあっという間に広まった。この箇所は正確にはルバーブの葉でなく根のことを指しているものと思われる。葉にはシュウ酸などの有毒物質が含まれているからだ。

15【フッター】イギリスではサッカーはフットボールと呼ばれ、ときには「フッター」とか「フッティー」のように縮めて呼ばれる。

はわかっていました。それでもときどき、近所の人たちがナナのことをどう言っているか気になるのでした。

お父さんには、自分の立場というものを考える必要があったのです。

ダーリング氏がナナに困っている理由はほかにもありました。ときどき、ナナに尊敬されていないような気がするのです。[16]「もちろんナナはあなたをとてもすばらしいと尊敬していますわ、ジョージ」とダーリング夫人はいつもお父さんを安心させ、お父さんの前では特にいい子にしなさいよ、と子どもたちにそっと合図するのでした。そしてみんなで楽しくダンスをするのです。ひとりだけいる召使いのライザも、ときどき

ジェラルド・ド・モーリアがダーリング氏を演じているピーター・パンの舞台の絵葉書。ナナはアーサー・ルピノが演じた（イェール大学バイネッキ稀覯本図書館蔵）

16【ナナに尊敬されていないような気がする】ダーリング氏は尊敬されたいと思い、尊敬されているかどうか心配しながら暮らしていた。飼い犬からも尊敬されることを求めているという描写は、このほかにもよく出てくる。

17【これほど無邪気でしあわせな家庭は見たことがないほどでした】この文はトルストイの『アンナ・カレーニナ』の冒頭にある「幸福な家庭はどれも似ている。不幸な家庭はそれぞれのあり方で不幸である」という有名な文章をかすかに意識しているかもしれない。バリーはしばしば彼のエッセーでトルストイに言及しており、例えば『邪悪な葉巻［*The Wicked Cigar*］』では喫煙の効果についてのトルストイの言葉を引用し、賛意を表している。

18【ピーター・パン】フック船長が「パンよ、お前は誰だ。お前は何なのだ？」とたずねたとき、ピーターは高らかに「僕は若さだ。僕は喜びだ。……僕は卵のからを破って出てきたばかりの小さな鳥だ」と答える。ニーナ・ブシコー（初代のピーター・パンを演じた女優）にピーターの役作りのヒントを求められたバリーは、あまり自分の意図を明かさず「ピーターは鳥です……きのう生まれたばかりの」（ハンソン）と答えただけだった。卵から生まれるという比喩は、一八世紀イギリスの舞台俳優ジョン・リッチが演じた道化芝居のハーレキンという道化が演技の最初に卵から生まれるシーンをほのめかしたものかもしれない。ハーレキンと同じようにピーターも奇術師に似たところがあり、仮装や人まねが得意だ。またパンという姓は単にギリシア神話の神の名というだけでなく、ヴィクトリア時代の子ども向けの舞台に見られた過剰に芝居がかったパントマイムをさす言葉「パント」からもヒントを得ていたかもしれない。そうしたパントマイムの伝統どおり『ピーター・パン』の舞台

ダンスに入れてもらいました。長いスカートをはいて召使いの帽子をかぶったライザはとても小さく見えました。この家にやとわれるとき、とっくのむかしに一〇歳になっていますと誓ったのですが。それにしても、みんなでぴょんぴょんはねるのはなんて楽しいのでしょう！中でもいちばん楽しそうなのはお母さんでした。お母さんは目に見えないほどのスピードで何回もくるくるまわるので、みんなにはお母さんのキスしか見えませんでした。お母さんに向かってものすごいスピードで走っていったら、あなたもキスをひとつ、つかむことができたかもしれません。これほど無邪気《むじゃき》でしあわせな家族[17]は見たことがないほどでした。そう、ピーター・パン[18]があらわれるまでは。

　ピーター・パンのことをダーリング夫人が初めて聞いたのは、子どもたちの心の中を整理しているときでした。[19]子どもたちが眠ったあと、その心の中をすみからすみまで調べて、あすの朝にそなえてきちんととのえておくのは、いいお母さんならみんな毎晩やっていることです。昼のあいだにちらばってしまったいろいろなものを、もとの場所に片づけるのです。もしあなたがずっと

にも主役の少年、主役の少女（ウェンディ）、悪魔の王（フック船長）、良い妖精（ティンカーベル）が登場する。『ピーター・パン』の最初の上演では、パントマイムの伝統にしたがって悪漢役は舞台の左から、それ以外の（良い）役は右から出てきた。ロンドン上演の最初の数回は、ハーレキンとその恋人コロンバインが踊る中で幕が下ろされている。

『ケンジントン公園のピーター・パン』ではピーター・パンは男の赤ん坊で、ヤギに乗って葦笛（ギリシア神話のパンが吹く七本の葦でつくった笛）を吹いている。このピーター・パンは「小さな合いの子」と描写されている。彼は「人間そのもの」でも「鳥そのもの」でもない「どっちつかず」だった。もう少し大きくなったピーターは「ラゴボロン」を持っている。これは野ウサギをとるために投げたり、動物の群れをおいたてるのに使ったりする棒のようなものだ（フック船長の鉄の鉤も連想される）。

　ギリシア神話のパンはからだの一部がヤギの姿をした神で、喜びの神であると同時に「パニック」の語源となったように大声をあげて混乱を起こす力も備えていた。彼は葦笛もしくは「ラゴボロン」をもって描かれていることが多い。ヘルメス神と羊飼いの娘ドリュオペの息子であるパンは陽気な気質と神速のスピードを備え、田園生活の喜びとも結びつけられている。スコットランドの人類学者ジェイムズ・フレーザーは著書『金枝篇』に、パンはヤギのからだをもつ半神半獣の神で、酒神ディオニュソスや「サテュロス、セイレーノス」とも関連があると書いている。パンはさらにイカロス、パエトン、ヘルメス、ナルキッソス、アドニスとも近い関係にあるとされる。特にヘルメスは智略の神、死者の霊魂の導き手（冥界の王ハデスのもとへ送りとどける）、夢をつくる神などの多面性をもち、ピーター・パンと関連するところが多い。神話の神パンは過剰、酩酊、放蕩とも関連づけられ、恐

怖を呼びおこすこともある。

　バリーが生みだしたピーター・パンは、彼が生きたエドワード朝時代の人々のパン神に対する流行のようなものの影響も受けている。ケネス・グレアムは『楽しい川べ』（一九〇八年）でパンを「あかつきの門で笛を吹く神」として描き、その名を不朽のものにした。またロバート・ルイス・スティーヴンソンは、エッセー『パンの笛［*Pan's Pipe*］』（一八八一年）で「パンは不滅だ」と宣言している。キプリングの『プークが丘の妖精パック』（一九〇六年）にはパンが登場し、フランシス・ホジソン・バーネットの『秘密の花園』に出てくるディコンは、田舎に住んで自然と心を通わせており、善良な性格で、主人公にとっては救いの神となる人物として、パンに似た役どころだった。E・M・フォースターの『パニックの話』（一九〇四年）には、パン神の死を悼む場面が出てくる。

　バリーは最終的にはピーター・パンの名前を作品のタイトルにしたが、ほかにもいくつか候補があった。例えば『無題』『妖精』『偉大な白い父』『お母さんたちを憎んだ少年』など。

19【子どもたちの心の中を整理しているときでした】夜になるとダーリング夫人は最高に母親らしい行為、つまり子どもたちの心の中を整理する仕事をする。私たちにも想像がつくように、子どもの心は一日のあいだに雑多なものをためこんで、いっぱいになっている。家事（引き出しをきれいにすること）と育児（心の中を整理すること）を並置することで、どちらも女性の仕事だという考え方が強調される。子どもの心の革命的な乱雑さを是認したヴァルター・ベンヤミンとは異なり、ダーリング夫人の考え方はいかにもヴィクトリア時代風で、彼女の基準に合致する無邪気さ、愛らしさ以外のものはすべて隠すことで、従順ですなおな子どもに育てることを理想としている。バリーがフロイトの著作に通じていたという証拠はないが、『夢判断』にある抑圧などの概念を、バリーなりの詩的な言語で表現しているように思われる。

20【人の心の中の地図】このわずか数年前、フロイトはバリーがここに描写したような心の地図をつくり始めていた。バリーが描いた「子どもの心の中」とその中にあるもののリストは、そのままネバーランドの描写につながっていく。ネバーランドは熱気をおびた活動と永遠の繰り返し（「いつもぐるぐる回っている」）、活気と無秩序の領域だ。空想的要素と現実的要素（物語と日常生活の出来事）をひとつに合わせることで、小人や野蛮人や王子と並んで、間接目的語をとる動詞やお父さんや丸い池も出てくる。大人としては、子どもの熱気をおびた活動と過剰な喜怒哀楽は危なっかしくて見ていられない。しかしネバーランドにある非現実的なもののリストは、子どもの想像力と記憶力の豊かさに対する敬意のあらわれでもあるのだ。

21【ネバーランドはいつも、だいたい島のようなものなのです】「ネバー・ネバー」とは、一九世紀にオーストラリアで人の住んでいない地域をさすのに使われていた言葉だ。オーストラリアでは今も、人里離れた場所をさすのに使われている。一九〇四年にイギリスの俳優、劇作家だったウィルソン・バレットが『ネバー・ネバー・ランド』と題する作品を書いた。表紙にはカンガルーが描かれ、冒頭の文章は「オーストラリア、クイーンズランドのネバー・ネバー・ランドにあるウールーゴロンガ峡谷にはまったく日がささない」とある。

　初めに書かれた草稿では、ピーター・パンの島は「ネバー・ネバー・ネバーランド」と書いてあったが、実際に上演するときには短くされて「ネバー・ネバーランド」になった。そして戯曲として出版されるときに「ザ・ネバーランド」になり、小説『ピーター・パンとウェンディ』

起きていられたら（もちろん、そんなことはできませんが）、あなたのお母さんがそれをしているのを見られるでしょうし、見ればきっと面白いことでしょうね。それは引き出しを整理するようなものです。たぶんお母さんはひざをついて、あなたの心の中のものをいつまでも面白そうにながめながら、いったいどこでこんなものをひろってきたのかしらと不思議に思ったり、すてきなものを見つけては、かわいい子ネコのように頬《ほほ》に押し当てたり、あまりすてきでないものを見つけては、見えないところへしまいこんだりするのです。朝になってあなたが目をさましたときには、ベッドに入るときにもっていたやんちゃな気持ちや良くない考えはきちんと小さくたたまれて、心のいちばん底にしまってあります。そしてきれいに空気を入れかえられた心のいちばん上には、前よりきれいになった考えがひろげてあって、いつでもあなたが身につけられるようになっているのです。

　あなたが今までに人の心の中の地図[20]を見たことがあるかどうか、私にはわかりません。お医者さんはあなたの心ではない部分の地図をつくることがあります。

の中ではほとんどいつも「ネバーランド」と呼ばれている。この言葉は地名ではなく、ひとつの指令——決して地上に行くな——と見られることもある。迷い子たちが眠る場所は死者の住む場所だという設定に立てば、母親の子宮からそこへ直行したのも同然だからだ。

　アイルランド神話に出てくる地図にない異界の国のひとつティル・ナ・ノーグ（常若《とこわか》の国）が、ネバーランドのモデルだという説もある。人間は、そこに住む妖精に招かれないかぎりそこへ行くことはできない。永遠の若さと美が保たれる場所ティル・ナ・ノーグは音楽、喜び、幸福、永遠の命の国とされる。

　セアラ・ギリアドはネバーランドの「ネバー」は、二重の意味で完全な否定をあらわしていると考える。二重の否定とはすなわち「ひとつには自分の死を理解することの拒否、もうひとつには現実の死という究極の否定」である。彼女は、ネバーランドは「少年らしい楽しさと冒険に覆い隠された死者の国だ」と指摘する。少年たちが棺に似た地下の家に住んでいることは、ネバーランドが死者の国だということのさらなる証拠だということだ。

　『ピーター・パンとウェンディ』はダニエル・デフォーの『ロビンソン・クルーソー』、ヨハン・ウィースの『スイスのロビンソン』、ロバート・ルイス・スティーヴンソンの『宝島』と同じように、孤島の冒険物語という同じジャンルに属している。バリーの時代にも数えきれないほどの「ロビンソン物」や『ロビンソン・クルーソー』のパロディ、前日談、後日談が作られた。R・M・バランタインの『名犬クルーソー』や、一八五四年に出版された『北極のクルーソー［*Arctic Crusoe*］』からヒントを得たと思われるW・クラーク・ラッセルの『凍った海賊［*The Frozen Pirate*］』なども同じ系列と言える。

　バリーはしばしば島を戯曲の舞台にしており（『あっぱれクライトン』が好例）、ある講演で「島を舞

あなたの地図をつくったら、きっととても面白いものになるでしょう。でも、いつもごちゃごちゃしていて、ぐるぐるまわっている子どもの心の地図を作るとなったらとても大変なことでしょう。子どもの心にはあなたの体温をつけた表のように折れまがった線があります。これはきっと島の道路です。なにしろネバーランドはいつも、だいたい島のようなものなのです。[21]あちらこちらに驚くような色の絵の具がぬってあり、サンゴ礁《しょう》があって、沖にはいかにもスピードが出そうな船[22]が見え、野蛮人がいて、さびしい穴ぐらの家があり、小人がいます。小人はだいたい仕立て屋です。中に川が流れている洞窟があって、兄さんが六人ある王子さまがいて、今にも壊れそうな小屋があり、とてもからだの小さい鉤鼻《かぎばな》のおばあさんがいます。これで終わりなら、簡単な地図と言えるかもしれません。でもそこには学校へ初めて行く日があって、神様の話があって、お父さんがいて、丸い池があって、針仕事があって殺人があって、縛り首があって、間接目的語をとる動詞があって、チョコレート・プディングを食べる日があって、ズボンつりをつけたり、[23]九九を言ったり、自分で乳歯を抜いて三ペンスもらったり、ごちゃごちゃしたことがたくさんあるのです。その上、これは島のようすのほんの一部かもしれないし、まだほかの地図があるかもしれません。何もかもめちゃくちゃなのです。とにかく、じっとしているものが何もないのですから。

　もちろんネバーランドは人によってずいぶん違います。例えばジョンのネバーランドにはサンゴ礁に囲まれた入り江があって、その上をフラミンゴが何羽も飛びまわり、ジョンはそれに矢を当てようとしていました。マイケルはまだ小さいの

台にしないで書くとなると、服を着ていないような気がするかもしれません」（バーキン）と語ったこともある。

22【サンゴ礁とスピードが出そうな船】バリーのネバーランドは非常に文学的で、冒険小説に付き物の要素（島、海賊、サンゴ礁、船）だけでなくおとぎ話的な要素（人魚や妖精の粉）や詩的な趣き（「中に川が流れている洞窟」はコールリッジの詩『クブラ・カーン』の洞窟の中をくねくねと流れる聖なる川を思わせる）もある。海賊と妖精という奇妙な組み合わせは、前の二作『ブラックレイク島少年漂流記』と『小さな白い鳥』では別々に使われていたものが『ピーター・パンとウェンディ』で使われたものだ。海賊の話はルウェリン・デイヴィズ家の兄弟のうちの年長の少年たちを満足させ、妖精についての話は年少の少年たちを喜ばせた。

23【ズボンつり】ブレイスはアメリ

で、フラミンゴの上を入り江が飛んでいました。ジョンは砂浜にひっくり返してあるボートの中で暮らしていましたが、マイケルはインディアンのテント小屋に住んでいました。ウェンディは木の葉をうまく縫い合わせた家に住んでいました。ジョンには友だちがいませんでした。マイケルの家には夜になると友だちが来ました。ウェンディは親に捨てられたオオカミをペットにしていました。でも同じ家族の子どものネバーランドには似たところがあるものでした。動かないようにして一列に並べてみれば、みんな同じ鼻の形をしているのがわかる、というようなものです。それぞれの魔法の岸辺で遊んでいる子どもたちは、いつも自分用のコラクル（小舟）[24]を砂浜に置いていました。私たちもその砂浜に行ったことがあります。[25]今もそこにうちよせる波の音を聞くことはできますが、もう行くことはできないでしょう。

楽しい島はいろいろありますが、ネバーランドほど気持ちよく過ごせて、こぢんまりとした島はほかにはありません。[26]ここではひとつの冒険と次の冒険とのあいだが長くあいて退屈することがなく、すぐに次の冒険が待っているのです。昼に椅子とテーブルかけを使って冒険ごっこをするのは少しも危険なことではありません。でも眠りにつく二分前には、それがまるで本物の冒険のようになるのです。子ども部屋に終夜灯としてロウソクが一晩中つけてあるのはそのためです。

夜中にダーリング夫人が子どもたちの心の中を見まわっているとき、何かわからないものを見つけることがありました。中でもいちばんわけがわからないのが、ピーターという言葉でした。お母さんはピーターなんて知りません。それなのにジョンとマイケルの心の中のあちらこちらにピーターがいました。ウェンディとき

カでは歯列矯正の器具だが、イギリスではサスペンダーをさす。

24【コラクル】柳や木で作った骨組みに防水性のある布や皮革をかぶせた軽量で楕円形をした小舟。ふつうはひとり乗りで、釣りやちょっとした移動に使う。

25【私たちもその砂浜に行ったことがあります】語り手はここで自分が大人であることを読者に思い出させ、大人である彼は、もはやネバーランドに住むことも見ることもできないと言う。彼にできるのはそこの音を聞くことだけだ。

26【ネバーランドほど気持ちよく過ごせて、こぢんまりとした島はほかにはありません】空想上の島はそれぞれ独自の特徴的な地形をもっている。しかしどの島も現実の世界から切り離された存在なので、自分について深く省察したり自己を再発見したりする場所となる。「生まれるという

たら、心の中にピーターという名前がずらずらと並びはじめているのです。その名前は太い文字で書かれていて、ほかの言葉よりくっきりと目立っていました。ダーリング夫人がじっと見ていると、その文字はなんだか生意気そうに見えてくるのでした。

「そう、あの子、ちょっと生意気なの」とウェンディは残念そうに言いました。お母さんがピーターのことをたずねたときです。

「でもウェンディ、それは誰のことなの?」

「あらお母さん、ほら、ピーター・パンのことよ」

初めのうち、お母さんには何のことかわかりませんでした。でも自分が子どもだったころのことをよく考えてみると、妖精と一緒に住んでいると言われていたピーター・パンのことを思い出したのです。ピーター・パンにはおかしな話がいくつもありました。例えば、子どもが死ぬと、その子がこわがらないように途中まで一緒について行く、というような話です。そのころは、お母さんもピーター・パンがいると信じていました。今はもう結婚して、世の中のことがよくわかっていますから、ピーター・パンなんているわけないと思っていました。

「それにしても、ピーター・パンも今では大人になっているでしょう」とお母さんはウェンディに言いました。

「いいえ、大人にはなっていないわ」とウェンディは自信たっぷりに答えました。「ちょうどわたしぐらいの大きさなの」ウェンディが言ったのは心もからだもウェンディと同じくらいという意味でした。どうしてそう思ったのかわかりませんが、

ことは難破して島に漂着することだ」一八五三年に最初に出版されたスコットランドの作家R・M・バランタインの少年小説『珊瑚島』が一九一三年に再版されたとき、その序文にバリーはこう書いた。乗っていた船が難破、主人公の三少年——ラルフ・ローバー、ジャック・マーティン、ピーターキン・ゲイ——がポリネシアの無人島に漂着し、海賊や嬰児殺しと食人の風習をもつ先住民による危険に遭遇するこの小説を、バリーは夢中になって読んだということだ。バランタインは「私のあがめる神のひとりだった。そしてかなりの年月を経た今、私はその序文を書いている……ここで私はつよく主張したい。すべての男女はできるだけ早く結婚し、この本を読む子どもをたくさん産むべきだと」と、バリーは書いている(*The Greenwood Hat*)。『珊瑚島』はバリーだけでなく、ノーベル文学賞を受賞したウィリアム・ゴールディングも少年時代に読み、そこからインスピレーションを得て『蠅

ウェンディにはそれがわかったのです。

お母さんはお父さんに相談しました。でもダーリング氏は、フンと笑っただけです。「まあまあ、そんなばかな話は、ナナが子どもたちの頭にふきこんだんだ。犬が思いつきそうな話じゃないか。ほうっておけばいい。そのうち忘れてしまうさ」とお父さんは言いました。

でも子どもたちは忘れませんでした。しばらくするとそのやっかいな少年は、お母さんがびっくりするようなことをしでかしました。

子どもというのは、とんでもない冒険をやすやすとしてしまうものです。例えば一週間もたってから、森のなかで死んだお父さんに会って一緒に遊んだ、などと言います。ある朝、ウェンディがびっくりするような話を打ちあけたときもそうでした。その朝、子ども部屋の床に木の葉が何枚か落ちていました。前の日に子どもたちがベッドに入ったとき、そんなものは絶対にありませんでした。お母さんが不思議がっていると、ウェンディが、困った子ねえ、という顔をしてこう言ったのです。

「またピーターだわ！」

「なんのこと、ウェンディ？」

「足を拭かないで入ってくるなんて、だめな子ね」とウェンディはためいきをつきながら言いました。ウェンディはお行儀の良い子どもでした。

そしてウェンディはあたり前のことのように、ピーターは夜のあいだにときどき子ども部屋に入ってきてウェンディのベッドの足もとに座り、笛を吹いて聞かせてくれるのだと説明しました。[27] 残念なことに、それはいつもウェンディが寝ていると

の王』を書いたということだ。

27【笛を吹いて聞かせてくれる】ピーターは人間に生まれるまえは鳥だったので、葦笛をつくって鳥の鳴き声のまねができるようになった。「半分は人間」だったので鳥の鳴きまねをするには楽器が必要だったのだ。『ケンジントン公園のピーター・パン』によれば、「ピーターはとても楽しくなって」一日中歌っていたくなった。そこで葦笛を作って岸辺に腰をおろし「風の音やさざ波がうちよせる音や、少しばかりの月の光を笛で表現しようと練習した。そしてとても上手にいろいろな音が出せるようになり、鳥たちが本当の音と間違えるほどになった」

きでしたから、どうして知っているのかウェンディにもわからないのですが、とにかく知っていたのです。

「なんて馬鹿なことを言ってるの、ウェンディ。ノックもしないでよその家に入ってくる人なんて、いるわけないでしょう」

「ピーターは窓から入ってくるんだと思うの」とウェンディは言いました。

「だって、ここは三階ですよ」

「でもお母さん、葉っぱは窓の下に落ちていたんじゃない？」

たしかにそうでした。葉っぱは窓のすぐ近くで見つかったのです。

お母さんにはわけがわかりませんでした。ウェンディがそれをまったくあたり前だと思っているようなので、夢を見ていたのよと言って片づけることができなかったのです。

「ウェンディ！」お母さんは叫びました。「どうしてもっと早くこのことを話してくれなかったの？」

「忘れていたの」とウェンディはあっさり言いました。早く朝ごはんを食べたかったのです。

そう、ウェンディはきっと夢を見ていたのです。

でも、葉っぱがあったのは本当のことです。お母さんはその葉っぱをじっくり調べました。それはスジだけ残った枯れ葉でしたが、イギリスのどこにもそんな葉っぱをもつ木はありませんでした。お母さんは床をはいまわり、ロウソクで床を照らして、見なれない足あとがないか探しました。煙突に掃除用の棒をつっこんでみたり、壁をたたいたりしてみました。窓から下の歩道まで巻き尺をたらしてみたら、高さは九メートルもありました。つかまって登れるような雨どいもありません。

まちがいありません。ウェンディは夢を見ていたのです。でも、ウェンディが夢を見ていたのではなかったことは、次の日の夜にわかります。その夜、ウェンディたちの大変な冒険が始まったと言ってもいいのですから。

その夜も、子どもたちはベッドに入っていました。たまたまその夜はナナが休みだったので、お母さんが子どもたちをおふろに入れ、子どもたちが握っていたお母さんの手を順番にはなし、眠りの国へすべりこむまで子守歌を歌いました。

何もかも安全で、おだやかに見えましたから、お母さんはもう心配な気持ちを忘れることにして暖炉のそばに静かに座り、縫いものを始めました[28]。

縫っていたのは、誕生日が来たらシャツを着るようになるマイケルのためのものでした。でも暖炉のそばは暖かく、子ども部屋のあかりはぼんやりと[29]終夜灯の三本のロウソクで照らされているだけでしたから、今では縫いものはお母さんのひざの上に置かれていました。それからお母さんの頭が、とても静かに、こっくりこっくりし始めました。お母さんは寝ていました。四人をごらんなさい。あっちにウェンディとマイケルが、こっちにジョンが、暖炉のそばにお母さんがいます。もう一本ロウソクがあればよかったですね。

居眠りしているあいだに、お母さんは夢を見ました。ネバーランドがすぐそばまでやってきて、知らない男の子がそこからこっちへ飛びこんできた夢でした。その子を見ても、お母さんは驚きませんでした。子どものいないたくさんの女の人たち

28【暖炉のそばに静かに座り、縫いものを始めました】裁縫と繕いものは女性の仕事として、ダーリング夫人、ウェンディ、ティンカーベルがしていた。そもそもティンカーベルは「鍋ややかんを直すから」修繕屋という意味のティンカーが名前についているのだった。ダーリング夫人とウェンディが縫ったりつくろったりする場面はしばしば出てくる。海賊の中でいちばん女性的な性格のスミーは戦いの前に「穏やかに服のへりを縫っている」縫ったり修繕したりするのは、「きちんと片づける」ことや、無秩序や乱雑や障害から家庭の秩序を守るために母親がするたくさんの仕事を象徴する行為なのだ。静穏、静謐、快適を連想させるこれらの母親の仕事は、冒険の世界の対極にある。アルフレッド・テニソンの詩『プリンセス［*The Princess*］』は男女の仕事をはっきりと分けていた一九世紀社会の風潮を明白に示すものであり、『ピーター・パン』にもそれ

の顔に、その子の顔を見たことがあるような気がしたからです。子どものいるお母さんの顔にその子がいることもあるかもしれません。でもお母さんの夢の中では、その男の子がネバーランドにかぶさっていた薄いヴェールを引き裂き、そのすきまからウェンディとジョンとマイケルがむこうをのぞいていたのでした。

その夢だけだったら、大したことではなかったかもしれません。でもお母さんが夢を見ているあいだに子ども部屋の窓がぱっとあいて、本当に男の子が床の上に飛びおりたのです。その子と一緒に不思議な光もついてきました。それはあなたの握りこぶしぐらいの大きさの光で、まるで生き物のように部屋の中を飛びまわっているのです。お母さんが目をさましたのは、きっとこの光のせいだったのでしょう。

お母さんは大声をあげて飛びあがり、男の子を見ました。どういうわけか、お母さんにはそれがピーター・パンだとすぐにわかりました。もしあなたか、わたしか、ウェンディがその場にいたら、ピーターがお母さんのキスにそっくりなことに気がついたことでしょう。かわいい男の子で、スジだけになった葉っぱと木からにじみ出る汁でできた服を着ていました[30]。でもピーターのいちばん魅力的なところは、乳歯が全部そろって生えていることでした。お母さんが大人だと気がついたピーターは、その真珠のような乳歯で歯ぎしりをしました。

が明らかに反映されている。

男は畑へ向かい
女は炉端へ行く
男は剣を手に
女は針を手に
男は頭で考え
女は心で思う
男は命じ
女はしたがう
そうでなければこの世は乱れ……

29【子ども部屋のあかりはぼんやりと】自伝的な著書で子ども時代を振りかえり、バリーは子ども部屋のある環境で育った人間と子ども部屋をもたない階級の出身者との違いを述べている。彼自身が育った家には子ども部屋はなかったし「自分のまわりでいちばん裕福な家の友だちでも、子ども部屋はなかった」そして（バリーは自分のことを三人称で書いている）「振りかえってみれば、彼は子ども部屋がなくて、ぶつけたところにキスをしてくれる乳母もいなくて（かわりにもっといい人がいて）、本当にしあわせだった。彼が出会った六歳の子どもたちは（男の子なら）父親がジャガイモを掘るのを手伝い、女の子なら自分より幼い子の乳母がわり（そんな言葉は知るよしもなかったが）をしていた。彼は子ども部屋をもつ余裕などない両親のもとで育ったが、両親は懸命に働いて女の子をみんな寄宿学校に入れ、男の子は大学に行かせたのだ」とつけくわえている（*The Greenwood Hat*）。バリーの両親は教育を何よりも重んじ、子どもたちを最良の学校に行かせるためにあえて質素な生活を送った。高い教育を受けたおかげで、バリーは作家として成功しはじめるとすぐに階級の壁をやすやすと越えることができたのだ。彼の上流階級出身の友人知人は一様に、彼の身長が低いこと、いつもパイプを手ばなさないこと、ふさぎ込みやすい気質であることについては語ったが、出身階級については何も語らなかった。才能と名声と風変りな言動の組み合わせが、階級差を超越する役に立ったのだ。

30【スジだけになった葉っぱと木からにじみ出る汁でできた服を着ていました】驚いたことにピーター・パンは緑の葉でできた服は着ていない。彼が枯れて繊細なスジだけになった木の葉を身につけていることは、彼がこの世のものではない、「人間の文明とはかかわりのない」性格のものであることを示すと同時に、季節の移りかわりと死を連想させもする。スジだけの葉は、葉脈のあいだを埋めている細胞質をとりのぞいて葉脈だけを残せば作ることができる。木の葉を水に浸して放置し、肉質の部分だけが分解して葉脈はまだ残っている状態のときに取りだせばよい。おそらくピーターは森の土の上からそのようにして自然にできた葉を拾い集めたのだろう。それが何色だったとしても、そうして服を作ること自体が、悪魔と結びつけられる不吉な存在であるグリーンマン［訳注＝中世ヨーロッパの建築の柱や壁に見られる木の葉で覆われた男の顔のモチーフをいう。キリスト教以前の森林崇拝、自然神の具現だと考えられている］とのつながりを感じさせる。木の葉どうしを接着するために使われた木からにじみ出る汁つまり樹液は、死を連想させる「枯れてスジだけになった」葉に生命力を与える役を果たしている。

第2章

影

お母さんは悲鳴をあげました。するとベルを鳴らして呼ばれたように、その夜は仕事を休んでいたナナがドアをあけて入ってきました。そしてうなり声をあげて男の子に飛びかかりました。男の子はかるがると窓から外へ飛びだしました。お母さんはもういちど悲鳴をあげました。今度はその子が死んでしまったと思ってあわてたのです。そこで大急ぎで下の道までおりていって男の子のからだを探しましたが、見つかりませんでした。上を見ると、真っ暗な空に光がひとつ見えただけでした。お母さんはそれを流れ星[1]だと思いました。

子ども部屋に戻ったお母さんは、ナナが口に何かくわえているのに気づきました。それはあの男の子の影でした。[2]あの子が窓から飛びだそうとしたとき、ナナはすばやく窓をしめたのです。男の子はぎりぎりで外に出られましたが、後ろについていた影は間にあわなくて、上からパタンと下りてきた窓にちょん切られてしまったわけです。

もちろんあなたが思ったとおり、お母さんはその影をていねいに調べました。でもそれは、まったくふつうの影でした。[3]

1【流れ星】バリーの個人的な秘書を二〇年近く務めたレディ・シンシア・アスキスは、バリーが「星」という言葉の美しさについて強い感情をこめて語ったことがあると報告している。彼は星（star）を「英語の単語の中でいちばん愛らしい単語だ」と言っていたらしい。「つまらない衝動を感じて」シンシアは「star」は逆から読むと「rats」（ドブネズミ）になると指摘するべきかとも考えたらしい。でもそんなことを言ったら、バリーが真っ青になったことは間違いない。

2【あの男の子の影でした】影は人間の魂との関連で使われること

その影をどうすればいちばんいいか、ナナにはわかっていました。窓の外にそれをぶら下げたのです。つまり「あの子はきっと影をとりに戻って来ます。すぐにとれるところに置いておけば、子どもたちを騒がせることもありませんよ」というつもりでした。

でもお母さんは、窓の外にそんなものをぶら下げておくわけにはいきませんでした。それではまるで洗濯物をぶら下げているように見えて、下品な家だと思われてしまうでしょう。お父さんに見せて相談しようかとも思いましたが、そのときお父さんは、脳みその働きをよくするために濡《ぬ》らしたタオルを頭にまいて、ジョンとマイケルの冬のコートを買ったらいくらになるか計算しているさいちゅうでした。計算の邪魔をするわけにはいきません。それにお父さんは「犬を乳母にしておくからそうなるんだ」と言うに決まっているのです。

お母さんはお父さんに相談できるときが来るまでしまっておくことにして、その影をくるくると巻いてタンスの引き出しにていねいに入れると、ためいきをつきました。やれ、やれ、やれ。

そのときは一週間後にやってきました。あの決して忘れられない金曜日です。そう、もちろん金曜日でした。

「金曜日には特に気をつけていなければいけなかったのに」と、お母さんはあとになってからお父さんに何度も言いました。そんなときはたいていナナが横にいて、お母さんの手をしっかり握っていました。

するとお父さんは必ず「いや、いや、全部わたしの責任だ。このわたし、ジョー

も多く、アーデルベルト・フォン・シャミッソーの『影をなくした男』、エドガー・アラン・ポーの『影を殺した男』、オスカー・ワイルドの『漁師とその魂』、フーゴ・フォン・ホフマンスタール『影のない女』などの文学作品で重要な役割を果たしてきた。影はまた、生者を取って食う亡者のしるしとされることもある。シャミッソーの小説では影の交換を申し出た不吉な男は、ペーター・シュレミールの影を持ちあげ、たたんでポケットに入れてしまう。ハンス・クリスチャン・アンデルセンの『影』に出てくる学者は、自分の影に「命を乗っとられて」しまう。

3【まったくふつうの影でした】切り離された影を「ふつう」ということ自体、一四番地のダーリング家が初めから風変わりだったということになる。

ジ・ダーリングのせいだ」そしてラテン語で「おのが罪、おのが罪」[4]と言うのです。お父さんには古典の教養があったのです。

こうしてお父さんたちは毎晩毎晩一緒に座って、あの恐ろしいことが起きた金曜日のことをいろいろ思い出していました。[5]細かいことまで何度も何度も思い出しては話していましたから、作るのを失敗したお金が裏側まで模様がつきぬけているように、思い出したいろいろなことが頭の中をつきぬけて、頭の反対側から出てくるのではないかと思うほどでした。

「わたしが二七番地のおたくの夕食の招待をおことわりしてさえいれば」お母さんが言いました。

「わたしが自分の薬をナナの深皿に入れさえしなければ」お父さんが言いました。

「わたしがあの薬を好きなふりさえしておけば」ナナの濡れたひとみが言っていました。

「わたしのパーティー好きがいけなかったのよ、ジョージ」

「わたしの冗談好きがいけなかったんだよ、きみ」

「わたしがどうでもいいことにすぐ腹をたてるのがいけなかったんですよ、だんなさま、おくさま」[6]

そしてこの中のひとりかふたりが、わっと泣きだすのでした。ナナは「そうよ、本当に、ご主人さまたちは犬なんかを乳母にしてはいけなかったのよ」という思いで泣くのでした。ナナの濡れた目にダーリング氏がハンカチをあててやったことが何回もありました。

4【おのが罪、おのが罪】ラテン語の「おのが罪」はローマ・カトリック教会のミサで行われる「回心の祈り」に使われる言葉である。語り手がからかい半分でダーリング氏のラテン語の教養についてあてこすっているのは、子どもたちの父親を少し馬鹿にしていることの現れと思われる。ダーリング氏のせりふは語句の繰り返しが多く子どもっぽい傾向があることにも注目してほしい。

5【毎晩毎晩一緒に座って、あの恐ろしいことが起こった金曜日のことをいろいろ思い出していました】ここでのダーリング夫妻の会話は、子どもたちがピーター・パンに連れていかれるという「恐ろしいことが起こった夜」のあと、つまりネバーランドへ行ってしまったあとの話であり、物語の進行を遅らせる結果になっている。単調で繰り返しが多く（「毎晩、毎晩」「何度も何度も」のように）、くどくどした、大人ならではのやりとりの中で、彼

「あの悪魔め！」とお父さんは叫びます。それにこたえてナナが吠《ほ》えます。でもお母さんはいちどもピーターを悪く言いませんでした。お母さんの唇の右がわについている何かが、お母さんにピーターの悪口を言わせなかったのです。

お父さんとお母さんとナナはからっぽの子ども部屋に座って、あの恐ろしい夜のほんの小さな出来事までも、いとしい気持ちで思い出すのでした。あの夜もほかの何百もの夜と同じように、なにごともなく始まりました。ナナはマイケルのためにおふろのお湯を入れ、マイケルを背中にのせておふろ場に連れて行きました。

「ぼくはまだ寝ないよ」とマイケルが大声で言いました。[7] それを決めるのは自分だと、まだ考えている年ごろだったのです。「寝ないぞ、寝ないぞ、ナナ。まだ六時じゃないか。おいナナ、もうおまえなんか嫌いになってやるぞ。ぼくはおふろに入らないって言ってるんだ。入らないぞ、入るもんか！」

それからお母さんが白いドレスを着て子ども部屋に入ってきました。お母さんは早めに出かけるしたくをしていました。それというのもウェンディが、ドレスを着てお父さんがプレゼントしたネックレスをつけたお母さんを見るのが大好きだったからでした。お母さんはウェンディのブレスレットもつけています。ウェンディに頼んで貸してもらったのです。ウェンディはお母さんにブレスレットを貸すことも大好きでした。

そのときウェンディとジョンは、ウェンディが生まれたときのお父さんとお母さんのまねをして遊んでいるところでした。[8] ジョンが言っています。

「ダーリング夫人、嬉《うれ》しいことに、これできみも母親になったんだよ」これは、そ

らはなんとか事件が避けられなかったものかと考えている。

6【わたしがどうでもいいことにすぐ腹をたてるのがいけなかったんですよ、だんなさま、おくさま】この物語の中で唯一この場面だけ、ナナが言語能力をそなえているように見える。初めは「濡れたひとみ」で話していた。しかしこのせりふをナナがどうやってダーリング夫妻に伝えたのかは、はっきり書いてない。前と同じで、目で気持ちを訴えることができたということかもしれない。

7【「ぼくはまだ寝ないよ」とマイケルが大声で言いました】バリーはここで、まだ寝たくないと言い張り、入浴に代表される就寝前の行事を拒否する子どもの様子を描いている。『ピーター・パン』の劇はマイケルのこの決然としたせりふで幕をあけ、マイケルはこれを「騒々しく」言うことになっている。

ういうときのお父さんにそっくりの言いかたでした。

ウェンディは嬉しそうに飛びまわります。本物のお母さんもきっとそうしたはずでした。

次はジョンが生まれたところで、ジョンは、なにしろ男の子が生まれたんだからきっとそうなるだろうと想像して、前よりうんと大騒ぎをしました。そこへおふろから出てきたマイケルが来て、ぼくも生まれたいと言いましたが、ジョンは意地悪く、もう子どもはいらないと言いました。

マイケルは泣きそうになって「誰もぼくがほしくないんだ」と言いだして、もちろんドレス姿のお母さんは、そんなことはがまんできませんでした。

「わたしはほしいわ」お母さんが言いました。「わたし、三人めの子どもがどうしてもほしいわ」

「男の子と女の子、どっち?」まだ安心していないマイケルが聞きました。

「男の子よ」

それを聞いてマイケルはお母さんの胸に飛びつきました。お父さんとお母さんとナナは今こんな小さなことまで思い出していました。でもマイケルが子ども部屋にいた最後の夜の思い出だとしたら、小さなことは言えないでしょう。

お父さんとお母さんとナナは思い出話を続けました。

「そのときわたしが、たつまきのように部屋に飛びこんできたんだったな?」お父さんはここで、自分をしかるようにこう言います。たしかにそのときのお父さんはたつまきのようでした。


8【お父さんとお母さんのまねをして】ネバーランドにかぎらず、子どもは大人のまねをして楽しむものだ。ここでは年長のふたりが父母の役をしている。バリーの劇にも小説にも、人まねや「ごっこ遊び」のせりふがよく出てくる。

でも、お父さんにはそうする理由があったのでしょう。お父さんもパーティーへ行く用意をしていて、ネクタイを結ぶところまでは全部うまくいっていたのです。信じられないかもしれませんが、株や配当のことはあれほどよく知っているのに、お父さんはどうしてもネクタイをうまく結べないのです。ときにはネクタイがお父さんの言うことを文句も言わずきいてくれることもあります。でも、お父さんがプライドを捨てて、初めから結んであるネクタイを使ってくれたら家中が助かるのに、と思うようなときも多かったのでした。

あの夜もそうでした。お父さんはどうしても言うことをきかないしわくちゃのネクタイ[9]をもって、子ども部屋に飛びこんできたのです。

「なんです？　どうしたんですか、お父さん？」

「どうしたのかって？」お父さんはどなりました。本当に、どなったのです。「このネクタイだよ。どうしても言うことをきかないんだ」いつものお父さんとは思えないような嫌味《いやみ》まで言います。「わたしの首のまわりは嫌で、ベッドの柱ならいいそうだ！　そうとも、ベッドの柱になら二〇回も結べたんだ、それなのに首のまわりはだめだとさ！　申し訳ありませんが、首はだめですだってさ！」

お父さんは、お母さんがあまりまじめに聞いていないような気がしたので、こわい声で言いました。「言っておくが、お母さん、ネクタイが首にうまく結べなければ、今夜のパーティーには行かないぞ。そして今夜のパーティーに行かなければ、もう仕事にも行かない。きみと私は飢え死にして、子どもたちは、浮浪児になるんだ」

そこまで言われても、お母さんは落ちついて「わたしにやらせてみてくださいな、

9【どうしても言うことをきかないしわくちゃのネクタイ】ダーリング氏がネクタイに苦戦するこの場面は、またしても読者に彼の大人げのなさを感じさせる。彼は物を擬人化し、ささいなこと（ネクタイが思い通り結べないこと）から大げさな結果（「子どもたちは、浮浪児になるんだ」）を導く。

あなた」と言いました。それこそ、お父さんがここへ来て、お母さんに頼みたかったことでした。お母さんが器用にお父さんの首にネクタイを結ぶあいだ、子どもたちはふたりのそばで、自分たちの運命がどうなるか見守っていました。お母さんがこれほど簡単に結んでしまうことをくやしがる男の人もありますが、この家のお父さんはとてもいい人でしたから、そんなことはしません。なんでもないことのようにお母さんにお礼を言って、騒いでいたことなんかあっという間に忘れてしまいました。そして次の瞬間にはマイケルを背中におぶって、部屋中を飛びまわっていました。

「わたしたち、夢中で飛びまわっていましたね」そのときのことを思い出してお母さんが言います。

「飛びまわったのはあれが最後だった！」とお父さんがうめくように言いました。

「ねえジョージ、マイケルが突然『お母さんはどうやってぼくと知りあいになったの？』と聞いたのを覚えている？」

「覚えているさ！」

「ジョージ、あの子たち、とてもかわいかったですよね？」

「そして、あの子たちはわたしたちの、わたしたちの子どもだった。それなのに今はいなくなってしまったんだ」

あのあとナナが部屋に入ってきて、みんなは飛びまわることをやめたのでした。そしてお父さんにしてはめずらしくナナにぶつかってしまったせいで、ズボンがナナの毛だらけになってしまいました。それは新しいズボンで、しかもお父さんが初めてはく紐飾りのついたズボンでしたから、お父さんは唇をかんで涙をこらえなければなりませんでした。もちろんお母さんはズボンにブラシをかけましたが、またいつもの、犬を乳母にやとったのは失敗だったという愚痴《ぐち》が始まったのでした。

「ジョージ、ナナほどすばらしい乳母《うば》はいませんよ」

「それはそうだ。だがときどき、ナナはうちの子どもたちを子犬だと思っているんじゃないかと心配になるんだ」

「まあ、あなたったら。ナナは子どもたちに魂[*]があることはちゃんとわかっていますよ」

「そうかな」お父さんは考えこみます。「そうかな」お母さんは今こそ、あの男の子のことをお父さんに話すチャンスだと思いました。[10] 話をきいているお父さんは、初めのうちはフンと馬鹿にしていましたが、しまっておいた影を見せるとまじめな顔になりました。

「わたしの知りあいではないが」影をていねいに調べながらお父さんが言いました。「いかにも悪そうなやつだ」

「覚えているかい？　わたしたちがその話をしていたときに、ナナがマイケルの薬をもって入ってきたんだ」とお父さんが言います。「もう薬の瓶をくわえることもないだろうな、ナナ。それもこれもみんな、わたしのせいだ」

　お父さんは弱虫ではありませんでしたが、薬についてはどうしても子どもっぽくなってしまうのでした。お父さんに弱点があるとしたら、それは、自分は今までいつもこわがらずに薬を飲んできたと思いこんでいることでした。だからナナが口に

* この当時のキリスト教的な考え方では、犬などの動物には魂がないとされていた。（監修者注）

10【チャンスだと思いました】ダーリング夫人は、子どもの魂について口にすることをきっかけに、夫にピーター・パンの話をし、彼の影、つまり魂を見せる機会を得る。

くわえたスプーンから顔をそむけようとするマイケルを見て、とがめるように「マイケル、男らしくしろ」と言ったのです。

「いやだ、いやだ！」とマイケルは言いはります。お母さんはチョコレートをとりに出ていきましたが、お父さんはそれでは子どもを甘やかすことになると思いました。

「お母さん、マイケルを甘やかしてはいけないよ」とお父さんはお母さんの後ろから声をかけます。そして「マイケル、わたしがおまえぐらいの年だったときは、文句を言わずに薬を飲んだぞ。『お父さん、お母さん、ぼくがよくなるために薬をくれてありがとう』と言ってな」

お父さんはそれが本当のことだと思いこんでいたのです。もう寝間着《ねまき》に着がえていたウェンディも、本当だと信じていました。だからマイケルをはげますために、「お父さんがときどき飲むお薬はもっとまずいでしょう？」と言ったのです。

「あれほどまずい薬はないぞ」とお父さんは偉そうに言います。「あの瓶をなくしていなかったら、今あの薬を飲んで手本を見せてやるのにな」

お父さんは、本当に瓶をなくしたわけではありませんでした。真夜中に洋服ダンスのいちばん上の棚に隠しておいたのです。でもお父さんは、仕事熱心な召使いのライザがそれを見つけて、お父さんの洗面台にのせておいたことを知りませんでした。

「わたし、瓶がどこにあるか知っているわ、お父さん」お父さんの役にたてることが嬉しくて、ウェンディが叫びます。そして「もってくるわね」と言ったかと思うと、お父さんがとめる前に駆けだしました。そのとたん、お父さんのようすがおかしくなりました。

「なあジョン、あれはひどい味なんだ。まずくて、どろどろしていて、甘ったるいんだよ」お父さんが身ぶるいしながら言いました。

「すぐにすむよ、お父さん」ジョンは明るく答えます。そこへウェンディが薬を入れたコップをもって走ってきました。

「大急ぎで行ってきたわ」ウェンディは息をはずませています。

「すばらしく早かったね」とお父さんは仕返しに、わざとていねいに答えましたが、ウェンディは気がつきません。「マイケルが先だ」とお父さんはがんこに言います。

「お父さんが先だよ」疑い深いマイケルが言いました。

「飲むと気持ちがわるくなるんだ」とお父さんがおどかすように言いました。

「さあお父さん、飲みなよ」とジョンが言いました。

「ジョン、おまえは黙っていろ」お父さんがピシャリと言います。

ウェンディはわけがわからなくなりました。「お父さんはお薬なんてなんでもないと思っていたのに」

「そんなことは問題じゃない」お父さんは言いかえします。「問題なのはマイケルのスプーンにある薬よりわたしのコップにある薬のほうが多い、ということだ」お父さんのプライドの高い心は、今にも爆発しそうでした。「だって不公平じゃないか。たとえこれがわたしの最後の言葉になるとしても、これだけは言うぞ。不公平だ」

「お父さん、ぼく、待っているんだけど」マイケルが冷たく言いました。

「そうか、待っているのか。それならそれでいいぞ。わたしも待っているんだ」

「お父さんの弱虫カスタード[11]」

「弱虫はおまえだ」

「ぼくはこわくないよ」

「わたしもこわくないぞ」

「じゃあ、のんでよ」

「おまえがのんでみろ」

ウェンディはいいことを思いつきました。「一、二の三で一緒にのんだらどう？」

「そうだな。用意はいいか、マイケル？」

ウェンディが「一、二の三」とかけ声をかけるとマイケルはゴクリとのみましたが、お父さんは自分の後ろに隠してしまいました。

マイケルは怒ってわめきます。「お父さんったら！」とウェンディは叫びました。

「お父さんったら、とはどういう意味だ？」とお父さんは聞きました。

「わめくのはやめろ、マイケル。お父さんはちゃんと飲むつもりだったんだ。だが――ちょっと、失敗しただけだ」

三人の子どもたちはいっせいに、いやな目つきでお父さんを見ました。いかにもお父さんにあきれたような目つきでした。ナナがふろ場に行くのを見て、お父さんは子どもたちをなだめるように言いました。「おい、おまえたち、面白い冗談を思いついたぞ。この薬をナナの皿に入れるんだ。きっとナナはミルクだと思って飲むぞ」


11【「弱虫カスタード」】これはイギリスの校庭でよく耳にするはやし言葉のひとつ「弱虫、弱虫、カスタード。母ちゃんのマスタード食べる」からとったもの。バリーはルウェリン・デイヴィズ兄弟のためクリスマスに「欲ばりの小人」という寸劇をして、「弱虫カスタード」の役をしたこともある。

たしかに薬はミルクの色をしています。でも子どもたちはお父さんの冗談を面白いとは思いませんでしたから、お父さんがナナのお皿に薬を入れるのをあきれ顔で見ていました。お父さんは「面白いぞ」と言いましたが、あまり自信はなさそうでした。でも子どもたちは、お母さんとナナが戻ってきても何も言いませんでした。

お父さんはナナをなでながら「いい子だ、ナナ。おまえの皿に少しミルクを入れておいたぞ」と言いました。

ナナはしっぽをふって薬に駆けより、なめはじめました。そしてお父さんをなんともいえない目つきで見ました。怒った目つきではありません。赤い涙のたまった目でお父さんを見たのです。賢い犬の目にそんな涙がたまっていたら、人間は誰でも悲しくなるような涙でした。それからナナは犬小屋へ入ってしまいました。

お父さんはもうれつに自分がはずかしくなりましたが、まだ意地をはっていました。しいんと静かになった中で、お母さんがお皿のにおいをかぎました。そして「まあ、ジョージったら。これはあなたの薬じゃありませんか！」と言いました。

「冗談だったんだよ」お母さんがジョンとマイケルをなぐさめ、ウェンディがナナを抱きしめるのを見ながら、お父さんは大声で言いました。「なんだよ。せっかくわたしが、一生懸命面白いことをしてやったのに」

それでもウェンディはまだ、ナナを抱きしめていました。「いいさ。いくらでもナナを甘やかせばいい！　誰もわたしを甘やかしてくれない。誰もだ！　わたしはひとりでみんなのために金をかせいでいるんだ。どうせわたしを甘やかすことなんかないさ。ああ、そうさ」

「ジョージ、そんなに大声を出さないでください。召使いたちに聞こえてしまうわ」とお母さんが頼みました。召使いはライザひとりなのに、なぜかお父さんとお母さんはいつも「召使いたち＊＊」と言うのです。

「聞こえたってかまうもんか！」お父さんはピシャリと言いかえします。「世界中のやつらに聞かせればいい。だがもうこれ以上一時間たりとも、犬を子ども部屋の主人にしておくわけにはいかないぞ」

子どもたちはしくしく泣きました。ナナはどうかそれだけはお許しください、と言いたそうにお父さんのところへ走ってきましたが、お父さんはナナを手ではらいのけました。お父さんはまた力をとり戻したような気になっていました。そして「何をしても無駄だ。無駄だよ。おまえにふさわしい場所は裏の庭だ。今すぐ行ってつないでしまえ」と叫んだのです。

「ジョージ、ジョージ」とお母さんがささやきかけました。「わたしがお話ししたあの男の子のことを覚えていますか？」

ところが、お父さんはお母さんの言うことを聞こうとしませんでした。とにかく誰がこの家の主人かみんなに思い知らせてやろうと決心していたのです。だから誰もナナを犬小屋から出そうとしないのを見ると、やさしい言葉でナナを誘い出してさっとつかまえ、子ども部屋からひきずりだしました。お父さんはそんな自分を情けないと思いました。でもそうせずにはいられなかったのです。お父さんは少しがんこで、人から立派だと思われたい気持ちがとても強いのです。裏庭でナナをつないでしまうと、自分が情けなくなったお父さんは両目をげんこつでこすりながら廊

＊＊　召使いを最低一人は雇うのが中流階級の体面を保つために必要だった。対面を気にするダーリング夫妻が、複数の召使いをかかえているふりをしているのがおかしさを誘う。（監修者注）

下に腰をおろしました。

そのあいだにお母さんはめずらしく静かな子どもたちをベッドに入らせ、終夜灯のロウソクをつけました。ナナが吠える声が聞こえると、ジョンが泣きながら言いました。「お父さんが、ナナを鎖でつないじゃった」でもウェンディにはわかりました。

「あれはナナが悲しいときの吠え方じゃないわ。何かあぶないことが起こりそうなときの吠え方よ」そのあと何が起こるかわかっていたわけではないのですが、ウェンディはそう言いました。

あぶない![12]

「本当なの、ウェンディ?」

「ええ、本当よ」

お母さんは震えながら窓のそばへ行きました。窓はしっかりしまっています。外を見ると暗い空に星がちらばっていました。星はまるでこれから何が起こるか見ようとしているように、この家のまわりにたくさん集まっていました。でもお母さんはそれに気づきませんでした。ひとつかふたつの小さな星がお母さんにウィンクしていることにも気づきませんでした。それでも、わけのわからない恐ろしさで胸がいっぱいになったお母さんは、思わず叫ばずにはいられませんでした。「ああ、今夜のパーティーに行くなんて言わなければよかった!」


12【あぶない!】これは語り手のせりふだ。語り手がこれから起こる危険に興奮をおさえきれない気持ちと、子どもたちの冒険に自分も参加しているような雰囲気をここに挿入している。ここに引用符がないことが、語り手のせりふであることを示している。

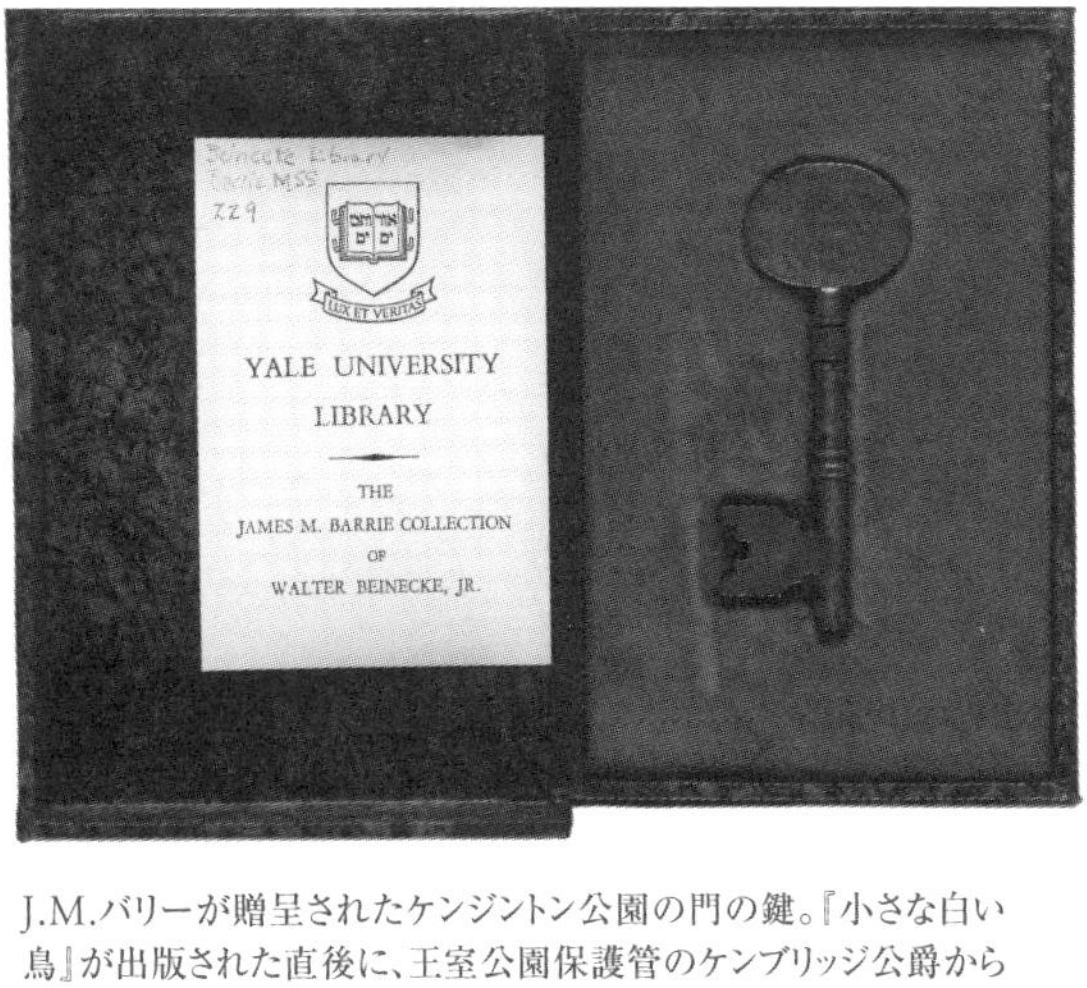

J.M.バリーが贈呈されたケンジントン公園の門の鍵。『小さな白い鳥』が出版された直後に、王室公園保護管のケンブリッジ公爵から贈られた。(イェール大学バイネッキ稀覯本図書館蔵)。

半分眠りかけていたマイケルにも、お母さんが何かを心配していることがわかりましたから、お母さんにたずねました。「お母さん、ロウソクがついていても、何かこわいことが起こるの？」

「何も起きないわよ、ぼうや」お母さんが言いました。「このロウソクはね、お母さんが出ていくときに、子どもたちを見守るためにおいていく目のようなものなの」

お母さんは順番に子どもたちのベッドをのぞいては「おやすみ」の呪文をやさしくかけていきました。末っ子のマイケルが、お母さんの首に手をまきつけて叫びました。「お母さん、ぼくお母さんがいて嬉しいよ」このあと長いあいだ、お母さんがマイケルの声を聞くことはありませんでした。

二七番地はダーリング家から二、三メートルしか離れていませんでしたが、少し雪が降っていたので、お父さんとお母さんは靴をよごさないように気をつけて歩いていきました。もう道を歩いているのはこのふたりだけで、全部の星がふたりをじっと見ていました[13]。星は美しいものです。でも星は自分から何かをするということはありません。いつだって空からじっと見ていることしかできないのです[14]。それはずっとむかしに星が何か悪いことをした罰なのですが、あまりむかしすぎて、どんなことをしたか知っている星はひとつもありません。だから年をとった星は目がどんよりとくもって、めったにおしゃべりしないのです（チカチカとまたたくのが星のおしゃべりです）。でも、若い星は今も、どうしてだろうと不思議がっています。星はピーターのことがあまり好きではありません。ピーターはいたずらで、そっと後ろへ来てフッと息を吹きかけ、星のあかりを消そうとするからです。それでも、

13【全部の星がふたりをじっと見ていました】ダーリング家のある一四番地とネバーランドにはいくつか共通点がある。このふたつの場所は完全に別の世界として区別されてはいないのだ。星のような自然物が、まるで生き物であるかのようにダーリング家の子ども部屋を見たり、中にいる人間に好奇心をもったりしている。そしてダーリング夫人は、子どもを寝かしつけるために「呪文」を唱えている。

14【いつだって空からじっと見ていることしかできないのです】空にある星がただ見ているだけで参加できない罰を受けているというのは、自分は人生の傍観者たることを運命づけられていると、バリー自身が感じていることをほのめかしているようにもとれる。この先の一六章では、語り手がダーリング家の子どもたちの人生に直接干渉できない立場を「わたしたちは見物することしかできないのですから」と嘆いている。

星は面白いことが大好きなので、今夜はピーターの味方です。大人たちが早く出かければいいのにと思っています。だからお父さんとお母さんが二七番地の家に入ってドアがしまったとたん、空は大騒ぎになりました。そして天の川の中でいちばん小さい星がかん高い声で叫びました。

「もういいよ、ピーター！」

第3章 さあ、行こうよ、行こうよ！[1]

お父さんとお母さんが出かけたあと少しのあいだ、子どもたちのベッドのわきにある終夜灯のあかりは明るく燃えていました。この終夜灯は本当に親切で、かわいい終夜灯でしたから、ずっと起きていてピーターに会えたらよかったのに、と誰でも思うところです。でもウェンディのあかりが目をパチパチしはじめて大きなあくびをすると、ほかのふたつのあかりにもあくびがうつって、その口がまだ閉じないうちに三つとも消えてしまいました。

でも部屋の中にもうひとつ、別のあかりが見えます。終夜灯より何千倍も明るい[2]あかりです。わたしたちがそう言っているうちからもう、そのあかりは子ども部屋の引き出しをあけたり、タンスの中をかきまわしたり、服のポケットを全部裏返して中を見たりして、ピーターの影を探していました。本当を言えば、それはただのあかりではありませんでした。とてもすばやく動くのであかりに見えますが、ちょっと止まって休んでいるときに見れば、それが妖精だとわかります。[3]せいぜいあなたの手のひらぐらいの大きさで、まだ子どもでした。ティンカーベルという名前の女の子[4]で、とてもすてきな、スジだけの木の葉でできた襟もとが大きく四角く

1【さあ、行こうよ、行こうよ！】この章のタイトルはW・B・イェイツの詩『さらわれた子ども』を思い出させる。「人間の子どもよ、さあ、行こう！　その水辺に、妖精と手を携えて」（高松雄一訳）。この詩の子どももダーリング家の子どもたちと同じように、妖精に連れられてこの世界を遠く離れた島に行く。「この世には、お前の知られない嘆きの声に満ちている」

2【終夜灯より何千倍も明るい】強力な光の効果はネバーランドにもよく出てくる。ティンカーベルは現実の世界にはない光を発する存在のひとつだが、その光はネバーランドへの道を示す「たくさんの金

5773

[ヴィジュアル注釈版] ピーター・パン 上

愛読者カード　J・M・バリー 著　マリア・タタール 編

＊より良い出版の参考のために、以下のアンケートにご協力をお願いします。＊但し、今後あなたの個人情報(住所・氏名・電話・メールなど)を使って、原書房のご案内などを送って欲しくないという方は、右の□に×印を付けてください。　□

お名前《フリガナ》　男・女（　歳）

ご住所　〒　－

市　町
郡　村

TEL　（　）

e-mail　@

ご職業　1会社員　2自営業　3公務員　4教育関係
5学生　6主婦　7その他（　）

お買い求めのポイント
1テーマに興味があった　2内容がおもしろそうだった
3タイトル　4表紙デザイン　5著者　6帯の文句
7広告を見て(新聞名・雑誌名　)
8書評を読んで(新聞名・雑誌名　)
9その他（　）

お好きな本のジャンル
1ミステリー・エンターテインメント
2その他の小説・エッセイ　3ノンフィクション
4人文・歴史　その他(5天声人語　6軍事　7　)

ご購読新聞雑誌

本書への感想、また読んでみたい作家、テーマなどございましたらお聞かせください。

郵便はがき

料金受取人払郵便

新宿局承認

1993

差出有効期限
2021年9月
30日まで

切手をはら
ずにお出し
下さい

160-8791

343

（受取人）
東京都新宿区
新宿一－二五－一三

原書房

読者係　行

1608791343　7

図書注文書（当社刊行物のご注文にご利用下さい）

書　　名	本体価格	申込数
		部
		部
		部

お名前　注文日　年　月　日

ご連絡先電話番号　□自　宅　（　　）
（必ずご記入ください）　□勤務先　（　　）

ご指定書店（地区　）（お買つけの書店名をご記入下さい）

書店名　書店（　店）

帳合

あいている服を着ています。この透《す》けている服を着たティンカーベルはとてもかわいく見えました。ほんのちょっとだけ、ぽっちゃりして[5]いますけどね。

　ティンカーベルが入ってきたすぐあとに、小さな星たちが息を吹きかけて子ども部屋の窓をあけ、ピーターがポンと入ってきました。ピーターは途中までティンカーベルを抱いてきたので、手にはまだ妖精の粉がついていました。

「ティンカーベル」子どもたちがぐっすり眠っているのをたしかめてから、ピーターがそっと声をかけました。「ねえ、ティンク、どこにいるの？」そのときティンカーベルは水さしの中に入っていて、そこがとても気に入っていました。今まで水さしの中に入ったことがなかったのです。

「水さしなんかに入ってないで、出ておいでよ。ぼくの影がどこにしまってあるか、わかった？」

　金の鈴をふったようなとてもきれいな音が答えました。それが妖精の言葉でした。それはふつうの人間の子どもには聞こえません。でも、もしかしてそれを聞くことがあったら、前にも聞いたことがあったなと思

色の矢」ほど明るくはない。鮮やかな色彩の光は「オズ」や「ナルニア」など多くの子ども向けのファンタジーの世界に共通する特徴である。

3【それが妖精だとわかります】バリーはルウェリン・デイヴィズ家の少年たちとブラックレイク島ですごしたときに、ティンカーベルのもとになる妖精を思いついたと書いている。「ある晩わたしたちは、夕暮れ時の森の様子を見せようと、マイケルをだいて歩いていた。私たちのもつ明かりが木々の葉のなかでチラチラ動いていた。マイケルは一瞬あかりの動きが止まったとき、それに向かって嬉しそうに片足をふった。ティンクはこのとき生まれたのだ」

　伝説に出てくる妖精の世界の多くは一種の異世界であり、地面にある妖精の輪の中に入ったり、妖精の踊りを邪魔したりすることでそこへ導かれる。妖精を登場させ、ティンカーベルをネバーランドの住人と紹介することで、バリーはふたつの異なった物語があることをほのめかしている。ひとつは追放された神々が戦ったり楽しく過ごしたりする「祝福された島」（迷い子たちのケース）の物語であり、もうひとつは人間が迷い子たちを世話するために妖精の国へ連れてこられる物語（ウェンディのケース）だ。ケルト神話では、「祝福された島」——「満ち足りた島」「若さの島」「恵みの島」「幸いの島」（永遠の若さと春がある場所）とも呼ばれる——は「死者の国」でもある。そこでは永遠の若者が終わりのない春をすごしている。そこへの入り口は妖精が守っている死者の埋葬地だ。ピーター・パンが永遠に子どものまま成長しないのは、彼が死者に属しているからとも考えられる。

　バリーは、人間世界から子どもをさらい、痛みや苦しみがなく何よりも美しさが支配するユートピアへと連れて行く妖精や小人——悪魔の場合もある——の存

うことでしょう。
ティンクは、影は大きな箱に入っていると言いました。タンスの引き出しのことです。ピーターは引き出しに飛びつき、王様が国民に小銭[6]をまくように、両手で中身を床に投げちらしました。そしてあっという間に影を見つけましたが、あまりに嬉しかったので、ティンカーベルを引き出しに閉じこめたことを忘れていました。[7]
そもそもピーターが何か考えるということがあるなら（わたしは何も考えていないと思っているのですが）、自分と影は、近くにもってきてくっつければ、水のつぶを合わせたときのようにひとつになると考えていたようです。でもそうはなりませんでしたから、ピーターは驚いてしまいました。おふろ場からせっけんをもってきてくっつけようとしましたが、それもだめでした。ピーターは背中がぞくっとして、床に座って泣きだしました。
その泣き声を聞いてウェンディが目をさまし、起きあがってベッドの上に座りました。子ども部屋の床で泣いている知らない男の子を見ても、ウェンディは驚

在が強く信じられていた時代を生きていた。バリーがゲーテの『魔王』、ブラウニングの『ハメルンの笛吹き男』、ジョージ・マクドナルドの『北風のうしろの国』などに親しんでいたことは明らかだ。これらの作品はどれも、妖精あるいは魔王が子どもに及ぼす力への恐怖を表現したものだ。
ヴィクトリア時代の文化を見れば、小人の魔法使いや妖精が美術や演劇や小説に当然のように登場していた。一九世紀には『真夏の夜の夢』や『テンペスト』がひんぱんに上演されて妖精画の流行をもたらし、子どもの寝室や遊び部屋の壁紙にまで妖精が描かれるようになっていた。妖精伝説は産業化の進展と物質的な豊かさの追求に対する抵抗として、そして牧歌的な生活と幼年時代の魅力に対する郷愁の表現としてもてはやされていた。だがそこには複雑で神秘的で官能を刺激する側面もある一方、稚拙で凡庸なものに陥ることもあった。

4【ティンカーベルという名前の女の子】ティンカーベルはもともと鍋ややかんを修繕する妖精だった。スコットランドの言葉ではティンカーは刃物とぎや家庭用品の修理を生業とするジプシーをさしていた。『ピーター・パン』の妖精たちと同じように、エドワード時代の彼らは放浪生活をする気まぐれな人々で、法律に縛られず、子どもじみた行動をすると見られる傾向があった。オックスフォード英語辞典は、「ティンカー」はスコットランドとアイルランドではジプシーの意味で使われるとしている。『ピーター・パン』のオリジナル原稿では、ティンカーベルは「ティッピー」あるいは「ティッピトウ」となっていた。

5【ぽっちゃりして】原文にある形容詞enbonpointはもともとフランス語で「状態がいい」という意味だが、英語では「ぽっちゃり」「肉付きがいい」という意味。

6【小銭】原文は半ペニー。当時の

きませんでした。ただなんとなく、わくわくした気持ちになっただけです。

「あのう」ウェンディはお行儀よく声をかけました。「どうして泣いていらっしゃるの？」

ピーターも妖精の儀式で正しい礼儀を習っていましたから、お行儀よくしようと思えばできるのです。だから立ちあがって、ウェンディにていねいなおじぎをしました。ウェンディは嬉しくなって、ベッドの上からていねいにおじぎしました。

「お名前は？」とピーターが聞きました。

「ウェンディ・モイラ・アンジェラ・ダーリング」[8]とウェンディは少し得意そうに言いました。「あなたのお名前は？」

「ピーター・パン」

ウェンディはこの男の子がピーターだろうと思っていましたが、それにしても、ずいぶん短い名前のように思いました。

「それでおしまい？」

「そう」ピーターは短く答えました。ピーターは今までで初めて、自分の名前が短すぎるような気がしたのです。

「ごめんなさい」とウェンディ・モイラ・アンジェラが言いました。

「べつにいいよ」と言ってピーターはぐっと涙をこらえました。

ウェンディは、あなたの家はどこですかと聞きました。

「ふたつ目の横丁を右。[9]そして朝までまっすぐ」とピーターは言いました。

「なんておかしな住所！」

最小額の硬貨だった。ダーリング夫人がタンスの引き出しを整理しているというのは子どもの心の中の比喩だが、ピーター・パンは子ども部屋にある本物の引き出しの中身を投げだして部屋を散らかした。

7【ティンカーベルを引き出しに閉じこめたことを忘れていました】ピーターの忘れっぽさは、決して成長しない「永遠の子ども」としてのピーターの特性の一部である。彼は始終物事を忘れる。ウェンディがロンドンの一四番地の家に戻ってしまえば、ピーターは迷い子のこともフックのこともティンカーベルのことも、そしてたぶんウェンディのことも忘れはじめるのだ。

8【ウェンディ・モイラ・アンジェラ・ダーリング】モイラという名前にはふたつの起源がある。ひとつは運命を意味するギリシア語、もうひとつは英語の名前メアリーが変形したもので、本来は「苦い」という意味があった。

ピーターは急に元気がなくなりました。生まれて初めて、おかしな住所かもしれないと思ったからです。

でも「おかしくないよ」と言いました。

「つまりその」ウェンディは自分がお客をもてなしていることを思い出して、感じが悪くならないように気をつけながら言いました。「その住所で手紙がとどくのかなと思って」

ピーターは手紙のことは言わないでほしかったな、と思いました。でも「手紙は来ないんだ」と馬鹿にしたように言いました。

「でもお母さんには手紙が来るでしょう？」

「お母さんはいないんだ」ピーターが言いました。ピーターにはお母さんがいませんし、お母さんがほしいと思ったこともありませんでした。お母さんなんていなくてもかまわない人だと思っていたのです。でもそれを聞いたとたん、ウェンディは、自分の前にいるのはとてもかわいそうな子なんだと思いました。

「まあ、ピーター。あなたが泣いていたのも無理はないわね」ウェンディはそう言うと、ベッドから出てピーターに走りよりました。

「お母さんのことで泣いてたわけじゃないよ」ピーターはなぜか、怒ったように言いました。「影がくっつかないから泣いていたんだ。そもそも、ぼくは泣いてなんかいなかったよ」

「影、とれちゃったの？」

「そう」

9【ふたつ目の横丁を右】ロバート・ルイス・スティーヴンソンがサモア諸島のウポル島にある彼の家にバリーを招待したときの道案内は「サンフランシスコで船に乗って、左に入って二軒目が私の家だ」というものだった。スティーヴンソンは何度も手紙を書いて、バリーに訪問を勧めている。「いろいろ楽しいことができるよ！　こっちへ来いよ、来れば君の視野が広がるし、私も元気が出るだろう」（チェイニー）。スティーヴンソンは体調をくずしていた（結核を患っていたためにみずから遠い南洋の島に逃れ、一八九四年にその地で死去した。ウポル島のバイリマにあったスティーヴンソンの邸宅は、バリーにとって「この地球上でどうしても行きたいと思った場所」（『マーガレット・オグルヴィ』）だったが、友人の死去によって「旅行の計画」は実現しなかった。『宝島』だけでなく『ジキル博士とハイド氏』や『バラントレーの若殿』などを書いた友人スティーヴンソンの死後の文その時、ウェンディは床の上の影を見ました。それはとてもよごれて見えた[10]ので、ウェンディは心からピーターを気の毒に思いました。そして「まあ、たいへんね!」と言いましたが、ピーターがせっけんで影をくっつけようとしたのを知って、思わずにっこりしてしまいました。男の子ってだめね!

さいわいなことに、ウェンディはすぐにいいことを思いつきました。「縫いつければいいのよ」とウェンディは、少しだけ偉そうに言いました。

「縫いつけるってどういうこと?」ピーターが聞きました。

「本当に何も知らないのね」

「そんなことないよ」

でもウェンディは、自分がピーターより物知りだと思っていい気分になっていました。「わたしが縫ってあげるわよ、ぼうや」ピーターはウェンディと同じくらいの背の高さでしたが、ウェンディはそんなことを言って自分の裁縫箱[11]を出してきました。そしてピーターの足に影を縫いつけてあげたのです。

「たぶん、少し痛いかもしれないけど」とウェンディが用心のために言いました。

「ぼくは泣かないよ」とピーターが言いました。ピーターはさっき泣いたことはもう忘れて、自分は今までいちども泣いたことがないと思いはじめていたのです。そして歯をくいしばって、本当に泣きませんでした。そのうちに影はくっついて、少ししわがよっていましたが、ちゃんとピーターと一緒に動くようになりました。

「アイロンをかけたほうがよかったかもしれないわね」とウェンディが気を使って言いました。でもピーターは男の子ですから、見た目はどうでもいいと思っていま

学的名声を確立しようとしたバリーは、地元の一部からは反対の声もあったものの、彼の記念碑を建てるために奔走した。バリーはスティーヴンソンを「私たちのなつかしい世界の周縁部を引きよせて、もう一度そこへ戻って遊ぼうと駆りたてた、少年の心の持ち主」だったと評した(『マーガレット・オグルヴィ』)。

10【よごれて】泥の中をひきずられたあとのように見えたらしい。

11【裁縫箱】針と糸、ハサミなど衣類の修理に必要な道具一式が入ったケース。第二次世界大戦が終わるまでは、イギリス軍兵士の標準装備のひとつでもあった。

した。今では大喜びで飛びはねています。おやおや、ピーターはもう、これがウェンディのおかげだということを忘れています。自分で影をくっつけたと思っています。「ぼくってすごいなあ！」と得意になってはしゃぎまわっています。[12]「ぼくって最高に賢いんだよ！」

はずかしいのですが、このうぬぼれの強いところがピーターのすばらしい魅力のひとつだと白状しなければなりません。はっきり言って、ピーターほど生意気な子はいないのです。

でもそのあいだ、ウェンディはあきれていました。そして「あなたって、うぬぼれ屋さんねえ」と皮肉な調子で言いました。「どうせわたしは何もしなかったわよ！」

「きみも少しはしてくれたけどさ」ピーターはあっさり言って、まだ飛びはねています。

「少しですって！」ウェンディはツンとして言いかえしました。[13]そして「わたしが役に立たないなら、これで失礼するわ」と言うと、わざとていねいな身ぶりでベッドに入り、顔を毛布で隠してしまいました。

ウェンディを誘い出そうとして、ピーターは帰るふりをしました。それでもウェンディが顔を出さないので、今度はベッドのすみに腰をおろして、ウェンディを足でやさしくつつきました。「ウェンディ、隠れないでよ。ぼくはどうしても、得意がってしまうんだ。嬉しいときには」それでもウェンディは顔を見せません。でも、ピーターの声は一生懸命聞いていました。「ねえ、ウェンディ」ピーターは女性が聞い

12【得意になってはしゃぎまわっています】ピーターのナルシスト的な喜びは多くの場合、はしゃぎまわることで表現される。ピーターの描写に使われている「生意気な」という意味のcockyは一九世紀半ばから使われはじめた言葉で、イギリスで一八六三年に出版されたチャールズ・キングズリーの『水の子どもたち』に「彼は少年の中でもいちばん生意気な少年だった」（芹生一訳）の箇所で使われている。得意がってはしゃぎまわることと泣くことのふたつが、ピーターのおもな感情表現法である。このふたつは、ピーターの名前の起源であるギリシア神話の半獣半人［パン］を思い出させる。ピーターはネバーランドに帰ったときや敵に勝ったときにはしゃぎまわるが、この場面にあるように何かがうまくできて嬉しいだけでも得意になってはしゃぎまわる。

13【ツンとして言いかえしました】ウェンディはここで、ピーターの生

たら絶対に知らん顔できないような声で言いました。「ひとりの女の子は二〇人の男の子より役に立つよ」

ウェンディはまだ小さいとは言ってても頭のてっぺんから足の先まで女性ですから、毛布から顔をちょっとのぞかせてしまいました。

「ピーター、本当にそう思う?」

「思うよ」

「あなた、けっこうやさしいのね。わたし、もういちど起きることにするわ」ウェンディが言いました。そしてピーターと並んで、ベッドに腰をおろしました。そして、ほしければキスをあげてもいいけど、と言いました。でもピーターには何のことかわからなくて、嬉しそうに手を出しました。

「あなたキスがどんなものか、知っているわよね?」ウェンディは驚いて聞きました。

「くれたら、わかるよ」ピーターはちょっと怒ったような声で言いました。ウェンディはピーターの気持ちを傷つけないように、指ぬきをあげました。[14]

「今度はぼくがキスをあげようか?」とピーターが言ったので、ウェンディはちょっとすまして答えました。「ええ、あなたがそうしたければ」そして、少し気取って顔をピーターのほうへかたむけ、ちょっと自分を安売りしてしまいました。でもピーターはドングリのボタンをひとつ、ウェンディの手にのせただけでした。ウェンディはゆっくりと顔をもとに戻して、あなたのキスは鎖をつけて首に下げておくわ、とていねいに言いました。鎖をつけて首に下げたのは、ウェンディにとって運

意気な発言に対して、ていねいだが相手を見下すような話し方をしている。ここは原文では尊大を意味するフランス語hauteurが使われている。

14【指ぬきをあげました】初期の『ピーター・パン』の上演を見に来た子どもたちは、ティンカーベルを助けるために拍手するだけでなく、この場面ではピーターに指ぬきを投げた。ある二歳の少女はこう語っていた。「声がかれるまで大声をあげたわ。舞台めがけて指ぬきを投げたけれど、それが届いたかどうかはわかりません。ほかにもたくさんの子が指ぬきを投げていたから」(グーバー)。念のためにストーリーを復習すると、ここでピーターは指ぬきをキスだと思ったのだ。

のいいことでした。というのも、あとになってそのおかげで命が助かるのですから。

わたしたちの社会では、人に紹介されたときはおたがいに年を聞きます。ウェンディはいつも決まりどおりにするのが好きでしたから、年はいくつですか、とピーターに聞きました。ピーターにとって、それは聞かれたくない質問でした。テストでイギリスの王様のことを質問してほしかったのに、国語の文法についてきかれたようなものでした。

「知らないよ」ピーターは少しきまり悪そうに答えました。「かなり若いと思うけど」本当は年のことについて、ピーターは何も知らなかったのです。なんとなくこういうものかな、と想像しているだけでした。でも思いきってこう言ってみました。

「あのねウェンディ、ぼくは生まれた日に、逃げだしちゃったんだ」

ウェンディはとても驚きましたが、もっとくわしく知りたいと思いました。そこで、とても上品なしぐさで自分の寝間着に軽く触って、ピーターがもっと近くに座れるようにしました。

「ぼくのお父さんとお母さんが、ぼくが大人になったら何になるだろうって話していたんだ」ピーターが小さな声で説明します。でもだんだん興奮してきました。声を強めて「ぼくは全然大人になりたくない」と言います。「ぼくはずっと小さな男の子でいて、楽しく遊んでいたいんだ。だからケンジントン公園に逃げていって、長い長いあいだ、妖精たちにまじって暮らしていたんだよ」

ウェンディは心から感心したようにピーターを見ました。ぼくが逃げだしたから感心したんだとピーターは思っていましたが、本当はピーターが妖精と知りあい

15【その笑いが千個にわれてね】『ケンジントン公園のピーター・パン』の中で語り手は、妖精は何ひとつ「役にたつことはしない」と言いきっている。そしてピーター・パンがここで言ったようなことをこの語り手も言っている。「この世にはじめての赤んぼうが、うまれたとき、その赤んぼうの笑いが、百万にもこなごなになって、ちらばっていきました。それは、みんな、踊りはねていたのです。これが妖精のはじまりだったのです。あなたがたは、妖精が、まばたきするまもないように、忙しくしているのを、知っているでしょう。けれど、もしあなたが『いったい何をしてるのかね』と、きいてごらんなさい。きっと、こたえることができないでしょう」(中川正文訳)

16【すぐに妖精を信じなくなっちゃうんだよ】いろいろな機会にバリーは、故郷キリミュアで過ごした少年時代の牧歌的な田園風景が消えていくことを嘆いていた。キリ

だったことに感心していたのです。ウェンディが育った家庭環境では、妖精と知りあいというのはとてもすばらしいことに思えたのでした。だからウェンディは、妖精についてピーターにたくさん質問しました。ピーターは驚きました。ピーターにとって妖精はうるさい邪魔もので、たまには妖精をしっかりぶってやらねばならないこともありました。でも全体としては、ピーターも妖精たちが好きでした。それでウェンディに妖精の始まりについて話してやったのです。

「あのね、ウェンディ。この世に初めて生まれた赤ん坊が初めて笑ったとき、その笑いが千個にわれてね、[15] あちこち飛びまわったんだよ。それが妖精の始まりさ」

退屈な話です。でもあまり家から出ないウェンディは、そういう話が好きでした。

「だからさ」ピーターがやさしく続けます。「どんな子どもにも妖精がひとりずつついているはずなんだよ」

「ついているはずってことは、いないこともあるの?」

「そうなんだ。今では子どもがたくさんのことを知っているから、すぐに妖精を信じなくなっちゃうんだよ。[16] どこかの子どもが『妖精なんていないるわけない』と言うたびに、妖精がひとり死んでしまうのさ」

じつは、妖精の話はもうじゅうぶんだとピーターは思っていました。そして急に、ティンカーベルがずっとおとなしくしていたことに気がついたのです。ピーターは「どこへ行ったんだろう」と言いながら立ちあがって、ティンク、と名前を呼びました。ウェンディは急に胸がドキドキしてきました。

「ピーター、まさかこの部屋に妖精がいると言うんじゃないでしょうね![17]」ピー

ミュアの生活は信仰に支えられていた。そこには宗教心だけでなく、妖精や精霊信仰もあった。一九二二年、サー・アーサー・コナン・ドイルはウェスト・ヨークシャーのコティングリーで、ふたりの少女が家の裏にある草地で妖精を目撃し、その写真を撮ったというニュースに夢中になっていて、あやうく神秘主義者の変人とみなされるところだった。シャーロック・ホームズ・シリーズを書いた作家で医師でもあったドイルは、「確かな証拠のある」妖精の目撃情報に世界がふたたび魅了されることを喜んでいた。「たとえ目には見えなくても、妖精の存在を認めることはひとつひとつの小川や谷に魅力を与え、田舎道の散歩にロマンチックな興味を加えるだろう。妖精の存在を認めることは物質的な二〇世紀の精神を泥まみれのわだちから救い出し、生きていく上での不思議さと魅力とを再認識させることにつながるだろう」バリーの個人秘書だったシンシア・アスキスはドイルがバリー

ターの手をつかんでウェンディは叫びました。

「ちょうど今ここにいたんだ」ピーターはちょっとイライラして言いました。「ティンクの声が聞こえない？」ふたりは耳をすましました。

「わたしに聞こえるのは、鈴がなるような音だけよ」とウェンディは言いました。

「ああ、それがティンクだよ。その音が妖精の言葉なんだ。ぼくにも聞こえるような気がする」

音はタンスの引き出しから聞こえてきます。ピーターはにっこりしました。ピーターほど嬉しそうににっこりする人は、ほかにいないでしょう。喉をクックッとかわいく鳴らすのが彼の笑いでした。赤ちゃんのときの初めての笑いがまだ残っているのです。

「ウェンディ、ぼく、ティンクを引き出しに閉じこめちゃったみたい！」とピーターが嬉しそうにささやきました。

ピーターがかわいそうなティンクを引き出しから出してやると、ティンクは怒ってキイキイ声を出しながら部屋の中を飛びまわりました。「そんなこと言っちゃだめだよ」とピーターが言いかえします。「もちろん、ぼくが悪かった、あやまるよ。でもきみが引き出しの中にいるなんて、わかるはずないだろう？」

ウェンディはピーターの言葉を聞いていませんでした。そして「ねえ、ピーター。わたしに見えるように、妖精さん、ちょっとじっとしていてくれないかしら！」と叫びました。

「妖精はめったにじっとしていないんだ」とピーターは言いましたが、ウェンディ

の夏の別荘を訪れたとき、この有名な作家がバリーに「きみは妖精の存在を信じるか？」とたずねなかったことに胸をなでおろしたと語っている。ドイルが神秘主義に傾き、コティングリーの五人の妖精（写真はのちに捏造だと証明された）のニュースに熱狂したのは、彼が妻、息子、兄弟とふたりの甥を亡くして気持ちが落ち込んでいたことが原因だった。

17【まさかこの部屋に妖精がいると言うんじゃないでしょうね！】古い民間伝承では、妖精は人間の子どもをさらうと言われていた。ピーターとティンカーベルは共謀して子どもをさらうためにダーリング家に侵入したと見ることもできる。

はほんの一瞬、不思議な姿をした何かが鳩時計の上にとまるのを見ました。「わあ、見つけたわ、かわいい！」とウェンディは叫びましたが、ティンクはまだ怒っていて、こわい顔をしていました。

「ティンク」とピーターがやさしく声をかけます。「このレディは、きみが自分の妖精ならいいのに、と言っているよ」

ティンカーベルは、偉そうに何か言いました。

「なんて言ってるの、ピーター？」

ピーターは答えないわけにはいきませんでした。「ティンクはあまり礼儀を知らないからね。きみは大きくて、みっともない子だと言ってる。自分はぼくの妖精だって」

ピーターはティンクと言いあいを始めました。「きみはぼくの妖精にはなれないよ。ぼくは男で、きみは女なんだから」

ピーターの言葉にティンクは「のろまの大ばかやろう」と答えて、おふろ場へ行ってしまいました。「ティンクはごくふつうの妖精なんだよ」と、ピーターは言いわけするような感じで言いました。「鍋ややかんを修理するからティンカーベルという名前なんだ」

ふたりは今では一緒にひじかけ椅子に座っていましたが、ウェンディは質問を続けます。

「今はもうケンジントン公園に住んでいないとしたら――」

「今でもときどきそこにいるよ」

「でも、公園にいないときはどこに住んでいるの？」

「迷い子たち[18]と一緒さ」

「それ、どんな子たちなの？」

「子守りをする乳母がよそ見をしているときに、乳母車から落ちちゃった子どもだよ。一週間以内に迷子の届けが出されないと、かかったお金をはらうためにネバーランドに送られるんだ。ぼくはみんなの隊長さ」

「きっと、すごく面白いでしょうね！」

「面白いよ」と、ずるいピーターが言います。「でも、ぼくたち少しさびしいんだ。ほら仲間に女の子がいないから」

「女の子はひとりもいないの？」

「いるわけないよ。だって女の子は賢いから、乳母車から落ちたりしないんだ」

これを聞いてウェンディは嬉しくなりました。「あなた、女の子にやさしいことを言うのね。あそこにいるジョンなんか、女の子のこと、ずいぶん馬鹿にするのよ」

するとピーターは、立ちあがってジョンを毛布や何かと一緒にベッドからけとばしました。ウェンディは、初めて会ったばかりにしては、これはちょっとやりすぎだと思いました。だからピーターに、あなたはこの家の隊長じゃないのよときつく言いました。でもジョンは床の上ですやすや眠っていたので、そのままにしておきました。

「たぶんあなたは、女の子にやさしくしようと思ったのよね。だから、わたしにキスをくれてもいいわ」とウェンディはやさしい声で言いました。


18【迷い子たち】ピーター・パンは、ある意味では、乳母車から落ちて、つまり幼くして命を落とした子どもたちすべての身代わりの、夢の子どもと言える。一度は死んだ子どもが、想像の子どもになって生きるのだ。一九〇八年版の脚本の第二稿の末尾にバリーは自筆でこう書きくわえている。「私は今こう思っている——ピーターは、言うなれば赤ん坊のときに死んだ子ども——子どもをもてなかったすべての人の赤んぼうなのだ」ダーリング夫人も、子どもをもったことのない母親たちの顔にピーターの面影を見たことがあると感じていた。『ケンジントン公園のピーター・パン』で、ピーターは乳母車から落ちたのに誰にも気づかれないふたりの赤ん坊、どちらも一歳ぐらいのフィービとウォルターを見つけている。「迷い子」の原語標記はロスト・ボーイ（lost boy）だが、ロストは「死んだ」の婉曲的な表現としてもよく使われる言葉だ。

そのときウェンディは、ピーターがキスを知らないことを忘れていたのです。「きみがきっとこれを返せって言うだろうと思っていたよ」ピーターは少し怒ったようにそう言うと、さっきの指ぬきを返しました。

「あらまあ」やさしいウェンディは言いました。「キスと言うつもりじゃなかったのよ。指ぬきと言おうとしたの」

「指ぬきって何?」

「これよ」と言って、ウェンディはピーターにキスしました。

「変なの!」ピーターはまじめな声で言って「じゃあ今度は、ぼくが指ぬきをあげようか?」と聞きました。

「あなたがそうしたければね」と、ウェンディが今度は顔を近よせないままで言いました。

ピーターがウェンディに「指ぬき」をするのとほとんど同時に、ウェンディが悲鳴をあげました。「どうしたの、ウェンディ?」

「誰かがわたしの髪の毛を引っぱったみたい」

「ははあ、ティンクだな。今までそんなこと、したことがなかったのに」

ティンクはまた、ひどいことを言いながら飛びまわっています。

「ぼくがきみに『指ぬき』をあげるたびにきみの髪の毛を引っぱってやるって、ティンクが言ってるよ、ウェンディ」

「でも、どうして?」

「どうしてだよ、ティンク?」

ティンクはまた「のろまの大ばかやろう」と言いました。ピーターにはどうしてだかわかりません。でもウェンディにはわかりました。そして、子ども部屋に入ってきたのはウェンディに会うためではなくてお話が聞きたかったからだ[19]とピーターが言ったので、少しがっかりしました。

「あのね、ぼくはお話をひとつも知らないんだよ。迷い子たちもみんな、お話はひとつも知らないんだ」

「なんてかわいそうなんでしょう」ウェンディが言いました。

「きみは知ってるかい？　どうしてツバメが家の軒下に巣をつくるか？」ピーターが聞きました。「お話を聞くためなんだよ。[20]ウェンディ、きみのお母さんはすてきなお話をしていたよね」

「どのお話のことかしら？」

「王子さまがガラスの靴をはいている女の人を探して、見つからなかった話だよ」

「ピーター、それはシンデレラ[21]のお話よ」ウェンディは夢中で言いました。「王子さまはその女の人を見つけて、ふたりはいつまでも、しあわせに暮らしました[22]」

ピーターは大喜びでそれまでウェンディと座っていた床から立ちあがると、急いで窓のそばへ行きました。「どこへ行くの？」ウェンディががっかりして言いました。

「迷い子たちに話してやるんだ」

「行かないで、ピーター」とウェンディが頼みました。「わたし、たくさんお話を知っているのよ」

ウェンディは本当に、このとおりのことを言ったのです。だから、先に誘いかけ

19【ウェンディに会うためではなくてお話が聞きたかったからだ】ピーターがダーリング家の子ども部屋の窓に引きつけられたのは、そこで語られるお話を聞きたかったからで、ウェンディをネバーランドへ連れていきたかったわけではなかった。ネバーランドには多くの冒険があるが、記憶されないからお話は存在しない。ピーターは非常に有名な物語の主人公になっているのに、それが語られたり読まれたりする子ども部屋から永久に追放された存在であるのは皮肉なことだ。

20【お話を聞くためなんだよ】バリーはハンス・クリスチャン・アンデルセンの『おやゆび姫』からインスピレーションを得たのかもしれない。物語の最後に、ツバメが暖かい国からデンマークに帰り、「おとぎ話を話すことのできる人間」の家の窓の上に巣をつくるのだ。一九〇八年に『ピーター・パン』が再演されたとき、舞台上の子ども部屋に飾ら

たのがウェンディだったことは、まちがいありません。[23]

　ピーターは戻ってきました。このときのピーターは何かがほしくてたまらないという目つきをしていました。そんな目つきをされたらウェンディは用心しなければならなかったのですが、[24] しませんでした。

「わたし、男の子たちにたくさんお話をしてあげられるわ」とウェンディが叫ぶと、ピーターはウェンディの手をつかんで、窓のほうへ引っぱりはじめました。

「はなしてよ！」ウェンディが言います。

「ウェンディ、ぼくと一緒に来て、ほかの子どもたちにお話を聞かせてやってよ」

　頼まれたウェンディはとても嬉しかったのですが、「だって、無理よ。お母さんのことを考えてみて。それにわたし、飛べないもの」と言いました。

「教えてあげるよ」

「飛べたらいいでしょうね[25]」

「ぼくがやりかたを教えてあげるよ。風の背中に飛び乗って、ずうっと飛んでいくんだ」

「うわあ！」ウェンディはうっとりして思わず叫びま

れた布（たぶんウェンディが刺繍の練習のために作ったもの）に、チャールズ・ラム、ロバート・ルイス・スティーヴンソン、ルイス・キャロルの名前と並んでアンデルセンの名前もあった。バリーはアンデルセンについてはよく知らなかったようだが、世界中の童話を集めて童話全集を作った友人、アンドルー・ラングを介して彼の作品を知っていた可能性が高い。バリーはアンデルセンに同志としての親近感をもっていたと思われる。デンマーク人のアンデルセンもやはり労働者階級の出身で多くの戯曲を書き、演劇に熱中していた上に、多少「風変りな」作風という評価も共通していたからだ。

21【シンデレラ】バリーの戯曲『シンデレラに与える接吻［*A Kiss for Cinderella*］』は一九一六年三月にロンドンで初演され、同年のクリスマスにニューヨークで上演されている。当時のバリーは「どれほどたくさんの短い戯曲を書いたか、神のみぞ知るだ。一週間に六篇書いたこともあると思う」ほどで、このシンデレラ物は当時としては珍しく戦争協力とは無縁の作品だった。一九二五年にはバリーの原作をもとにしたハーバート・ブレノン監督、ベティー・ブロンソン（パラマウント映画『ピーター・パン』でピーターを演じた）主演のサイレント映画『シンデレラ物語』が作られた。バリーのシンデレラは聖女のように立派な行いをしていた若い女性が、善行にもかかわらず死んでしまうという、アンデルセンの『マッチ売りの少女』に似た悲しい物語だった。

22【ふたりはいつまでも、しあわせに暮らしました】一九五四年のミュージカル映画『ピーター・パン』の脚本を担当したスタンリー・グリーンとベティー・カムデンは『ハムレット』についてのせりふをつけくわえた。シンデレラも、眠れる森の美女も、いつまでもしあわせに暮らしましたとウェンディが言ったあと、少年のひとりトゥートルズが、ハムレットはどうなったかとたずねる。ウェンディは答える。「ハムレット！　そうね。王子ハムレットは死んだわ。王様も死んだ。王妃様も死んだ。オフィーリアも死んだ。ポロニウスも死んだ。レアティーズも死んだわ。そして……」「そして？」と少年たちがきく。「そうね、ほかの人たちはみんな生きていて、いつまでもしあわせに暮らしました！」とウェンディは宣言するのだ。

23【先に誘いかけたのがウェンディだったことは、まちがいありません】『ピーター・パン』の劇では、ウェンディは少年たちの世界への侵入者のような存在として描かれている。ウェンディは少年たちの世界に「ずかずかと入りこみ、いたほうがいいのかどうかわからないような印象を与える」演出になっていた。バリーはウェンディがどうしてもネバーランドへ行きたいと言ったため、しぶしぶピーターが連れていくようにした。「ピーターは自分からすすんでウェンディをネバーランドへ連れていったのではなく、ウェンディが離れなかったからそうなったのかもしれない」そこには旧約聖書のアダムとイヴの物語が見てとれる。ウェンディは誘惑する女、ピーターは「強欲な」アダムだ。

24【ピーターは何かがほしくてたまらないという目つきをしていました。そんな目つきをされたらウェンディは用心しなければならなかったのですが】ピーターは迷い子の少年たちをピーター中心に結束させるための手段として、物語を使おうとしていたように見える。バリー自身と同様、ここに出てくる語り手も子どもの注意を引くために物語を利用していて、ピーターがウェンディをネバーランドへ連れていく動機を鋭く指摘している。

25【飛べたらいいでしょうね】空を飛びたいという願いは、ギリシア神話のダイダロスとイカロスにまでさかのぼることができる。建築家、工学技士として名をはせていたダイダロスは、クレタ島の王の怒りに触れ、息子イカロスとともに投獄されていた。鳥の羽根を蜜蠟でかためた翼で脱出するとき、この本の序文にも書いたが、太陽の熱で蠟がとけるから、あまり高く飛んではいけないとダイダロスは息子に言い聞かせていた。しかしイカロスは好奇心に負けて空高く飛翔し、翼が壊れて海に落ちてしまう。子ども向けの小説では、登場人物が空を飛ぶことは珍しくない。飛ぶことは大人の社会からの脱出と冒険の可能性を意味する。ジョージ・マクドナルド『かるいお姫さま』、パメラ・トラバース『メアリー・ポピンズ』、ヴァージニア・ハミルトン『人間だって空を飛べる――アメリカ黒人民話集』などさまざまな物語における飛行に関する感動的な考察の中で「必要が満たされないとき、欲望が翼をもつ」とジェリー・グリスウォルドが語っている。『ピーター・パン』初演のわずか二年前の一九〇二年、イーディス・ネズビットの『砂の妖精』（石井桃子訳）の五人の子どもたちは翼をくださいと願い、ついには教会の塔から降りられなくなった。「あなたたちは誰だって飛ぶのがどんな感じか知っています」とネズビットは書いている。「誰でも飛ぶ夢をみるし、それはとても簡単なことだったからです。ただどうやって飛んだか思い出せないのです。ふつう、夢の中では翼なしで飛んでいます。それはいい方法ですが、ありきたりの方法とはいえません。ルールを覚えるのは簡単ではないのです」ネズビットはさらに、飛ぶことは「子どもたちが今までに願ったどんなことよりもすばらしく、本当の魔法らしいことです」と強調している。

　ほかにも、子どもがソリに乗って空を飛んだり（アンデルセン『雪の女王』）、翼のついた馬に乗ったり（マデレイン・レングル『五次元世界の冒険』）、ライオンに乗ったり（C・S・ルイス『ナルニア国物語』）して飛ぶ物語もある。

した。

「ウェンディ、ウェンディ。きみはあのくだらないベッドで寝てなんかいないで、星に面白いことを言いながら空を飛びまわれるかもしれないんだよ」

「ああ、なんてすてきなの！」

「人魚もいるんだよ」

「人魚！　しっぽのある？」

「長いしっぽだよ」

「ああ」ウェンディは叫びます。「人魚を見たいわ！」

ピーターはここで、とてもずるがしこい手を使いました。「ウェンディ」ピーターが言いました。「ぼくたちみんな、きみをすごく尊敬するだろうな」

ウェンディはどうしたらいいかわからなくなってしまって、身をよじらせていました。まるで子ども部屋の床を離れないように、がんばっているみたいでした。

でもピーターはウェンディをかわいそうに思ったりしませんでした。

「ウェンディ」ずるがしこいピーターが言います。「夜になったら、きみがぼくたちを寝かしつけてもいいよ」

「まあ！」

「ぼくたちは誰も、夜に寝かしつけてもらったことがないんだ」

「ああ！」ウェンディの両手がピーターのほうへのびていきます。

「そしてきみはぼくたちの服の破れたところをかがったり、ポケットをつけたりしてくれるよね。ぼくたち誰も、ポケットをもってないんだ」

ここでことわるなんてこと、できるはずがありません。「もちろん、とってもおもしろそうだわ！」とウェンディは叫びました。「ねえピーター、ジョンとマイケルにも飛びかたを教えてくれる？」

「きみがそうしてほしいならね」ピーターはどっちでもいいような感じで言いました。ウェンディはジョンとマイケルのところへ駆けていって、ゆすぶりながら大声をあげました。「起きなさい。ピーター・パンが来ているのよ、飛びかたを教えてくれるって」

ジョンが目をこすりました。「それなら起きなくちゃ」と言っています。もちろん、もう床の上に立っています。そして「やあ、ぼく起きたよ！」と言いました。

マイケルももう起きていました。六枚の刃がついたナイフにのこぎりもつけたくらい元気に見えます。でもこのとき急に、ピーターが静かにして、というしぐさをしました。四人とも、大人の世界の音に耳をすます子どもに共通のずるそうな顔をしています。あたりはしんと静まりかえっていました。だいじょうぶです。いや、待って！　全然だいじょうぶじゃありません。一晩中悲しそうに吠えていたナナの声がしません。子どもたちは、この静かさがおかしいと思ったのです。

「あかりを消して！　隠れて！　早く！」ジョンが叫びました。この冒険のあいだで、ジョンがみんなに命令したのはこのときだけでした。こういうわけで、ライザがナナを連れて入ってきたときには子ども部屋は暗くて、いつもどおりに見えました。この部屋のいたずらな三人の子どもたちが天使のような寝息をたてていた[26]と誓って言えるほどでした。本当は、三人とも窓のカーテンの後ろに隠れて、寝息の

26【この部屋のいたずらな三人の子どもたちが天使のような寝息をたてていた】子どもたちのことをライザは「小さな天使たち」と言っていた。この箇所へきて初めて、子どもが天使にも、いたずら者にも

まねをしていたのですが。

ライザは不機嫌でした。台所でクリスマス・プディングの材料を混ぜていたのですが、ナナがつまらないことを心配するので、ほっぺたに干しブドウをくっつけたまま、台所から引っぱりだされたのです。ナナをおとなしくさせるには、ちょっと子ども部屋を見せてやるのがいちばんよさそうでした。でもそのためにはもちろん、ライザが連れていかなければならなかったのです。

「ほら、ごらん。疑い深い犬だねえ」とライザが言いました。ナナに恥をかかせても、べつにかわいそうとは思いません。「みんなだいじょうぶだろ？　小さな天使たちはみんなベッドですやすや寝てる。かわいい寝息を聞いてごらんよ」

ここでマイケルが、調子にのって大きな寝息をたてたので、もう少しでばれそうになりました。ナナにはそれがあやしいとわかっていましたから、ライザの手をふりはらって、そっちへ行こうとしたのです。

でもライザは何も気づきません。「もうこれでじゅうぶんだよ、ナナ」ライザはきびしい声で言ってナナを部屋から引っぱりだしました。「言っておくけど、もう一回吠えたらご主人さまとおくさまにパーティーから帰ってきていただくからね。そうしたらおまえ、ぶたれるくらいじゃすまないよ」

ライザはかわいそうなナナをまた裏庭につなぎました。ナナはまた吠えるでしょうか？　ご主人さまたちにパーティーから帰ってきてもらう！　それこそナナがしたかったことです。たたかれて子どもたちを守ることができるなら、ナナにはまさに本望というところでしょう？　でも、残念ながらライザはプディング作りに戻っ

なりうること、言いかえれば「無邪気」であると同時に「薄情」でもあることがほのめかされている。これは物語の最後でもわかることだ。子どもたちは明るく無邪気にしていても「ひどくずる賢い」表情を見せることがある。イギリスの子どもについて研究したある批評家は「ヴィクトリア時代の子どもは無邪気さのシンボルであり、エドワード時代の子どもは快楽主義のシンボルである」（ヴォルシュレガー）ときびしく語っている。ルイス・キャロルのアリスがかわいくて行儀がよくて無邪気だとすれば、J・M・バリーのピーター・パンはそれと対照的に自己中心的で生意気で快楽主義だ。ある意味では、ヴィクトリア時代の理想化された子ども像があったから、大人は子どもの中の悪魔的な部分を発見できたのだ。玩具や衣類、教育その他の養育にかかる費用が増加したことで、成長した子どもが期待を裏切ったときの落胆も大きくなったということだろう。

てしまいました。ライザはあてになりそうもないので、ナナはつながれている鎖をぐいぐい引っぱって、とうとうちぎってしまいました。そしてあっという間にパーティーをしている二七番地の家の食堂に飛びこみ、前足を高くあげました。ナナが人に何かを伝えたいときの、いちばんわかりやすいしぐさです。お父さんとお母さんは、子ども部屋で何か恐ろしいことが起こっているとすぐにわかりましたから、一緒にいた人たちにあいさつもしないで道へ飛びだしました。

でもそのときは、三人のいたずら者たちがカーテンの後ろでにせの寝息をたてていたときから一〇分もたっていました。一〇分あればピーターにはいろいろなことができたのです。

子ども部屋に戻りましょう[27]。

「だいじょうぶだよ」と言いながら、ジョンが隠れ場所から出てきます。「ピーター、きみ、本当に飛べるの？」

いちいち答えるかわりに、ピーターは部屋の中を飛びまわって見せました。途中でちょっと暖炉に手をついたりして。

「すごいや！」ジョンとマイケルが言いました。

「なんてすてきなの！」とウェンディが叫びました。

「そうさ、ぼくはすてきさ、ぼくはすてきなんだ！」ピーターはまた礼儀を忘れてしまったようです。

まったく簡単そうでした。三人はまず床からやってみました。それからベッドの上から飛ぼうとしました。でも、何回やってても上にあがるかわりに下へ落ちてしま

27【子ども部屋に戻りましょう】語り手もピーターと同じく、どっちつかずの存在である。大人の立場で話す（子どもたちを「三人のいたずら者たち」と言ったように）こともあれば、飛び方を覚えるときは子どものようにはしゃいでいる。いずれにせよ、読者は語り手の存在を忘れることはできない。

28【ただ楽しくて、すてきなことを考えればいいのさ】戯曲『ピーター・パン』を印刷するとき、バリーは冒頭の献辞に両親への注意を添えた。「劇の初演のあと、親御さんたちのご要望により……妖精の粉を吹きかけられなければ、誰も飛ぶことはできない、という注意書きを添えることにしました。劇を見た多くの子どもたちが家に帰ったあとベッドから飛ぼうとして怪我をしたということだったからです」同じようにC・S・ルイスも、洋服ダンスの中にはいって内側から扉をしめてはいけないという注意書きを添えている。本を読ん

います。

「ねえ、きみはどうやって飛んでるの?」と、ひざをなでながらジョンが聞きました。ジョンはなかなか現実的なところがあるのです。

「ただ楽しくて、すてきなことを考えればいいのさ」[28]とピーターが説明します。「そうすれば、その考えがきみたちをもちあげてくれるんだ」

ピーターはもういちどやって見せました。

「速すぎるよ。もういちどゆっくりやってみてくれないかな」とジョンが言いました。

ピーターはゆっくりとやってから、また速くやって見せました。「ぼく、わかったよ、ウェンディ!」とジョンは叫びましたが、ちっともわかっていなかったことがわかりました。三人ともほんの二、三センチも飛べません。いちばん小さいマイケルだって長い言葉を知っているのに、AとZの区別もつかないピーター以外、三人のうちのひとりも飛べないのです。

もちろん、ピーターは三人をからかっていたのでした。妖精の粉をふりかけなければ、誰も飛べるはずがないのです。前にも言ったとおり、ピーターの片方の手には妖精の粉がついていましたから、それを三人にふりかけてやるとすぐに、すばらしい効き目があらわれました。

「じゃあ、肩をこうやってもぞもぞ動かして、そして飛ぶんだ」ピーターが言いました。

そのときは三人ともベッドの上にいたのですが、いちばん勇ましいマイケルが

だ子どもが『ナルニア国物語』のペベンシー家の子どもたちをまねて、洋服ダンスからナルニア国へ行こうとするのではないかと心配する声があったからだ。バリーの個人秘書をしていたシンシア・アスキスは回顧録に「ある子どもが『ピーター・パン』を見て家に帰ったあと、『すてきなことを考え』たから飛べると信じて子ども部屋の窓から飛びだし、落ちて死んでしまったという事件のことは、あえて雇い主であるバリーには言わなかった」("Portrait")と書いている。ただし、この事件が実際に起こったという証拠はない。

真っ先に飛びました。そんなつもりはなかったのですが、やってみたらすぐに飛んで、部屋のむこう側まで行ってしまいました。

「ぼく、飛びたよ」[29]とまだ空中にいるマイケルが叫びました（ちょっと言葉が変ですが）。

ジョンも飛んで、おふろ場のそばでウェンディと一緒になりました。

「すてき！」

「気持ちいい！」

「わたしを見てよ！」

「ぼくを見て！」

「ぼくを見て！」

三人はピーターほどスマートには飛んでいませんでした。足をバタバタさせなければならなかったのです。でも頭は天井に当たっていましたし、これほど楽しいことはないと思っていました。初めのうちピーターはウェンディに手をかしていましたが、それはやめなければなりませんでした。ティンクがすごく怒ったからです。

上へ行ったり下へ行ったり、ぐるぐるまわったりしました。夢みたい、と言ったのはウェンディです。

「ねえ」とジョンが叫びました。「どうしてみんな外へ出て行かないの？」

もちろんピーターは、誰かがそう言いだすのを待っていたのです。

マイケルは外へ行くつもりになっていました。一兆キロも飛ぶにはどれくらい時間がかかるか、知りたいと思っていたのです。ただ、ウェンディは迷っていま

29【ぼく、飛びたよ】マイケルは大人のまねをしたつもりで、過去形を少しまちがえて使ってしまった。末っ子のマイケルはまだ幼くて、それだけに「飛べる」と強く信じることができたとも考えられる。また早く大人の仲間入りをしたいという気持ちの現れでもあった。

30【海賊もいるよ】外洋に出没する海賊の物語は、ダニエル・デフォーの『名高き海賊船長シングルトンの冒険一代記』以後、英語圏で人気が出たジャンルである。「海賊」というのは海上で他船を襲って略奪行為を働く盗賊団タイプと、北アフリカから出港してイギリス政府の収益装置となっていたタイプの両方をさす名称である。一七世紀以降、外洋で海賊に捕らえられ「北アフリカ地方の気性の荒い海賊」の奴隷にされるヨーロッパ人の物語が流行した。ロッシーニのオペラ『アルジェのイタリア女』はその一例である。トム・ソーヤーは、「人々を恐れさせ……船の乗組員を皆

した。

「人魚がいるよ！」ピーターがまた言いました。

「ああ！」

「海賊もいるよ[30]」

「海賊だって！」ジョンはそう叫ぶと、日曜日にかぶる帽子をつかみました。「すぐに行こうよ」

お父さんとお母さんが二七番地の家を出て、ナナと一緒に大急ぎで帰ろうとしたのが、ちょうどこのときでした。お父さんたちは道の真ん中まで行って、自分の家の子ども部屋の窓を見上げました。よかった、窓はしまっていました。でも、部屋の中が燃えているように明るいではありませんか。そして何よりぎょっとしたのは、カーテンのむこう側に寝間着姿の小さな子どもの影が三つ、床の上ではなくて空中をぐるぐるまわっているのが見えたことでした。

影は三つではありませんでした。四つです！

お父さんたちは震えながら玄関のドアをあけました。お父さんは階段を駆け上がろうとしましたが、お母さんが静かに行くように合図しました。お母さんは自分の心臓も静かに落ちつかせようとしました。

お父さんたちは間にあうでしょうか[31]？　もしそうだったら、どんなによかったでしょう。わたしたちもほっとしますよね。でも、それではお話が終わってしまいます。もしお父さんたちが間にあわなかったとしても、お話の終わりにはちゃんとうまくいくようになると、ここでみなさんにお約束しておきます。

殺しにするんだ―海の上に突き出した板の上を歩かせて……」と海賊になる想像にふけっていた。バリーの海賊は服装、態度、話しぶりが一風変わっていて、歴史上の海賊や他の戯曲などの海賊をモデルにしながらも、パロディ的な要素が強い（ギルバートとサリヴァンによるオペラ『ペンザンスの海賊』が一八八〇年にロンドンで上演されている）。カバリーの海賊は冒険心に富み、『ピーター・パン』の序文によれば、フック船長は一七七八年にハワイ諸島の先住民に殺されたジェイムズ・クック船長の名前からヒントを得ている。フック船長はほかにも明らかに、ロバート・ルイス・スティーヴンソンの『宝島』で、主人公のジム・ホーキンス少年をとらえる片足の海賊ロング・ジョン・シルヴァーからの影響もうけている。

イギリスの作家ダフネ・デュ・モーリアは父ジェラルドに関する回顧録で父が演じたフックについて「彼は悲劇を背負い、安らぎを知らない幽霊のような存在、その魂は常に何空の小さな星たちがそのようすを見ていなければ、間にあっていたかもしれません。でもこのときも星はちゃんと見ていて窓をぱっとあけ、いちばん小さな星が声をかけたのです。

「気をつけて、ピーター、ピーター！」[32]

それで、ピーターはもう時間がないことに気がつきました。そして「来るんだ」と命令すると、あっという間に夜空にまい上がりました。ジョンとマイケルとウェンディも続きます。

お父さんとお母さんとナナは子ども部屋へ駆けこみましたが遅すぎました。鳥たちは飛んでいってしまったのです。[33]

かに責めさいなまれているような男だった。暗い影、不吉な夢。いつの時代にも幼い少年たちの心の奥底にひそんでいる恐怖の化身だった。すべての少年にはその子だけのフックがいる。バリーはそれを知っていた。それは夜になると出てきて、彼らの暗い夢の中にこっそり忍びこむのだ……。父は想像力と天才的なひらめきを備えていたので、フックに命を吹きこんだのだ」（ダンバー）

31【お父さんたちは間にあうでしょうか】この物語の語り手はときどき、何人かの聞き手に話しているような言葉づかいをする。こう質問することで、語り手は聞き手と一緒に少しずつ出来事が進むのを見ており、語り手自身もどうなるか知らないような雰囲気を作っている。それでいて、読者には少し前に出てきた「シンデレラ」と同じように「ハッピーエンド」になると保証している。

32【気をつけて、ピーター！】ここで星が使った「気をつける」はcaveという、あまり使われないラテン語（cavere）が語源の動詞である。

33【鳥たちは飛んでいってしまったのです】これは、子どもたちが人間に生まれる前の鳥の姿に戻ったような描写だ。『ケンジントン公園のピーター・パン』でバリーは「子どもというものはみんな、両手をちゃんとこめかみにあてて考えてみると、誰でもそんな思い出をもっているものです。というのも、わたしたちは人間になる前は鳥だったのです。だから、生まれて何週間かのあいだというものは、やはり少し、あばれたりするものです。それは羽のはえていた肩のところが、むずがゆいような気がするからなのです」（ホリンデール）と書いている。ここでのピーターは、家をぬけだして空を飛び、魅力的な別の場所へ連れていく約束をすることで子どもたちを誘惑する、「ハメルンの笛吹き男」のようなキャラクターになっている。

第4章
空の旅

「ふたつ日の横丁を右。それから朝までまっすぐ」[1]

ピーターが前にウェンディに教えた住所は、ネバーランドへ行く道でした。でも風の強い曲がり角につくたびにもっている地図を確認する鳥がいたとしても、この道案内では行き先がわかるはずがないでしょう。なにしろピーターは、たまたま思いついたことを言っただけなのですから。

初めのうち、ピーターの道連れたちはピーターの言うことをすっかり信じていました。飛ぶことが嬉しくてたまらないので、教会のとがった屋根や気に入った高い建物のまわりをぐるぐるまわって、時間を無駄にしていました。

ジョンとマイケルは競走をしました。マイケルは少し先にスタートさせてもらってね。

三人とも、さっきは部屋の中をぐるぐる飛んで自分たちはすごいと思っていたなんて、馬鹿みたいだったなあ、と思っていました。

さっき？　でもあれからどれくらいたったのでしょう？　海の上を飛びはじめて、ようやくウェンディはそのことをまじめに考えはじめました。ジョンは、これ

1【ふたつ目の横丁を右。それから朝までまっすぐ】このネバーランドへの道順はピーターがとっさに思いついて言ったものだが、ある目的地や目標にたどりつくための独創的な方法を模索する人々が、繰り返し思い浮かべてきた言葉でもある。第三章でも書いたが、ロバート・ルイス・スティーヴンソンがサモア諸島にあった彼のバイリマの別荘への道順を「サンフランシスコで船に乗って、左に入って二軒目だ」（『マーガレット・オグルヴィ』）とバリーへの手紙に書いたことが、ピーターのネバーランドへの行き方のヒントになったのかもしれない。

はみんなで越えたふたつめの海で、今は三回目の夜だと思いました。

ときどき暗くなって、また明るくなります。今とても寒いと思ったら今度は暖かすぎる、という具合です。本当におなかがすいたことがあったのかどうかも、よくわかりません。ピーターがいつも新しくて面白いやりかたで食べ物をくれるから、おなかがすいたふりをしていただけかもしれないのです。そのやりかたというのはこうです。鳥が人間も食べられそうなものをくちばしにくわえていたら、追いかけていってさっと取ってしまいます。すると鳥が追いかけてきてさっと取りかえします。そうやって何キロも追いかけっこをして、最後には仲よくあいさつして別れるのです。でもウェンディは少しピーターが心配になりました。ピーターはこのやりかたで食べ物を手に入れることをべつに変だとは思っていなくて、これ以外のやりかたを知らないらしいことに気づいたからです。

みんなは眠いふりはしませんでした。本当に眠かったからです。それは危険なことでした。少しでもうとうとすれば、すぐに落ちてしまうのです。恐ろしいのは、ピーターがそれを面白がっていることでした。

「また落ちていくよ！」マイケルが突然石みたいに落ちるのを見ると、ピーターは面白そうに叫ぶのです。

「助けてやって！　助けてやって！」ウェンディはずっと下のほうで海が荒れくるっているのを見て、ぞっとしながら叫びます。最後にはピーターが空中を一直線におりていって、海に落ちるぎりぎりのところでマイケルを受けとめるのですが、そんなときのピーターはとてもかっこよく見えました。でもピーターはいつもぎりぎりになるまで動きません。それを見ていると、ピーターは人の命を助けるためでなく、自分をかっこよく見せるためにそうしているような気もするのでした。それにピーターは少しあきっぽいところがあって、あるときは夢中になっていた遊びも、急に嫌になってやめてしまうのです。だから次にあなたが落っこちたときにはそのままにしておいて助けてくれない、[2] というおそれがいつもあったのでした。

ピーターは空中で寝ても落ちませんでした。あおむけになって浮いているだけでいいのです。でもこれができる理由のひとつは、ピーターがとても軽かったということでした。どれくらい軽いかというと、後ろにまわって息をふっと吹きかければ、すっと前に進んでしまうほどだったのです。

「ピーターにはもっとていねいにしなさいよ」みんなで「まねっこゲーム」[3] をしているとき、ウェンディがジョンにささやきました。

「じゃあ、見せびらかしはやめろってピーターに言ってよ」とジョンが言いました。

まねっこゲームをやっているとき、ピーターは海の水ぎりぎりのところまでおりていって、飛びながら次々とサメのしっぽに触ったりするのです。ちょうど、子どもが道を歩きながら鉄の柵の一本一本を指で触っていくような感じです。ウェンディたち三人はそんなことは上手にできません。たしかにこれは見せびらかしでしょう。それをしながらピーターが後ろを向いて、みんながしっぽをいくつ触りそこなったか、いちいち見ているのだからなおさらです。

「ピーターには礼儀正しくするのよ」とウェンディは弟たちに念をおします。「ピーターに置いてきぼりにされたらどうするのよ！」

2【だから次にあなたが落っこちたときにはそのままにしておいて助けてくれない】ピーターの気まぐれは、つねに変化を必要とし、何かに愛着をもつことができない彼の性格によるものだ。死というものが理解できないため、ピーターは子どもたちを常に危険な目にあわせる。彼にとっては、すべて本当の危険ではなく冒険なのだ。ピーターのあきっぽさは言いかえれば物事に深くかかわらないということであり、それは人間にも適用される。彼は物事を長く記憶できないから、案内人としては頼りにならない。

3【まねっこゲーム】このゲームはそもそもアメリカやカナダの先住民のあいだで行われていた遊びで、リーダーが適当にからだを動かし、ほかのメンバーはみんなで歌いながらリズムを合わせてその動作をまねるというもの。子どもが遊ぶときは、例えば「リーダーが行くところへついて行こう。彼が次に何をするか、誰も知らない」のような歌を歌った。


「家に帰ればいいよ」とマイケルが言いました。

「ピーターがいなくて、どうやって帰り道を見つけるのよ?」

「だったら、まっすぐ進めばいいんだよ」とジョンが言いました。

「それって大変なことよ、ジョン。わたしたちは止まりかたを知らないから、ずうっと飛んでいくしかないわ」

これは本当でした。ピーターは止まりかたを教えるのを忘れたのです。

ジョンは、もしどうにもならなくなったら、しかたがないからまっすぐ飛んでいくしかない、地球は丸いからいつかは出発した窓に帰れるさ、と言いました。

「誰が食べ物をとってくれるの、ジョン?」

「ぼくはワシのくちばしから小さな食べ物を上手にとったことがあるよ、ウェンディ」

「二〇回も失敗したあとでね」とウェンディが事実を思い出させます。「それに、もし食べ物が上手にとれるようになったとしても、ピーターが近くにいて助けてくれなきゃ、わたしたち、雲や何かにぶつかってしまうのよ」

たしかに三人はよくぶつかっていました。今では、まだ少し足のけり方が強すぎますが、三人ともかなり勢いよく飛ぶことができるようになっていました。でも前のほうに雲を見つけると、ぶつからないようにしようと思えば思うほど、どうしてもぶつかってしまうのです。もしナナが一緒にいたら、もうマイケルのおでこには「包帯」がまいてあることでしょう。

たまたまそのときはピーターがどこかへ行っていたので、三人は自分たちだけでちょっとさびしい気持ちになっていました。ピーターは三人よりずっと速く飛ぶことができましたから、急にどこかへ行って、三人が知らないうちに何か冒険をして帰ってくることがあったのです。何か上のほうでとても面白そうなことを星と話してから、笑いながら下りてくることもありましたが、そのときにはどんな話だったか忘れています。人魚のウロコをからだにくっつけたまま海のほうから上がってくることもありましたが、何があったかはっきり話すことはできませんでした。人魚をいちども見たことのない子どもたちにとっては、それはとてもじれったいことでした。

「ピーターがそんなに早く人魚のことを忘れてしまうんなら、わたしたちのこともいつまで覚えているかわからないわ」とウェンディは言いました。

本当に、どこかから帰ってきたピーターが三人のことを忘れていたこともあったのです。[4]すっかり忘れてはいないにしても、少し忘れていた感じでした。それはまちがいないと、ウェンディは思っています。ピーターが三人の前をありきたりのあいさつだけで通りすぎようとして、ふと、誰だか思い出した、という目をすることがあるのです。ウェンディが自分の名前を言わなければならないこともありました。

「わたし、ウェンディよ」と少しドキドキしながら言ったのです。

ピーターは、本当に悪かったと思っているようでした。「ねえ、ウェンディ。ぼくがきみを忘れそうだと思ったら、いつでも『わたし、ウェンディよ』って何回も言ってよ。そうすれば思い出すから」とピーターはささやきました。

4【ピーターが三人のことを忘れていたこともあったのです】ピーターが何も記憶できず、永遠の現在に生きていることはネバーランドに住む者にかけられた呪いだと見られてきた。しかしネバーランドが人にすべてを忘れさせるのなら、それは人にあらゆる可能性を認める世界でもあるわけだ。そこでは、人はなんでもやってみることができる。そう考えれば、ネバーランドは「おとぎの国」に似ているように思えてくる。そこを訪れる意気さかんな旅人にとっては、そこで出会う物事のすべてが新しく、好奇心が刺激されるものばかりだ。ピーターは一瞬一瞬を全力で生き、その場所が与えてくれる機会を大いに楽しむ。過去にあったこと、未来に起こることは彼には一切かかわりがない。彼は一定のアイデンティを持たない。なぜならいつでも自由に新しい自分になることができるからだ。あまりにも自由すぎて、逆にそれが、自分にとってあだになることもあるのだ。

もちろん、これはあまり嬉しいことではありません。でもそのかわりにピーターは、行きたい方向に吹いている強い風の上にあおむけに寝転ぶ方法を三人に教えてくれたのです。この新しい方法で何回かやってみたら、そのまま寝ても落ちないでいられるようになりました。これは嬉しいことでした。この方法なら本当はもっと長く寝ていられるのですが、ピーターはすぐ寝るのにあきてしまい、隊長ぶって「もうここから出るぞ」と大声で言うのでした。こうして、小さなもめごとはありましたが全体としては楽しくはしゃぎながら、四人はネバーランドへ近づいていったのです。だいたいまっすぐに島に向かっていたのですが、それでも何か月もかかりました。しかもまっすぐ向かったといっても、それはピーター・パンやティンクが道案内したおかげというよりは、島がみんなを探しに来ていたから[5]なのでした。そうでなければ、誰もネバーランドの魔法の岸を見つけることはできないのです。

「ほら、あそこだ」とピーターが静かに言いました。

「どこ、どこ?」

「あの全部の矢の先っぽが向いているところだよ」

たしかに百万本の金色の矢[6]が島をさして四人に教えていました。友だちの太陽が夜になって隠れる前に、島へ行く道を教えておこうとしてくれたのです。

ウェンディ、ジョン、マイケルの三人は空中でつまさき立ちして、今まで見たことのない島を早く見ようとしました。不思議なことに三人は島がすぐにわかりました。じつは少しあとになると三人はこわい思いをするのですが、そのときは喜びの声をあげました。長いあいだあこがれていたものをやっと見た喜びとは違う、ふる

5【島がみんなを探しに来ていた】ネバーランドに行き着くことができるのは島が招いた人間だけということは、「魔法の岸」に上陸することができない人間(特に大人)もいるということだ。

6【百万本の金色の矢】ネバーランドを特徴づけるのは太陽がもたらす美しい光だ。その輝きが島に人を引きつけ、島に生命を吹きこむのである。

さとに帰って古い友だちにひさしぶりに会ったような喜びを感じたのです。

「ジョン、サンゴ礁に囲まれた入り江があるわ」

「ウェンディ、見てよ、あそこでウミガメが卵を砂に埋めているよ」

「あれ、脚が折れてるきみのフラミンゴがいるよ、ジョン！」

「見ろよ、マイケル、きみのほら穴がある！」

「ジョン、あの低い木のしげみに隠れているのは何？」

「子どもを連れたオオカミだよ、ウェンディ。あのオオカミの子は絶対きみのだ！」

「あれはぼくのボートだね、ジョン。横のところに穴があいてるから[7]」

「そうじゃないよ。だって、きみのボートはぼくたちが燃やしたじゃないか」

「でも、とにかくあれはぼくのボートだよ。あれ、ジョン、インディアンのキャンプ[8]の煙が見えるよ」

「どこに？　ぼくにも見せて。そうしたら煙の上がりかたを見て、インディアンが戦いに行く途中かどうか教えてやるよ」


7【横のところに穴があいてるから】原文ではstaveという動詞が使われ、これは名詞なら桶やボートに使われる板のこと。そこから、そのような板をつきやぶって穴をあけるという動詞になった。


8【インディアンのキャンプ】原文ではインディアンのことを「レッドスキン」と呼んでいる。この単語は英米ではアメリカ先住民をさす軽蔑的な呼称として一八世紀から使われてきた。アメリカンフットボール・チームのワシントン・レッドスキンズのトレードマークに関する訴訟で、ネイティヴ・アメリカンの活動家スーザン・ショーン・ハルジョは、レッドスキンという語は「インディアンを殺すことで報酬を得ていた賞金稼ぎたちが殺した証拠として血まみれの頭皮をさしだしたという史実」がもとになっていると主張した。それに対しスミソニアン協会所属の言語学者アイヴス・ゴダードは「レッドスキン」という語は軽蔑の意味でできたわけではないと主張した。彼によれば「白」と「赤」の区別はそもそもネイティヴ・アメリカンが自分たちと白人とを区別するために使い始めたのだということだ。ゴダードは「レッドスキン」という語の初出は一七六九年で、パイアンカ族の三人の酋長が白人軍の司令官に声明を送ったさい、この言葉を使った（後日彼らの言葉をフランス語に訳したものに赤い皮膚をあらわすpeaux Rougesと書いてあった）としている。公的な場面での初出は一八一二年、第四代大統領マディソンがインディアンの代表団をワシントンに迎えたさい、スピーチで「赤い人々」「赤い子どもたち」「赤い部族」「赤い同胞」などと呼びかけたということだ。ワーペクーテ族の酋長フレンチ・クロウはみずからも「レッドスキン」と称し、リトル・オセージ族の酋長代理ノー・イアーズも同様だった。

　バリーは『ピーター・パン』の中でアメリカ・インディアンをさして「レッドスキン」と書き、架空の部族ピカニニ族を作りだした。『ピー

「ほら、あの不思議の川のむこう側だよ」
「ああ、見えた。そうだ、まちがいない。インディアンは今ちょうど戦いに行くところだよ」

三人が島のことをずいぶんよく知っているので、ピーターは少しいやな気がしました。でもピーターのいばりたい気持ちは、すぐにかなえられます。ちょっと前にわたしは、少しあとになると三人はこわい思いをすると言いましたよね？

それは金色の矢が消えて、島が薄暗くなってきたときに起こりました。

むかし家にいたころ、三人がベッドに入るころには、ネバーランドは少し暗くてこわいところになりかかっていました。それからまだ探検していない場所が出てきて、それが広がっていくのです。その中では暗い影が動きまわっていました。恐ろしいけものや鳥の鳴き声もいつもと違って聞こえました。何よりもいやなのは、とても自分が勝てるような気がしないことでした。子ども部屋の終夜灯がつくと、ほっとしたものです。あそこにあるのはただの暖炉で、ネバーランドなんて作りごとですよ、とナナが言うことさえ嬉しかったものでした。

もちろんあのころは、ネバーランドはただの作りごとでした。でも、今は本物です。おまけに終夜灯はありません。あたりはどんどん暗くなるし、ナナはどこにいるのでしょう？

さっきまではバラバラに離れて飛んでいましたが、今は三人ともピーターの近くに集まっています。ピーターも前のようにのん気な感じではなくて目をキラキラさせています。そしてピーターのからだに触るたびに、みんなのからだがぞくっとす

ター・パン』の映画化にあたり、バリーはインディアンのシーンの演出を「『モヒカン族の最後』などを書いたフェニモア・クーパーの読者が想像するような、リアルなレッドスキンの戦闘シーン」にするようアドバイスしている。

るのでした。今みんなはその恐ろしい島の上を飛んでいました。とても低いところを飛んでいたので、ときどき木の先が足に触るほどでした。空中に何かこわいものが見えるわけではないのですが、一生懸命進もうとしてもスピードがだんだん落ちてきて、みんなを前に行かせまいとする目に見えない力に押し戻されているようでした。[9] ピーターがその邪魔なものをげんこつでたたきこわすあいだ、空中に止まって待たなければならないこともありました。

「あいつら、ぼくたちが島に着くのをいやがっているんだ」とピーターが説明しました。

「あいつらって、誰？」ウェンディが身ぶるいしながらささやきました。

でもピーターには答えられませんでした。答える気がなかったのかもしれません。ティンカーベルはピーターの肩の上で眠っていましたが、ピーターが起こして先に行かせました。

ピーターはときどき空中にとまって、手を耳にあてて一心に何かを聞こうとしたり、地面に穴があくほど輝く目[10]をじっとこらして下を見たりしました。それからまた、前に進むのです。

まったく、ピーターの勇気には驚くばかりです。「ねえ、きみは今すぐ冒険したい？それともまずお茶にするほうがいいのかな？」とのん気そうに声をジョンにかけたのですから。

ウェンディが大急ぎで「お茶を先にして」と言いました。マイケルがありがとうと言うようにウェンディの手を握りました。でももう少し勇気のあるジョンは、た

9【前に行かせまいとする目に見えない力に押し戻されているようでした】ネバーランドへの旅は、自己の無意識への旅だと見られてきたが、自己の想像力、アイデンティティなど心の奥にひそむすべてのものへ向かう動きとも考えられてきた。子どもがぐっすり眠っているときだけ「道が開ける」こと、進む道にいろいろな障害があることから、フロイトの夢の世界が想起されるが、ここでの子どもたちの旅を考えるには多くの点でフロイト的な発達段階のプロセスよりもむしろよりユングの夢分析のほうが適切に思われる。彼らはネバーランドで、心の中の見えない部分である影、集合的無意識がもつ記憶の原型、男性がもつ女性的な面であるアニマを通して自分を発見するのだと、ユング学派の研究者は強く主張している。

10【輝く目】ピーターの目は星のように明るいとされている。その瞳は「きらめく」と表現され、ネバー

めらいました。

「どんな冒険なの？」と用心深く聞いたのです。

「ちょうど今、下の草原で海賊がひとり眠っているんだ。きみがそうしたければ、下りていってそいつを殺そう」とピーターは言いました。

「ぼくには見えないけど」ジョンは長いあいだ考えてから言いました。

「ぼくには見えるんだ」とピーターが言います。

「もしその海賊が目をさましたら」と言うジョンの声は少しかすれていました。

ピーターが怒ったように言いました。「このぼくが、海賊が眠っているあいだに殺すなんて思わないでほしいな！　まず起こしてから殺すんだよ。それがぼくのやりかただ」

「ええっ！　きみはたくさん殺すの？」

「うんとたくさんね」

ジョンは「すごいね」と言いましたが、まずお茶を飲むことにしました。そして、今この島に海賊がたくさんいるのかどうかたずねました。こんなにたくさんいたのは初めてだ、とピーターは答えました。

「今誰が船長なの？」

「フックだ」と答えたピーターは、この憎らしい名前を言うときはきびしい顔になりました。

「ジェイムズ・フック？」[11]

「そうだ」


ランドへの道を指しめす「百万本の金色の矢」の光とピーターとのつながりも暗示されている。


11【ジェイムズ・フック】バリーはフック船長に自分と同じジェイムズという名前を与えている。戯曲の初期の草稿では、学校の校長とされ、かなり厳格で無慈悲だが、同時に学者ぶったところもある人物になっていた。改訂を進めるうちにフックは貴族と海賊の両面をもつ怒りっぽい性格の男になり、極悪非道でありながら奇妙に正しいマナーにこだわる人物になった。バリーはフック（これは実名ではない）が名門イートン校に通っていたことをほのめかしており、劇におけるフックの最後の言葉はイートン校のスローガンである「フロレアト、エトナ」（ラテン語で「イートンに繁栄あれ」の意味）だった（ルウェリン・デイヴィズ家の五人兄弟のうち、四人はイートン校に進学している）。

舞台ではダーリング氏とフックを同じ俳優が演じることが多い。

それを聞いてマイケルが泣きだしました。ジョンでさえ、話しながら息がつまりそうになりました。フックの評判をよく知っていたからです。

「フックは黒ひげの水夫長[12]だったんだ」ジョンはかすれ声でささやきます。「いちばんの悪者で、海賊バーベキュー[13]でさえ恐れたやつだよ」

「そいつのことだよ」とピーターが言いました。

「どんなやつなの？　大きいやつ？」

「前ほどは大きくないよ」

「どういうこと？」

「ぼくがちょっと切ってやったんだ」

「きみが！」

「そう、ぼくが」とピーターが冷たく言いました。

「失礼なことを言うつもりじゃなかったんだけど」

「いいよ」

「でも、ちょっと切ったってどこを？」

「右手さ」

「じゃあ、フックはもう戦えないの？」

「とんでもない」

「左ききなの？」

それは「大人はすべて海賊だ」と言いたいからかもしれない。（当初バリーはダーリング夫人役の女優ドロシア・ベアードにフック役をさせようと計画していたが、初代フック役のジェラルド・デュ・モーリアが自分にフックとの二役をさせてほしいとバリーを説得した）。イートン校で「イートン校のフック船長」と題するスピーチを行ったさい、バリーはフックを「私が会った中でいちばん立派な人物だが、少しばかり嫌なやつ」と評した。バリーはルウェリン・デイヴィズ家の少年たちとの遊びの中で「スウォージー船長」という黒人の海賊を作りだしていた。また、バリーは『ピーター・パン』の初稿にはフックを登場させていなかった。「悪魔少年Ｐ［Peter］」という悪役がすでにいたからである。アンドリュー・バーキンは、裏方が舞台のセットを変えるために幕を下ろした前で演じるシーンのためだけに海賊の船長を登場させた、と書いている。のちにそのシーンが海賊船のシーンとして加えられたのだ。

映画化にそなえて書いた『ピーター・パン』の脚本でバリーは「フックは完全にまじめに演じなければならない。フック役の役者は、フックの滑稽さを意識していることを感じさせたいという誘惑を完全に抑えなければならない。たしかに、そのような誘惑はある。だが舞台上でその誘惑に負けた俳優は、致命的な結果をもたらしてきた。」と強調した。

一九二〇年に戯曲『メアリ・ローズ［*Mary Rose*］』（死んだ母親が息子の前に現れるという内容）を執筆していたバリーは、物書きがよくかかる書痙《しょけい》の症状で右手がひどく痙攣するようになり、それ以後は左手だけ使って書くようになった。その当時のことを彼は「一五年ほど前、私の書き方に大きな変化があった。右手の書痙のおかげで私は救われたのだ。初めはこの病気を呪ったが、今では感謝してお礼を言いたいぐらいだ。もっとも、今もうっかり右手でペンを持とう

「右手のかわりに鉄の鉤《かぎ》をつけてるんだよ。それでひっかくんだ」

「鉤だって！」

「あのな、ジョン」とピーターが言いました。

「なに？」

「アイ・アイ・サーって言えよ」

「アイ・アイ・サー」

「ぼくの手下になるやつはみんな、ひとつ約束をしなければならないんだ。きみもだよ」とピーターが言いました。

ジョンの顔が青ざめました。

「約束というのは、ぼくたちとフックの一味が戦うことになったら、フックはぼくにまかせるってことだよ」

「ぼく、約束します」ジョンは手下らしく言いました。

そのときはみんな、前ほど不気味な感じはしていませんでした。ティンクが一緒に飛んでいたからです。ティンクが出す光でみんなの顔が見えていました。あいにくティンクはみんなのようにゆっくり飛ぶことができないので、みんなのまわりをぐるぐるまわっていました。だから子どもたちは動く光の輪の中で飛んで

とするとけいれんが起きるのだが。いずれにせよ私は左手で書くしかなかった。多くの人にとっては大変なことかもしれないが、私はもともと左利きだった（今も何かを蹴るときは左足だ）ので大した苦労ではなかった。今では右手で書いていたころと同じくらい楽に左手で書いている。書くのに多少苦労することがあったとしても、出来栄えを見れば嬉しい。……それでも、左手で書くことと右手で書くことから同じ喜びが得られるわけではない。右手を使って書くときは考えがわいてくるのだが、左手はただ筆記の用をなすだけなのだ（メネル）と書いている。

バリーの時代には義足や義手はまだ発明されていなかった。失った手足のかわりに鉤を装着することは現代の私たちが思うほど異様なことではなかった。げんにキリミュアの名士たちが片手の代わりに鉤をつけている郵便配達人（石工もしていた）と一緒に撮った写真が、ある批評家によって発見されている。


12【水夫長】水夫長とは特に資格をもたない商船の乗組員で、水夫たちを監督する役目を果たしていた。「黒ひげ」の本当の名前はエドワード・ティーチ（一六八〇～一七一八年）といい、カリブ諸島と大西洋西部海域で船を襲って略奪することで恐れられていた。一七一八年に捕らえられて首を切られ、その首は彼を逮捕した船の船首に飾られたのち、海賊になろうと考えている悪党たちへの見せしめとしてヴァージニアでさらし首にされた。

13【バーベキュー】ロバート・ルイス・スティーヴンソンの『宝島』の中で、海賊ロング・ジョン・シルヴァーは「バーベキュー」または「海のコック」と呼ばれていた。

いるようなものでした。ウェンディはこれが気に入っていたのですが、ピーターがこれでは具合が悪いと気づきました。

「ティンクが言ってる。海賊たちはティンクの光があたっているときにぼくたちを見つけて、ロング・トム[14]をもちだしたって」

「大砲のこと？」

「そうさ。もちろんやつらはティンクの光を見るにきまってる。その近くにぼくたちがいると思ったら、撃ってくるぞ」

「ウェンディ！」

「ジョン！」

「マイケル！」

「すぐにどこかに行けってティンクに言ってよ、ピーター」三人が同時に叫びましたが、ピーターはだめだと言います。

「ティンクは、ぼくたちみんなが道に迷ったと思ってる」ピーターがきびしい声で言いました。「ティンクはちょっとこわがってるんだ。こわがってるのに、ひとりでどこかへ行けなんてぼくが言えると思うのか！」

少しのあいだ光の輪がくずれました。そして何かがピーターをやさしくチョンとつねりました。

「それじゃ、光を消すように言って」とウェンディが頼みました。

「ティンクには消せないんだよ。妖精にできないことはそれぐらいしかないんだけど。星と同じで、ティンクが寝るときだけ光が消えるんだ」


14【ロング・トム】海賊の大砲はロング・トムと名づけられている。ここでピーターとダーリング家の子どもたちに向けて発射されたあとも、海賊スターキーが海に飛びこむ場面で飛びこみ台に使われる。さらに海賊との死闘のあとピーターが甲板のロング・トムのわきで眠る場面がある。

「じゃあ、今すぐ寝るように言ってやってよ」ジョンがほとんど命令するような感じで言いました。

「ティンクは眠くならなければ寝られない。これが妖精にできないもうひとつだけのことだね」

「大事なのはそのふたつなんじゃないか」ジョンがうなるように言いました。

今度はジョンがつねられました。このつねりかたは、やさしくありませんでした。

「ぼくたちの中で誰かひとりでいいから、ポケットがあればなあ」とピーターが言いました。「ティンクをポケットに入れて飛べばいいんだけど」ところがみんな大急ぎで家を出てきましたから、ポケットなんかひとつもないのです。

でもピーターはいいことを思いつきました。ジョンの帽子です！

ティンクは、誰かが帽子を手にもって飛ぶのなら、中に入ってもいいと言いました。ティンクはピーターに運んでほしかったのですが、ジョンが帽子をもって飛ぶことになりました。でもすぐにウェンディが交代しました。飛んでいるときに帽子がひざにぶつかるとジョンが言ったからです。そしてそのせいで、今にわかりますが、ティンカーベルが悪さをすることになるのです。ウェンディの世話になるなんて、ティンカーベルはどうしてもいやだったからです。

ティンクの光は、黒いシルクハットの中に完全に隠れていました。みんなは、黙って飛んでいました。今まで知っていたどんな静けさよりも静かでした。いちどだけ遠くでピチャピチャという音がしました。あれは野生の動物が浅瀬で水を飲む音だとピーターが教えました。木の枝がこすれ合うような音も聞こえましたが、それはインディアンがナイフをといでいる音だとピーターが言いました。

そんな音もすっかりしなくなりました。マイケルはさびしくてがまんできなくなって「何でもいいから音がしてほしいなあ！」と叫びました。まるでマイケルの願いがかなったように、それまで聞いたこともないようなものすごい音があたりにとどろきました。海賊が子どもたちをめがけてロング・トムを発射したのです。

とどろきはまわりの山々にこだましました。こだまは「どこにいる？　どこにいる？　どこにいる？」[15]とわめいているようでした。

三人の子どもたちはすっかり縮みあがってしまい、こうして、ごっこ遊びの島とそれが本物になった島との違いを知ったのでした。

しばらくしてやっとあたりが静かになったとき、ジョンとマイケルは暗がりの中でふたりだけになっていることに気がつきました。ジョンは何も考えずにただ空気の上を歩き、マイケルは空中に浮いていることにも気づかずにただ浮いていました。

「撃たれたかい？」とジョンが震え声でささやきました。

「まだ、調べてないよ」とマイケルがささやき声で答えました。

わたしたちは今、誰も撃たれていないことを知っています。でもピーターは爆風でずっと海のほうまで吹き飛ばされ、ウェンディはティンカーベルだけを道連れにして上のほうへ吹き飛ばされていました。

ウェンディにとっては、そのとき帽子を落としていたほうがさいわいだったかもしれません。

15【どこにいる？　どこにいる？　どこにいる？】バリーが同じせりふを三回繰り返すことを好む傾向は、この章で三人の子どもの名前が続けて同時に呼ばれる箇所にも見られる。ロング・トムの発射音が三回続けて「どこにいる？」と聞こえたのは、どうしても三人の子どもを見つけるぞという決意を表すと同時に、洗練された言葉づかいと繰り返しの多い話しかたの癖を組み合わせて親子の会話のようにするバリーの手法とも考えられる。幼い子ども（二、三歳ぐらいの）はよく同じ言葉を繰り返し、その世話をする大人も同じような話し方をする。幼い子どもが繰り返しを多用するのは、おそらくそれが簡単に人の注意を引く方法だからだ。一方で世話をする大人の目的はまた別にある。それは同じ言葉を繰り返すことで子どもの言いたいことはわかったよと知らせ、子どもが気楽に話し続けられるよう励ますためだ。

ティンカーベルがその悪だくみをそのとき急に思いついたのか、それとも道々ずっと計画していたのか、わたしは知りません。でもとにかくティンカーベルは帽子からパッと飛びだして、ウェンディを破滅に誘いこもうとしていました。

ティンクも悪いだけの妖精ではありません。まあ今は悪いだけですが、反対に良いだけのときもあります。妖精はいつだって何かひとつのものでしかないのです。からだがとても小さいので、残念ながらいちどにひとつの気持ちしかもてないのです。変わることはできますが、変わるときはすっかり変わってしまいます。今のティンカーベルは、ウェンディを憎らしいと思う気持ちしかもっていないのです。かわいい鈴のような音でティンカーベルが何を言っているか、もちろんウェンディにはわかりません。その中のいくつかは悪口だったとわたしは信じていますが、ウェンディには親切そうに聞こえました。ウェンディの前や後ろを飛びながら「わたしについてきて。そうすればうまくいくから」と言っているように聞こえたのです。

かわいそうなウェンディにとって、ほかに何ができたでしょう？　ピーターやジョンやマイケルの名前を呼んでみましたが、返ってきたのは馬鹿にするようなこだまだけでした。ティンカーベルが、一人前の女のもつ激しいねたみの気持ちでウェンディを憎らしいと思っているなんて、ウェンディはまだ少しも知りませんでした。そして今、途方にくれたウェンディは、よろよろと飛びながらティンクのあとについて待ち受ける運命へと進んでいたのです。

第5章 本当にあった夢の島

ピーターがもうすぐ帰ってくることを感じて、ネバーランドはまた活気をとり戻します。[1]本当は「活気をとり戻していました」というのが正しいのですが、ピーターのしゃべり方をまねてこう言っておきます。

　ピーターがいないときは、この島はだいたいいつも静かです。[2]妖精たちは朝のしたくに一時間よぶんにかけ、動物たちは自分の子どもの世話をやき、インディアンたちは六日と六晩ごちそうをおなかいっぱい食べます。海賊と迷い子たちが出会っても、おたがいに相手をからかうぐらいのことしかしません。[3]でも、だらっとしたことが大嫌いなピーターが帰ってくると、何もかもがまた活発に動きだすのです。もし今あなたが地面に耳をつけたら、島の全体が生き生きと動いている音が聞こえるでしょう。

　この晩、島のおもなグループは次のようなようすでした。迷い子たちは外にピーターを探しに出かけていました。海賊は迷い子たちを探しに出かけていました。インディアンは海賊を探しに出かけていました。そして動物たちはインディアンを探しに出かけていました。みんなが島の中をぐるぐるまわっていましたが、[4]みんなが

1【活気をとり戻します】［訳注＝原文は過去完了のhad wokenをhad wokeにわざと間違えている］語り手は自由にピーターや子どもたちの立場になって、大人が使わない子どもらしくて少しあやしい文法を使うことがある。正しい文法の知識があることはこれに続く箇所からもわかるが、ここではあえてピーター・パンの言葉づかいをまねている。ここに、この語り手のジレンマがよく表れている。彼は子どもに語りかけようとしているが、大人らしい内省や自覚がおのずと文体に現れてしまう。バリーは小説『センチメンタル・トミー』の草稿に、子ども時代を呼び起こ

同じスピードでまわっていたので、誰にも会いませんでした。

迷い子たち以外はみんな、血を流す戦いをしたいと思っていました。迷い子たちもいつもは戦いが好きでしたが、この夜は隊長をむかえに来ていたのです。もちろんこの島にいる迷い子の数はいつも同じではありません。殺されたりすることもあるからです。それに大人になりそうに見えたら、それは規則違反なのでピーターがどこかへやってしまいます。今のところは、ふたごをふたりと数えて全部で六人でした。この六人が一列になって短剣のつかに手をかけながらそっと進んでいくところを、わたしたちはここのサトウキビのあいだにからだをふせてじっと見ているつもりになりましょう。[5]

迷い子たちは少しでもピーターに似たかっこうをしてはいけないとピーターから命令されていましたから、今は自分たちで殺したクマの皮を着ていました。それを着ていると丸くてふかふかになって、ころんだらころがってしまいます。だからみんな、しっかり足をふみしめて歩くようになっていました。

そうとする企てについて書いている。「心を非常に幼かったころに向けると、そこから捕まえにくいかすかな子どもの姿が浮かんでくる。それを捕まえることができれば、それがあなた自身だ。でももう一歩近づいてしまうと、もうそこにその子はいない。幼年時代のもやの中で、その子どもはあなたと隠れん坊をしているのだ。ある日うっかりつまずいて転び、日の光の中に出てこない限りは。出てきさえすれば、あなたはその子を捕まえることができる。そしてあなたとその子が一体となる。それが自意識の誕生だ」（バイネッキ稀覯本図書館）。

2【この島はだいたいいつも静かです】島の生活の描写には物語的現在形が用いられている。これは島で起こることが何度も繰り返されていることを強調するためだ。たとえ時には奇妙なことが起こるとしても、島は何も変わらない。なぜならすべてが作りごとだからだ。

「想像上の不死の国では、時間は確実に循環するもの、前に進むことは決してない」とマリア・ニコラエヴァは、子どもの本をその深層にある時間的な構造によって、直線的、循環的、カーニバル的なものに分類した著書で述べている。子どもが他の場所から切り離された牧歌的な環境の中で暮らす多くのユートピア的な物語の例にもれず、『ピーター・パン』も、大人になりたがらない子どもをどうするのか、という問題に直面することは避けられない。

3【相手をからかう】原文の「誰かに向かって親指の爪をかむ［bite their thumbs at］」はオックスフォード英語辞典によれば挑発の動作で、親指の爪を口に入れて前歯にカチカチ当てて音を出すらしい。

4【みんなが島の中をぐるぐるまわっていました】ピーターがネバーランドを留守にしているとき、島最初にわたしたちの前を通るのはトゥートルズです。[6] いちばん勇気がないというわけではないのですが、この勇敢な子どもたちのグループの中ではなぜか運が悪くて、誰よりも今までにした冒険の数が少ないのです。というのも、トゥートルズが角を曲がったとたんに、その後ろで大きな冒険が起こるのです。例えば何もかもおだやかな日に、トゥートルズがたき木にする枝をひろいに行ったとします。そうして帰ってくると、ほかの子たちは流された血をふいているのです。この運の悪さのせいで、トゥートルズの顔にはいつも悲しそうな表情が浮かんでいます。でもそれで性格がひねくれるようなことはなく、むしろやさしくなっていて、迷い子たちの中でいちばんおとなしい子どもでした。かわいそうなトゥートルズ、今夜はきみに危険がせまっているような気配があるよ。気をつけないときみに何か危険がふりかかりそうなんだ。そうなってしまえば、きみはとんでもない目にあうだろうね。トゥートルズ、妖精のティンクは今夜悪いことをたくらんでいる。そしてティンクはきみをいちばんだましやすい子だと思っている。ティンカーベルに気をつけて。トゥートルズにわたしたちの言葉が聞こえたらいいのに。でも、わたしたちは本当に島にいるわけではありませんからね。[7] トゥートルズは握りこぶしを口にあてながら通っていきます。

次に来るのは陽気でさっそうとしたニブスです。次に来るのはスライトリー[8]、木を切って笛を作り、それを拭きながら夢中になって踊る少年です。スライトリーは少年たちの中でいちばんのうぬぼれ屋です。自分が迷い子になる前のこと、そのころのしきたりや作法を覚えていると思っていて、いばったように鼻をツンと上にむ

の住人たちは同じ動きを繰り返すことで冒険ができない不満をまぎらわせ、争いを避ける。彼らの行列は永遠に続く現在であり、対決もなければ変化をうながすエネルギーもまったくない。

5【ここのサトウキビのあいだにからだをふせてじっと見ているつもりになりましょう】語り手はここでも、彼がすることはすべて、読者に少年たちを見ろと言うことでさえ作りごとだと念を押している。

6【最初にわたしたちの前を通るのはトゥートルズです】迷い子たちは本当の名前ではなく、トゥートルズ［笛などを吹く音］、カーリー［縮れ毛］、ニブス［ペン先］、スライトリー［ちょっとだけ］、ふたごというあだ名で呼ばれている。彼らは洗礼名と名字がないことでアイデンティティがあいまいになりステレオタイプな集団と見られやすくなる。劇では迷い子たちは個々にせりふを言うよりコーラスのせ

けています。カーリーが四番目です。この子はいたずらっ子[9]で、ピーターが「こんなことをしたやつは前に出ろ」ときびしい声で言うときには、たいてい前に出なければなりません。今ではそのせいで、ピーターがそう命令すると自分が悪いことをやっていてもやっていなくても、自然にからだが前に出てしまいます。最後にふたごが来ます。この子たちを説明することはできません。まちがって違うほうの子の説明をしてしまうかもしれないからです。ピーターはふたごがどんなものか、よくわかっていませんでした。迷い子のグループでは、ピーターが知らないことをほかの子が知っていてはいけないルールですから、ふたごたちにも自分がどっちなのかよくわかっていませんでした。しかたがないので、ふたりは申し訳なさそうになるべく一緒にいるようにしています。

　迷い子たちは暗やみに消えました。少しすると——長いあいだではありません。この島では何でも次から次へと起こりますから——海賊たちがやってきました。姿が見える前にまず声が聞こえてきます。それはいつも同じ歌です。

りふが多い。島の少年の中でちゃんとした名前をもつのはピーターだけだ。

7【でも、わたしたちは本当に島にいるわけではありませんからね】ここでも語り手は、これが作りごとだと注意して読者を現実にひき戻している。しかしそこから、語り手自身は島にいないと暗示しつつ、島で行われる冒険を目撃するという矛盾が生じてくる。

8【次に来るのはスライトリー】『ピーター・パン』の劇中で、スライトリーは自分の名前の由来を次のように説明している。「……ぼくが迷い子になったとき着ていたエプロンドレスに、お母さんが書いた僕の名前があったんだ。『スライトリー・ソイルド（ちょっとよごれている）』ってね。それがぼくの名前さ」

9【いたずらっ子】原文のpickleは「いたずらっ子」をさすイギリスの口語表現。

10【かけろやロープを、やつらの船に】海賊、インディアン、少年たち、大人たちはそれぞれ話すときの言葉づかいが異なっている。これはそれぞれを区別しやすくするためでもあるが、芝居じみた効果をねらったものでもある。インディアンは現代の私たちの目にはステレオタイプで侮辱的な変な話しかた（「頭の皮、はぐ。はやくする」のような）をしている。フックは古風な話しかたと倒置法を愛用し、大げさな話しかたをする。そしてピーターも意外なところで「汝、暗く邪悪な男よ、いざかかってまいれ」のように芝居がかった口をきく。

11【海賊処刑場】ロンドン東部、テムズ川岸のドックがある地域の一角ワッピングにあり、海事裁判所で絞首刑をいいわたされた囚人の処刑場として四〇〇年以上にわたり使われていた。絞首台は干潮線に設置されていた。海賊、反乱を起こした者、密輸業者がロンドン・ブ

「かけろやロープを、やつらの船に[10]
行くぞ、おれたちゃ海賊だ
たとえ撃たれて、おさらばしても
きっとまた会う、あの世で会おう！」

この海賊たちよりひどい悪者が海賊処刑場[11]の死刑台に並ぶのなんて、見たこともありません。太い腕をむき出しにしてスペイン銀貨[12]の耳飾りをつけた海賊がみんなより少し前を進みながら、ときどき耳を地面にあてて音を聞いています。これはハンサムなイタリア人の海賊チェッコ[13]です。ガオの監獄[14]の所長の背中にナイフで自分の名前をきざんだという男です。その後ろからくる黒人の大男は、今もガジョモ川[15]の岸でくたびれたお母さんたちが子どもをおどかすときに使うあの名前を捨ててしまったあとも、いろいろな名前を名乗ってきたやつです。その次に来るのはからだじゅうに入れ墨があるビル・ジュークス。ウォルラス号で海賊フリント船長にむちで六〇回たたかれて[16]やっと金貨の入った袋から手をはなしたという、あのビル・ジュークスです。それから

リッジをわたりロンドン塔の前を通過してここにつき、公開で処刑された。海事法に定められたとおり死体はそのまま見せしめのために三度満潮が洗い流すまで吊るされていた。ときには死体にタールを塗って鎖で縛り鉄の檻に入れてよく見える場所にある絞首台から吊るすこともあった。一八世紀初頭には海賊船の乗組員全員が絞首台に送られた。海賊行為と殺人の罪で有罪となったキャプテン・キッドは一七〇一年に処刑され、腐りかけた死体の目はカモメにつつかれたが、骨は鉄の檻に入れられたまま処刑後何年間も「誰もが罰の恐ろしさにおののいて罪を犯さなくなるように」さらされていた（コンスタム／キーン）。

12【スペイン銀貨】スペインの八リアル銀貨（ピース・オブ・エイト）のこと。一八世紀後半にはこれが世界通貨のひとつになっていた。一四九七年の通貨改革後に鋳造が始まり、ヨーロッパ、南北アメリカ、極東で使われ、一八五七年まではアメリカ合衆国の法定通貨だった［訳注＝『宝島』でジョン・シルヴァーのオウムが繰り返す言葉が「ピース・オブ・エイト」である］。

13【ハンサムなイタリア人の海賊チェッコ】『ピーター・パン』の脚本を書くにあたり、バリーは海賊が登場する物語を数多く読んで名前や面白いエピソードの参考にした。すでに読んでいた『宝島』も読みなおしたが、チャールズ・ジョンソンの『海賊列伝』なども読んだ。チェッコという海賊のモデルはいないが、作家モーリス・ヒューレットの息子チェッコ・ヒューレットの名前からとったものと思われる。クックソンはおそらくカリブ海地域のある町を略奪したジョン・コックソン船長の名前をとったのだろう。ブラック・マーフィとスカイライツはどちらも実在した海賊である。

14【ガオの監獄】ガオは最近の版ではゴアに修正されていることもあ

C is the Crocodile
C is the Crocodile Creepy who ate
The right hand of Hook and covets its mate
He makes a loud ticking wherever he goes
For he swallowed a Clock (To kill time I suppose)

オリヴァー・ハーフォード作『ピーター・パン・アルファベット・ブック』、1907年出版。（イェール大学バイネッキ稀覯本図書館蔵）

る。ゴアは南インドの地名で、一六世紀初頭にポルトガルに征服され、一九六一年に解放されるまでポルトガルの植民地だった。ガオからゴアへの変更は、『宝島』でロング・ジョン・シルヴァーが飼っていたオウムが「ゴアからインド総督が乗船した」のを目撃していること、それに続いてポルトガルの金貨「モイドーレス」が出てくることから考えれば妥当である。

15【ガジョモ川】架空の熱帯地方の川の名前。バリーは舞台となる島を歴史上の事実と空想の両方をもとにして作りあげている。完全に架空の地名を作ることはめったになかった。

16【フリント船長にむちで六〇回たたかれて】『宝島』で、ジュークスはフリント船長の船ウォルラス号で、六〇回もむち打ちをくらった。

17【アイルランド人の水夫長スミー】スミーとスターキーの役に個性を与えたいと考えたバリーは、スミーを最初に演じた俳優ジョージ・シェルトンにどうしたらスミーをもっと個性的にできるか相談した。シェルトンは「私をアイルランド人にしたら」と提案した。するとバリーは即座に「シェルトン、彼はアイルランド人だよ」と応じた。妙なことに［訳注＝アイルランド人なのに］スミーだけが非国教徒だという設定になっている。非国教徒というのは国教のイングランド教会に属することを拒否したイングランドおよびウェールズのプロテスタントである。

18【アルフ・メイソン】バリーは当時の読者や観客へのサービスとして小説家で政治家のアルフレッド・エドワード・ウッドリー・メイソン（一八六五～一九四八年）の名前をあげている。メイソンはフランス人アノー警部を主人公にした推理小説や『サハラに舞う羽根』で知られている。

クックソン。クックソンはブラック・マーフィの兄弟だと言われていますが、本当かどうかわかりません。次は紳士のスターキー。海賊になる前は上品な家の子どもが通うパブリック・スクールの門番をしていたので、今も殺し方が上品です。それからスカイライツ（あのモーガンのスカイライツ）。そしてアイルランド人の水夫長スミー。[17]スミーはみょうに気がやさしくて、人を刺し殺しても相手からうらまれなかったという男です。フックの手下のなかで、このスミーだけは非国教徒でした。その次がヌードラー。両手は後ろむきについています。それからロバート・マリンズとアルフ・メイソン[18]など何人もの、カリブ海で長くその名を知られ恐れられてきた海賊たち。

この海賊たちが集まった真ん中で、悪漢ぞろいの真っ黒な集団の中でもひときわ大きく黒く輝く宝石のように見えるジェイムズ・フック船長（自分でサインするときはジャス・フックと書きます）が横になっていました。フックは「海のコック」と呼ばれた大海賊も恐れるたったひとりの男[19]と言われています。フックは手下たちが引いたり押したりして動かすちょっとした荷車のようなものにゆったりと横になり、右手のかわりにつけた鉄の鉤をふって、もっと早くしろとたえず手下たちをせきたてていました。この恐ろしい男は手下をまるで犬のように呼びつけたり扱ったりして、手下は犬のように言うことをきいていました。死人のように暗い顔で、[20]長い髪はカールして流れ落ち、少し離れて見るとまるで黒いロウソクのよう。そのためハンサムな顔がきわだって恐ろしく見えました。目は忘れな草の青色で深い悲しみをたたえていましたが、人のからだに右手の鉤をぶちこむときにはその目に赤い

19【「海のコック」と呼ばれた大海賊も恐れるたったひとりの男】「海のコック」というのは前にも書いたように『宝島』に登場するロング・ジョン・シルヴァーのあだ名で、当初スティーヴンソンは彼をThe SeaCookと呼んでいた。

20【浅黒く】原文のblackavizedはふつうblack-a-visedと書かれ、一九世紀に髪が黒く肌が浅黒い人をさすのに使われた。シャーロット・ブロンテの『ジェイン・エア』に「あの浅黒い求婚者に注意するよう彼女に助言しよう」という用例がある。

点がふたつあらわれて、キラリと恐ろしく輝くのでした。フックのふるまいにはなんとなく身分の高い貴族のような雰囲気がしみついていて、人を引き裂くときでさえ立派に見えます。とても話し上手だ[21]という評判を聞いたこともあります。フックはとても礼儀正しくふるまうときほど恐ろしいのですが、これこそ育ちのいい証拠でしょう。人をののしっているときでさえ優雅な言葉づかいをすることも、ふるまいの上品さにおとらず、フックが手下どもとは育ちが違うことを証明しています。不屈の勇気のもちぬしでしたが、たったひとつ、自分の血を見ることだけは恐れていました。その血はとても濃くて、少しふつうとは色が違うのです。*服装はどことなくチャールズ二世[22]の時代をまねたような感じで、聞くところによると、海賊になったばかりのころにはその悲しい運命をたどったスチュワート朝の王様にみょうに似ていたからのようです。口には自分で工夫して作ったいちどに二本の葉巻を吸えるパイプをくわえています。でも、フックの外見でなにより気味が悪いのは鉄の鉤でした。

ここでちょっとフックのやりかたをして、ためしに

21【話し上手】ピーターとちがい、フックは物語をまったく知らないわけではない。彼の描写に「話し手」を意味するフランス語raconteurを使うことで（「貴族のような」の箇所でもフランス語grand seigneurが使われている）、フックの異国風で粋なところのある性格が強調されている。

＊　貴族の血は青いという言い回しがある。ブルー・ブラッデッドというのは血統がいい／高尚なという意味である。

22【チャールズ二世】チャールズ二世（チャールズ・スチュワート、一六三〇〜一六八五年）は王政復古時代にイングランド、スコットランド、アイルランドを統治した王。一六六一年にイングランドとアイルランドの王位につく前の一六四九年にスコットランド王になっていた。彼は遊び好きで「陽気な王様」の異名をとり、一〇年ほど続いたオリバー・クロムウェル率いる清教徒的な政治の堅苦しさを排除したということで歓迎された。

23【ピカニニ族】「ピカニニ[Piccaninny]」という言葉はポルトガル語で「少年、子ども」を意味する「ペカニーノ[pequenino]」がもとになっている。「ペカニーノ」は「非常に小さい」を意味する形容詞からできた名詞であり、そもそもは一七世紀に大西洋沿岸で行われていた奴隷貿易に関連してポルトガル語が現地語と混ざってできたピジン語だった。始まりはバルバドスで生まれた子どもを意味していたが、今はアフリカ系の黒人の子どもまたはネイティヴ・アメリカンの子どもどちらをさしても使われる。この言葉は人種差別的だとされ、バリーが『ピーター・パン』で人種差別的なステレオタイプを用いることにある種の不快感をもつ人もいる。バリーは子どものころにジェイムズ・フェニモア・クーパーなどの小説を読んだ経験をもとに冒険物語を

海賊をひとり殺してみましょう。スカイライツでいいでしょうか。わたしたちの前を通るときにスカイライツがつまずいてフックにぶつかり、レースの襟をしわくちゃにします。すると鉤がさっと前につきだされ、何かを引き裂くような音と悲鳴が聞こえます。そしてスカイライツの死体が列の外にけりだされ、海賊たちはそのまま通りすぎるのです。フックは口から葉巻をはなすこともしません。

ピーター・パンが戦おうとしているのは、これほど恐ろしい相手なのです。どちらが勝つのでしょう?

海賊たちの通ったあとを、いくさ道――戦いに行くための道ですが、なれない人の目には見えません――をこっそり進むのはインディアンです。どのインディアンもあたりをゆだんなく見まわしながら歩いています。斧とナイフをもち、はだかのからだは絵の具と油で光っています。そのからだからは前に殺した迷い子や海賊たちの頭がい骨がぶら下がっています。というのもこのインディアンはピカニニ族[23]で、おとなしいデラウェア族やヒューロン族とはわけが違うのです。四つんばいで先頭を行くのは「偉大で大きな小さいヒョウ」という名をもつ勇者で、からだのまわりにぶらさげた頭がい骨が多すぎて、四つんばいで進むには邪魔なようです。非常に危険な列のいちばん後ろを引きうけているのは、誇らしげに胸をはって進む王女のタイガー・リリー[24]です。浅黒い肌のダイアナ[25]たちの中でいちばん美しく、ピカニニ族みんなのあこがれの美女でした。でも男たちにはやさしくしたかと思うとツンと冷たくしたりもします。ピカニニ族の勇者はひとり残らずこの気まぐれな娘と結婚したいと思っているのですが、タイガー・リリーは斧をふりまわして男たちを

書いたのであり、ネバーランドの住人の描写に使う言葉を大いに誇張することで――一部の批評家が言うように――結果として人種的ステレオタイプを無効化しているとも考えられる。それでも、バリーを擁護することは難しい。二〇世紀まで使われていた「ピカニニ」という言葉は、人種や国籍による差別意識はないにしても、特に子どもの読者にとっては、相手を見下したりけなしたりする言葉としてしか使われない言葉になっているからだ。ネバーランドの先住民ピカニニ族はつねに「野蛮な」部族として描かれている。彼らは、先住民は裸で、狂暴で、こっそりずるいことをするという人種的ステレオタイプそのままに描かれている。

24【タイガー・リリー】タイガー・リリーは島の先住民の王女で、獰猛な動物と美しい花を組み合わせた名前をもつ［訳注＝オニユリの意味でもある］。彼女はこの言葉のふたつの意味をもつ「もうひとりの

ふりはらい、まだまだ結婚するつもりはありません。インディアンが、落ちた小枝の上を物音ひとつたてずに進むようすを見てごらんなさい。聞こえるものといえば少し荒くなった息の音だけです。じつはインディアンはこれまで食べすぎていたので、今は少し太っているのです。まあそのうちに元に戻るでしょうが、今のところは太りすぎがいちばんの問題でした。

インディアンは来たときと同じように音もたてずに行ってしまいます。そのすぐあとに動物たちが来ます。いろいろな動物が次から次へとたくさん来ます。ライオン、トラ、クマ[26]が来ます。そういう大きな動物から逃げる数えきれないほどたくさんの小さな動物たちもいます。この島は住みやすくていいところなので、さまざまな種類の動物——人食い動物もたくさんいます——がごちゃまぜになって住んでいるのです。動物たちはみんな舌をだらりとたらしています。今夜はおなかがすいているのです。

動物たちが行ってしまうと、最後の最後にものすごく大きなワニが登場します。このメスのワニ[27]が誰を探しているかは、そのうちにわかることでしょう。

ワニが通りすぎます。するとまた迷い子の男の子たちが来ます。ぐるぐるまわっているグループのどれかが止まるか、進むスピードを変えないかぎり、この行進はいつまでも続くのです。どれかひとつのグループが止まったりスピードを変えたりしたら、あっという間に全部のグループが次々にぶつかってしまうでしょう。[28]

誰もみんな鋭い目で前を見張っていますが、危険が後ろから忍び寄ってくるかもしれないとは思っていません。これがこの島の現実でした。

女性」と位置づけられてきた。タイガー・リリーは家庭の主婦的なウェンディに対する異国的な、「部族をとりしきる主婦」である。しかし誰の妻でもない。『ピーター・パン』のサイレント映画版でバリーは、次のような求婚シーンを構想していた。「タイガー・リリーが登場。あきらかに部族の男のひとりが王女である美しい彼女に求婚している場面だ。彼女は手にした斧をひとふりして男を殺す」

25【浅黒い肌のダイアナ】ローマ神話のダイアナ（ディアナ）は狩猟の女神である。野生動物や森と関連づけられていたが、同時に月の女神とみなされることも多い。貞節のかたい女神だったディアナは、猟師アクタイオンをシカの姿に変え、たけり狂う彼の猟犬をけしかけて殺させたと言われる。テーバイの猟師アクタイオンは、森で水浴していた彼女の裸身を見てしまったことで彼女の怒りをかったということだ。

最初にこのぐるぐるまわる輪からはずれたのは迷い子でした。自分たちの地下の家に近い草地にどさりとからだを投げだします。

「ピーターが帰って来ればいいのに」とみんな口々にじれったそうに言いました。どの子も身長もからだの太さもピーター隊長より大きいのですが。

「ぼくだけは海賊なんかこわくないけどね」とスライトリーが言いましたが、こういう言いかたのせいでほかの子たちからはあまり好かれていません。でも遠くから何か音が聞こえたのか、ちょっと不安になったようです。それで「でも、ピーターには帰ってきてほしいよ。シンデレラの話をもっと聞いてきたかどうか知りたいからね[29]」と急いでつけたしました。

迷い子たちはシンデレラについて話しました。そしてトゥートルズは、ぼくのお母さんはシンデレラによく似ていたに違いないと思いました。

迷い子たちがお母さんの話をするのはピーターが留守のときだけでした。ピーターがそんな話は馬鹿らしいと言って、話すことを禁止していたからです。

「ぼくがお母さんのことで覚えているのは」とニブス

26【ライオン、トラ、クマ】L・フランク・ボームの『オズの魔法使い』に「わあ、ライオンとトラとクマだ」という有名なせりふがある。『オズの魔法使い』が出版されたのは一九〇〇年で『ピーター・パンとウェンディ』より少し前だが、バリーがそれを読んでいたかどうかは定かではない。

27【このメスのワニ】『ピーター・パン』に登場するワニがメスだとわかるのはここが最初である。フックがメスのワニに追われていたと知って驚く読者もあるだろう。「最後の最後に登場します」という表現からは、このワニが「後ろから忍び寄る」滅亡と死を意味する象徴的で重要な役割をもつことが感じられる。水中でも陸上でも生きられるワニは原初の力とも関連づけられている。古代エジプトでは太陽と地下世界の両方にかかわる――すなわち男性らしさと女性らしさの両方をそなえる――強大な力をもつ神として崇敬されていた。

28【あっという間に全部のグループが次々にぶつかってしまうでしょう】バリーはここで、それぞれのグループ（インディアン、迷い子、妖精、動物、海賊）のどれかひとつがネバーランドの一定のペースから外れようとすれば、そのとたんに紛争と暴力が噴出するとほのめかしている。これに似た人間関係の不安定さはダーリング家にも見られる。誰かひとりが無理に我を通そうとすれば、争いが起きる不安定さがあるということだ。

29【シンデレラの話をもっと聞いてきたかどうか知りたいからね】『シンデレラ』はピーター・パンがダーリング家で聞いた物語であり、ウェンディが迷い子たちに聞かせる物語でもある。一七世紀末のフランスでシャルル・ペローが書き、一世紀以上後にもグリム兄弟が同じ題材で書いたこのおとぎ話は、家庭を舞台に、迫害、ロマンス、結婚などを扱っている。そうしたことはウェ

がみんなに話します。「よくお父さんに『ああ、わたしも自分の小切手帳がほしいわ！』[30]と言っていたってことだけだよ。小切手帳が何なのか知らないけど、ぼく、お母さんにそれをあげたいなあ」
こんな話をしていると、遠くから音が聞こえてきました。森で暮らしていない[31]みなさんやわたしだったら、聞こえなかったかもしれません。でも迷い子たちには聞こえました。それはあの恐ろしい歌でした。

ヨーホー、ヨーホー、海賊ぐらし
どくろの旗だぜ、
楽しい時間にしばり首のなわ
デイヴィー・ジョーンズ[32]もどんと来い

迷い子たちはあっという間に――あれ、あの子たちはどこへ行ったのかな？　姿が見えませんよ。ウサギだってこんなに早く消えることはできないはずなのに。
男の子たちがどこにいるか教えましょう。偵察のためにすっ飛んでいったニブスは別として、ほかの子たちは全員がもう地下の家に戻っています。もうすぐお見せし

ンディが来るまでのネバーランドとは無縁のものだった。だからこそ、迷い子の少年たちには魅力があったのだろう。

30【自分の小切手帳がほしいわ】ニブスの発言の面白みは子どもの読者にはわからないだろうが、大人の読者にはよくわかることだろう。ある批評家は「バリーは大人に子どもっぽいことを言わせて子どもを面白がらせ、子どもにわけのわからないまま大人の問題を語らせることで大人の笑いを誘っている」と鋭い見解を述べている（ホリンデイル）。

31【森で暮らしていない】この部分の原文は「not being wild things of the woods」である。『かいじゅうたちのいるところ［Where the Wild Things Are］』を書いた絵本作家モーリス・センダックが、バリーのこの部分からヒントを得てwild thingsという言葉を使ったと考えるのは無理があるだろうが、バリーが『ピーター・パン』の中でこの言葉を使っていたのはちょっと面白い偶然の一致だろう。

32【デイヴィー・ジョーンズ】デイヴィー・ジョーンズは船乗りたちを脅かす海の悪霊のニックネームである。ある意味では人魚の男性版とも考えられ、船乗りを海の底深くに誘いこむこともあるが、災難が起こる前に警告してくれることもある。デイヴィー・ジョーンズのロッカーというのは溺死した船乗りたちの墓場のこと。この言葉はトバイアス・スモレットの『ペリグリン・ピックルの冒険［*The Adventures of Peregrine Pickle*］』（一七五一年）に初めて使われたが、その起源は不明である。「船乗りたちが言うには、このデイヴィー・ジョーンズは深海のすべての悪霊の上に立つ魔王で、姿はいろいろ変わるが、船乗り稼業をおびやかす嵐や難破などの災厄が起こる前の晩に船の索具のあいだに腰かけて、死などの災難に見舞われる不幸な船乗りに警告

ますが、とても快適な家です。でも迷い子たちはいったいどうやって家に入ったのでしょう。入り口らしいものは見あたりません。折れた小枝が山になっていて、それをのければほら穴の入り口がある、なんてこともありません。でもよく見てごらんなさい。そうすれば、このあたりには大きな木が七本[33]あって、それぞれの木の幹にひとつずつ、男の子がひとり通れるぐらいの大きさの穴がぽっかりあいているのに気がつくでしょう。それは七つとも地下の家へ行くための入り口です。フックはこれまで何か月もかけてそれを探しているのに、まだ見つけていません。今夜は見つけるでしょうか？

海賊が進んできます。目のいいスターキーが森の中に消えるニブスを見つけ、すぐさまピストルを撃ちました。しかし鉄の鉤がスターキーの肩をつかみます。

「かしら、はなしてくださいよ！」とスターキーがからだをもぞもぞ動かしながら叫びます。

さあ、いよいよフックの声を聞くときがきました。それは残酷そうな声です。「まずそのピストルを引っこめるんだ」とその声がおどかすように言いました。

「かしらが嫌っている子どものひとりですぜ。もうちょっとでうち殺せるところだったのに」

「ほほう、そうか。そのピストルの音でタイガー・リリーたちをわしらのところへ呼びよせようってわけだ。きさま、頭の皮をはいでほしいのか？」

「かしら、あっしがあの子どもを追いかけましょうか？」と気の弱そうな声でスミーが言いました。「つかまえたらこの栓ぬきジョニーをぶちこんでやりますが」

するのだそうだ」（スモレット）。

33【大きな木が七本】バリーは一八七三年にスコットランド南西部のダンフリーズ・アカデミーに進学した（彼の兄がその学校で視学官をしていた）。バリーはダンフリーズ在学中に初の戯曲『山賊バンデレロ』を書いたり、ダンフリーズの保安官の息子と海賊ごっこをして遊んだりしていた。木の幹にあいた穴から入る地下の家というアイディアは、遊び場だった保安官の屋敷「モウト・ブレイ」の庭のどこかからヒントを得たものかもしれない。後年バリーは、そこでの遊びは「一種のオデュッセイアとなり、ずっとのちに『ピーター・パン』の劇になる原型を生みだした。私にとっては魔法の国だったダンフリーズのある庭での冒険が、間違いなくあの不届きで型破りな作品の起源だったのだ」と書いている（"*Speeches*"）。

スミーはなんにでも面白い名前をつけていました。栓抜きジョニーはスミーの短剣のことで、スミーはそれを瓶のコルク栓にさしこんでまわすかわりに敵のからだにさしこんでぐるぐるまわすのです。スミーには愛嬌《あいきょう》のある癖がたくさんありました。例えば人を殺したあとでスミーが拭くのは、血のついた短剣ではなくて自分のめがねです。

「ジョニーなら音はしませんぜ」とスミーが言いました。

「いや、今はまだいい」とフックがこわい声で言いました。「やつはひとりだ。わしは七人全部をやっつけたいんだ。みんな散らばってやつらを探せ」

海賊たちは森の中にバラバラに消えていき、あっという間にフックとスミーのふたりだけになりました。フックは深いためいきをつきました。そしてなぜだかわたしにもわかりませんが――たぶんおだやかで美しい夕景色のせいだったのでしょう――、フックは忠実な水夫長に身の上話をしたくなりました。フックは真剣に長いあいだ話しましたが、スミーはあまり頭がよくないのでなんの話かさっぱりわかりませんでした。

でもそのうちに、ピーターという言葉が耳に入りました。

「とにかく、わしはやつらの隊長のピーター・パンをつかまえたいんだ」フックは興奮して言いました。「あいつがわしの腕を切りおとしたんだからな」フックはおどかすように腕につけた鉤をふりまわしました。「わしは、この鉤でやつと握手する日を長いあいだ待ちわびてきた。絶対に、あいつを八つ裂きにしてやる！」

「でも、かしら」とスミーが言いました。「その鉤は髪をとかしたりちょっと身のまわりのことをしたりするには、二〇本の手があるのと同じくらい便利だとよく言ってるじゃありませんか」

「そうさ。わしが母親だったら、自分の子どもが腕なんかよりこの鉤をもって生まれてきますようにとお祈りするだろうよ」そう答えると、フックは右腕につけた鉤を得意そうに見て、もうひとつの手を馬鹿にしたように見ました。それから顔をしかめて言いました。

「ピーターのやつ、わしの腕をたまたま通りがかったワニに投げやがった」

「かしらは、ワニたちを変にこわがっていなさりますね」とスミーが言いました。

「ワニたち、ではないぞ」フックが訂正します。「あの一匹のワニだけだ」それから少し声を小さくして続けます。「スミー、あのワニはわしの腕がとても気に入ってな、あれからずっとあとの残りの部分を狙って、わしが行く陸から陸へ、海から海へと追いかけてくるのだ」

「それはなかなか、光栄なこととも言えますな」とスミーが言いました。

「そんなもんいるか」とフックはすねたようになりました。「わしはピーターをつかまえたい。あのワニにわしの味を教えこんだやつをな」

フックは大きなキノコの上に腰をおろしましたが、今は声が震えています。そして「あのな、スミー」とかすれた声で言いはじめました。「あのワニはもっと前にわしを食っていたかもしれんのだ。だがさいわい、やつはうっかり時計を飲みこんでしまって、それがやつの腹の中でチクタクと音をたてている。だからチクタクという音がしたら、わしはやつが食いに来る前に逃げるんだ」フックは笑いましたが、その声はうつろでした。

「そのうちに、ねじがすっかりほどけて時計が止まったら、あのワニはかしらをつかまえますね[34]」とスミーが言いました。

フックがかわいた唇をなめて言います。「いかにも。それを考えると、恐ろしくてたまらん」

腰をおろしてからずっと、フックは変な暖かさを感じていました。「スミー、ここは熱いぞ」フックが飛びあがります。「なんてこった。[35]これじゃ火傷《やけど》しそうだ」

ふたりはフックが座っていたキノコを調べましたが、それはほかの土地では見たことのない大きくてしっかりしたキノコでした。ふたりで引っぱってみると、簡単にぬけてしまいました。根っこがないのです。もっとおかしなことに、ぬいた穴からたちまち煙が上がってきます。ふたりは顔を見合わせました。そして「煙突だ！」と同時に叫びました。

ふたりは地下の家の煙突を見つけたのです。迷い子たちは、敵が近くに来たときはキノコで煙突にふたをして隠すことにしていたのです。

煙が出てきただけではありません。男の子たちの声も聞こえてきます。地下の家に隠れていれば安全だと思いこんでいたので、迷い子たちは陽気におしゃべりしていたのでした。ふたりの海賊はこわい顔をしてしばらくじっと聞いていましたが、それからキノコをもとに戻しました。そしてあたりを見まわすと、七本の木にぽっかりあいた穴に気づいたのです。

「かしら、聞きましたか。やつら、ピーター・パンは出かけていると言ってました

34【あのワニはかしらをつかまえますね】初めワニはメス（she）と書かれていたが、ここではオス（he）になっている。海賊たちはオスだと思っているのだ。

35【なんてこった】原文は「Odds bobs, hammer and tongs」である。この表現はイギリスの海軍士官で作家だったフレデリック・マリアットの小説『スナーリーヨウあるいは犬の友だち』（一八三七年）に出てくる一編の海の詩 "Odds, bobs, hammer and tongs, long as I've been to sea,/ I've fought 'gainst every odds――and I've gained the victory" に見られる。バリーはマリアットが書いた多くの少年向け冒険小説に親しんでいた。

ね？」スミーが栓抜きジョニーをいじりながら言いました。

フックはうなずくと、立ったままじっと考えこんでいました。そしてついに、身も凍るような笑いを日に焼けた顔に浮かべました。これをずっと待っていたスミーは「かしら、どんな作戦でいくのか教えてくださいよ[36]」と夢中で叫びました。

「船に戻る」フックは歯のあいだからゆっくり言いました。「そして緑の砂糖衣《さとうごろも》をたっぷりのせた、でっかくてこってりしたケーキを作るのだ。この下にはひとつの部屋しかないはずだ。煙突がひとつしかないからな。ひとりひとりが別の入り口をもつ必要などないということを、まぬけなモグラどもは知らなかったわけだ。ということは、やつらには母親がいないのだ[37]。そのケーキを人魚の入り江の海岸に置く。やつらはいつもあそこで人魚たちと泳いで遊んでいるからな。ケーキを見つけたら、がつがつ食べるだろう。母親がいないからこってりしたケーキをがつがつ食べることがどんなに危険なことか、やつらは知らんのだ」フックは大笑いしました。これはうつろな笑いではなくて、心からの笑いでした。

「ワハハ、やつらは死ぬぞ」

スミーはそれを聞いてすっかり感心してしまいました。

「これほど意地の悪い、気のきいた作戦は聞いたことがありませんよ！」とスミーが叫び、ふたりは大喜びで踊りながら歌いました。

　このおれ様がすがたを見せりゃ
　やつらはこわくて動けない

36【どんな作戦でいくのか教えてくださいよ】原文は「教えてください」のところにunrip という今は使われていない単語を使っている。

37【やつらには母親がいないのだ】フックは母親がいないことで子どもがこうむる弊害を二回強調している。フックの悪だくみは大人の悪漢でなく、子どものような考え方をする悪役のものだ。緑の砂糖衣をかけたケーキを作るという作戦は、ブラックレイク島でルウェリン・デイヴィズ家の少年たちと海賊ごっこをしたときに誰かが思いついたものかもしれない。

コックの鉤と握手すりゃ[38]
あとに残るは骨ばかり

ふたりはこう歌いはじめましたが、歌い終わることはできませんでした。ほかの音が聞こえてきて、ふたりを黙らせたのです。初めは、葉っぱが一枚落ちればその音で消えてしまうようなかすかな音でした。でもだんだん近づいてくると、何の音かわかってきました。

チクタク、チクタク。

フックは片足をもち上げたまま、ブルッと震えました。

「ワニだ」あえぐように言って、フックはあっという間にいなくなりました。スミーがあとを追いかけます。

それはたしかにワニでした。ワニは今では残りの海賊を追いかけているインディアンを追いこして、じわじわとフックに追いついてきたのです。

迷い子の男の子たちがまた外へ出てきました。でも危険な夜が終わったわけではありません。すぐにオオカミの群れに追いかけられたニブスが迷い子たちの中に飛びこんできました。オオカミたちは舌をたらし、恐ろしい声で吠えています。

「助けて、助けて！」地面に倒れながらニブスが叫びました。「どうしよう？　どうしたらいいの？」

危険がさしせまったこのときに迷い子たちはピーターのことを思いついたのですから、やっぱりピーターは大したものです。

38【コックの鉤と握手すりゃ】「コック」の部分は『ピーター・パンとウェンディ』の改訂版の多くでは「フック」に変更されている。

「ピーターならどうするかな？」迷い子がいっせいに叫びました。

そしてほとんど同時にみんなが「ピーターなら、股《また》のぞきでオオカミを見るよ」と叫んだのです。

それから「ピーターみたいにやろう」ということになりました。

オオカミをやっつけるにはこの方法がいちばんなのです。それでみんながいっせいに股の下からのぞきました。心配でドキドキしていたのですが、すぐにうまくいくことがわかりました。そのかっこうで向かっていくと、オオカミたちはしっぽをまいて逃げていきました。

ニブスはやっと地面から起きあがりましたが、何かをじっと見ています。ほかの子たちはまだオオカミを見ているのかと思いましたが、そうではありませんでした。

「ぼく、不思議なものを見たよ」話を聞きたくなってまわりに集まったみんなにニブスが叫びました。「大きな白い鳥だよ。こっちのほうへ飛んできたんだ」

「何の鳥だと思う？」

「わからない」とニブスは不思議そうに言いました。「でもとても疲れているみたいで、飛びながら悲しそうに『かわいそうなウェンディ』って言ってたよ」

「かわいそうなウェンディ？」

「そういえば」とスライトリーがすぐに言いました。「ウェンディという名前の鳥がいるぞ」

「見て、来るよ」とカーリーが空を飛ぶウェンディを指さしながら叫びました。

そのときウェンディはほとんどすぐ上まで来ていたので、その悲しそうな泣き声がみんなにも聞こえました。でも、ティンカーベルのかん高い声のほうがもっとよく聞こえました。やきもちやきの妖精は、もう仲よしのふりをするのはすっかりやめて、憎らしいウェンディのまわりを飛びまわりながら、ところかまわず強くつねっていました。

「やあ、ティンク」と迷い子たちが声をかけます。

ティンクの返事があたりにひびきわたりました。「ピーターが、ウェンディを弓矢でやっつけてほしいと言ってるわ」

ピーターの命令なら、迷い子たちは何も疑わずに言うとおりにします。「ピーターの言うとおりにしよう！」とすなおな迷い子たちは叫びました。「さあ、早く。弓と矢をもってこなくちゃ」

トゥートルズ以外の子はみんな地下の家におりていきました。トゥートルズだけは初めから弓矢をもっていたのです。ティンクはそれに気づくと小さな両手をこすりあわせました。

「急いで、トゥートルズ。早く」ティンクが金切り声で叫びます。「きっとピーターが喜ぶわよ」

トゥートルズは夢中で弓に矢をつがえて「ティンク、どいて」と叫ぶと、さっと矢を射ました。胸に矢の刺さったウェンディが、ひらひらと地面に落ちていきました。[39]

39【胸に矢の刺さったウェンディが、ひらひらと地面に落ちていきました】戯曲『ピーター・パン』の序文でバリーは「初め私たちはケンジントン公園でピーターを」弓矢で射落とす場面を考えていた、と書き、続けて「私たちは彼を殺したと信じていたような気がする……しかし自分たちの武勇に対する歓喜の発作がおさまってみると、私たちの中で心のやさしい者たちが悲しみ始め、警察のことも考え始めた」（ホリンデイル）と書いている。胸に当たっても人を殺さない矢が、人に恋心を芽生えさせる神キューピッドの矢を連想させることを、バリーが意識していたのは明らかだろう。

第6章
小さな家

ほかの迷い子たちが武器をもって木の穴から飛びだして来たとき、だまされたトゥートルズはウェンディのからだをまたいで勝利者のように立っていました。「きみたち、遅いよ」とトゥートルズが得意そうに叫びました。「ぼくがウェンディを撃ち落としたんだ。きっとピーターはほめてくれるだろうな」

上のほうでティンカーベルが「お馬鹿さん！」と叫んで、大急ぎでどこかへ飛んでいってしまいました。ほかの男の子たちにはその声は聞こえませんでした。みんなはウェンディのまわりに集まって見ていました。森はこわいほど静まりかえっています。もしウェンディの心臓が動いていたら、みんなにその音が聞こえたはずでした。

初めに口をひらいたのはスライトリーで、「これ、鳥じゃないよ」とおびえたような声でいいました。「これはきっと女の人だ」

「女の人？」と言ってトゥートルズは震えだしました。

「ぼくたち、この人を殺しちゃったんだ」とニブスがかすれた声で言いました。

男の子たちはいっせいに帽子をとりました。

「わかった。ピーターはこの人をぼくたちのところへ連れてきたんだ」とカーリーが言って、悲しそうに地面にからだを投げだしました。

「やっと、ぼくたちの世話をしてくれる人がみつかったんだよ」と、ふたごのひとりが言いました。「その人をきみは殺しちゃったんだ」

ほかの子たちはトゥートルズをかわいそうだと思いましたが、自分たちのほうがもっとかわいそうだと思ったので、トゥートルズが一歩みんなに近づくと、みんなは少し離れました。

トゥートルズの顔は真っ青でした。でもトゥートルズは今までのトゥートルズより立派でした。

「ぼくがやった」トゥートルズは考えながら言いました。「女の人が夢に出てくると、ぼくはいつも『きれいなお母さん、きれいなお母さん』と言ってた。それなのにやっと本当に女の人が来たら、矢を当てちゃったんだ」

トゥートルズはゆっくりと離れて行きます。

「行かないで」と男の子たちはかわいそうになって呼びかけました。

「ぼくは行かなくちゃ」トゥートルズは震えながら言いました。「ぼく、ピーターがこわいんだ」

みんなが悲しい気持ちになっていたちょうどそのときのことです。何かが聞こえてきて、迷い子たちはひとり残らず息がとまりそうになりました。それはカラスの鳴きまねをするピーターの声でした。

「ピーターだ！」みんなが叫びました。ピーターは、帰ってくるときにはいつもこの声で合図するのです。

「この人をかくそう」迷い子たちはささやいて、急いでウェンディのまわりに集まりました。でもトゥートルズだけは少し離れて立っています。

またカラスの声がひびきわたり、ピーターがみんなの前にポンと着地しました。

「やあ、みんな」と叫んだピーターに、男の子たちは簡単なあいさつをして、また黙ってしまいます。

ピーターは顔をしかめました。

「ぼく、帰ってきたんだよ」とピーターが怒ったように言いました。「どうしてきみたち喜ばないの？」

みんなは口をひらきましたが、喜びの声は出てきません。でもピーターはそれ以上あいさつのことは言いませんでした。すばらしいニュースを早く知らせたかったのです。

「すごいニュースがあるんだ」ピーターは叫びました。「とうとう、きみたちのお母さんを連れてきたよ」

それでも、誰も何も言いません。トゥートルズが地面にひざをつく、ドスンという音が聞こえただけです。

「その人を見なかったかい？」ピーターはわけがわからなくなってきて聞きました。「こっちへ飛んできたんだけど」

「ああ、なんてことだ！」と誰かが叫びました。「今日はなんて悲しい日なんだろう」とほかの誰かが言いました。

トゥートルズが立ちあがって静かに言いました。「ピーター、その人はここにいるよ」そして、まだウェンディを囲んで隠そうとしているほかの子に言いました。

「ふたごくんたち、下がって。ピーターに見せて」

みんなは後ろに下がって、ピーターに見えるようにしました。ピーターは少しのあいだそれを見ていましたが、次にどうすればいいかわかりませんでした。

「死んでる」ピーターは困ったように言いました。「死んだことをこわがってるかもしれないな」

ピーターはウェンディの死体から見えないところまでどこかおどけた動作で飛びのいて、[1]もうそこに近づかないことにしようかと考えました。ピーターがそうしていれば、ほかのみんなも喜んでまねをしたかもしれません。

でも矢がありました。ピーターはウェンディの胸から矢をぬいて仲間のほうを向きました。

「誰の矢だ?」ピーターはきびしい声でたずねます。

「ピーター、ぼくのです」トゥートルズがひざをついて答えました。

「卑怯《ひきょう》なやつめ」[2]ピーターは矢をふりあげて短剣のように使おうとしました。

トゥートルズは、ひるみませんでした。服の胸をはだけてきっぱりと言いました。

「ピーター、ぼくを刺して。ほら、ここを」

ピーターは矢を二回ふりあげましたが、二回とも手をおろしました。そして「刺せないよ。何かがぼくの手をおさえているんだ」と、おびえたように言いました。

男の子たちはみんなピーターを見ましたが、さいわいなことにニブスだけはウェ

1【おどけた動作で飛びのいて】ピーターの反応から、彼は性的魅力が理解できないのと同様に死も理解できないことがわかる。死んだように見えるウェンディへの反応からは、バリーが常に無邪気さと薄情さを一対のものと見ていることがわかる。ここでも、ピーターは周囲の人間に対する愛着がないことが示されているのだ。

2【卑怯なやつめ】ピーターと少年たちはやんちゃな悪ふざけをしているというよりむしろ、大げさな芝居じみた振る舞いをしているように見えることがある。大げさな言葉づかいは、少年時代のバリーが演劇やそれに類するものを愛していたことを思い出させる。少年バリーが、誇張された表現や芝居じみた行動によって他に表現しようのない感情を発散していたことは大いにあり得る。

ンディを見ました。

「この人」ニブスが叫びました。「このウェンディさんって人、この人の手を見て！」

驚いたことにウェンディが手をあげていました。ニブスはウェンディの上にかがみこんで、うやうやしく耳をすましました。そして「かわいそうなトゥートルズ、と言ってるみたい」とささやきました。

「生きてるんだ」[3]とピーターがきっぱり言いました。

そのとたん、スライトリーも叫びました。「ウェンディさんは生きてる」

それからピーターはウェンディの横にひざをついて、自分があげたドングリのボタンを見つけました。ウェンディがそのボタンを首に下げていた鎖につけたこと、みなさんは覚えていますよね。

「見ろよ。矢はこれにあたったんだ。これはぼくがあげたキスだよ。これがウェンディの命を助けたんだ」とピーターは言いました。

「ぼく、キスのこと覚えてるよ」スライトリーがすばやく口をはさみました。「ちょっと見せて。ああ、それはキスだ」

ピーターはスライトリーの言うことを聞いていませんでした。ウェンディに早くよくなってよ、そうしたら人魚を見せてあげるから、と頼んでいたのです。もちろん、ウェンディはまだ気を失っていましたから、答えることはできません。でもみんなの頭の上から悲しそうな声が聞こえてきました。

「ティンクの声を聞いてよ。ウェンディが生きてるからって泣いているんだ」とカーリーが言いました。


3【生きてるんだ】この生き返るシーンがあったことで、フックが毒を入れた薬を飲んだティンカーベルが生き返ることも予想できる。ごっこ遊びの世界であるネバーランドでは、妖精の存在を信じること（ティンカーベルの場合）や奇跡的な偶然（ピーターがウェンディに与えたボタンが矢をくいとめたこと）によって死んだと思われた者が生き返ることもあるのだ。

男の子たちはピーターに、ティンクの罪を話さないわけにはいきませんでした。ピーターがこれほどこわい顔をしたことは、今までにいちどもありませんでした。「ティンカーベル、よく聞け。ぼくはもうおまえの友だちじゃない。永久にぼくの前に顔を見せるな」とピーターは叫びました。

ティンカーベルはピーターの肩にとまって頼みましたが、ピーターは手ではらいのけました。でもウェンディがまた手をあげたので、少しかわいそうになって言いました。「永久じゃなくて一週間にしてやる。一週間ぼくの前に来るな」

手をあげてくれたウェンディに、ティンクが感謝したと思いますか？ とんでもない。ティンクは、このときほどウェンディをきつくつねりたいと思ったことはなかったのです。妖精というものは不思議なのです。誰より妖精のことをよく知っているピーターでさえ、腹がたってピシャリと頬をたたくこともよくありました。

それにしても、まだ具合のよくないウェンディをどうしたらいいのでしょう？

「下の家に運ぼう」とカーリーが提案しました。

「そうだね」とスライトリーが言います。「女の人にはそうするものだよ」

「だめだ、だめだ」ピーターが言いました。「その人に触っちゃいけないよ。そんなことをしたら失礼になる」

「そう、ぼくもそう思っていたんだ」とスライトリー。

「でもこのままここに寝かせておいたら、死んじゃうよ」とトゥートルズ。

「そうだね。死んじゃう」スライトリーが言います。「でも、どうしようもないよ」

「いや、あるぞ」ピーターが叫びました。「ウェンディのまわりに小さな家を建てよう[4]」

みんな大喜びです。「いそげ」とピーターが命令しました。「みんな、自分の家にあるいちばんいいものをもってくるんだ。ぼくらの家をからにするんだ。さっさとやるぞ」

あっという間に、みんなは結婚式の前の晩の仕立て屋ぐらい忙しくなりました。あっちこっち走りまわって、寝床に使うふとんやら何やらをとりに地下の家に行ったり、たき木をとりにあがって来たり、みんながドタバタしているところへ来たのが、なんとジョンとマイケルでした。足をひきずって歩きながら立ったまま眠り、目をさまして一歩進み、また眠りながら、ここまで来たのです。

「ジョン、ジョン」とマイケルは叫んだものです。「起きてよ！　ナナはどこにいるの、ジョン？　お母さんは？」

ジョンは目をこすりながら、つぶやいたものです。「ぼくたち、本当に飛んだんだ」

こんなふたりがピーターを見つけてどんなにほっとしたか、みなさんにもわかるでしょう。

「やあ、ピーター」ふたりは言いました。

「やあ」とピーターはいかにも友だちらしく言いましたが、じつはふたりのことはすっかり忘れていました。そのときピーターは、ウェンディの家の大きさをどれくらいにするか決めるために、ウェンディのからだがピーターが歩いて何歩ぐらいの大きさかを計っていて、とても忙しかったのです。もちろん家にはウェンディのからだけでなく、椅子とテーブルを置く場所も作るつもりでした。ジョンとマイケ

4【ウェンディのまわりに小さな家を建てよう】『ケンジントン公園のピーター・パン』では、妖精たちがメイミー・マナリングのまわりに小さな家を建てる。「家はちょうど、メイミーと同じ大きさの、かわいいものになりました。眠っているメイミーが片手をのばしました。妖精たちはしばらく困っていましたが、その手のまわりに、新しく玄関のドアにつながるベランダを作りました。窓は色のついた絵本の大きさで、ドアはもう少し小さいくらいでしたが、外に出るときは屋根をはずせば楽に出られます。妖精たちはいつものように自分たちの仕事に満足して手をたたきました。この小さな家がとても気に入ったので、もうできあがりだとなると残念でたまらなくなりました。だからちょっと手をくわえ、それからまた、もうちょっと手をくわえることを何度も繰り返しました」この「小さな家」のモデルはキリミュアにあったバリーの生家のとなりにあった小さな洗濯小屋だった。この

ルはそんなピーターをじっと見ました。

「ウェンディは寝てるの？」ふたりが聞きました。

「そうだよ」

「ジョン、ウェンディを起こして晩ごはんを作ってもらおうよ」とマイケルが言いました。でもマイケルがそう言っているうちに、何人かの男の子たちが家を作るための木の枝をもって駆けてきます。「あの子たちを見て！」とマイケルが叫びました。

「カーリー」ピーターがいかにも隊長らしい声で言いました。「このふたりにも家を建てるのを手伝わせるんだ」

「アイ、アイ、サー」

「家を建てるだって？」ジョンが叫びました。

「ウェンディの家だよ」とカーリーが言います。

「ウェンディの家？」ジョンがびっくりして言いました。「だって、ウェンディはただの女の子だよ！」

「だから、ぼくたちはウェンディの召使いなんだよ」とカーリーが説明しました。

「きみたちが？　ウェンディの召使いだって！」

「そうさ」ピーターが言いました。「きみたちもね。さあ、みんなと一緒に行くんだ」

ふたりは驚いたまま、木を倒したり、切ったり運んだりするために引っぱられていきました。「椅子と暖炉の囲いが先だ[5]」とピーターが命令します。「それから、そのまわりに家を建てるんだ」


洗濯小屋は七歳のバリーが「ごっこ遊び」をする格好の舞台だった。

5【椅子と暖炉の囲いが先だ】暖炉の囲いというのは、暖炉から石炭や薪がでてこないように暖炉の前にはめる金属製の枠のこと。

「そう」とスライトリーが言いました。「家はそうやって建てるものだ。ぼく、すっかり思い出したよ」

ピーターはほかのことも思いついて「スライトリー、医者を連れてこい」[6]と叫びました。

「アイ、アイ」スライトリーはすぐにそう言うと、頭をかきながら歩いていきました。でもピーターの命令は絶対だということをスライトリーは知っていました。だからすぐに、ジョンの帽子をかぶり、もったいぶったふりをして戻ってきました。

「あのう、失礼ですが」ピーターが近づいてきて言います。「あなたはお医者さんですか？」

こういうときのピーターとほかの子たちとの違いは、ほかの子はこれがごっこ遊びだと知っているのに、ピーターにとってはごっこ遊びも本当のことも同じだ[7]ということでした。そのせいで、ときどき困ることもあります。例えば晩ごはんを食べるふりをしなければならないこともあるのです。

もし男の子たちがごっこ遊びをうまくやらないと、ピーターはみんなの指間節をコツンとたたきました。

「そうですよ、坊ちゃん」指間節にピーターにたたかれたあとがあるスライトリーが心配そうに答えます。

「お願いします、先生」ピーターが説明します。「女の人がとても重い病気で寝ているんです」

ウェンディはふたりのすぐ足もとで寝ていましたが、スライトリーは見えないふ

6【医者を連れてこい】この場面は劇の初演にはなかった。おそらくシーモア・ヒックスの子ども向けの劇『妖精の国のブルーベル［Bluebell in Fairyland］』の一場面からヒントを得たものと思われる。

7【ピーターにとってはごっこ遊びも本当のことも同じだ】ごっこ遊びと現実の区別ができない点は、ピーターとほかの少年たちとの決定的な違いだ。けっきょくのところピーターは大人にならない少年であり、空想と現実の違いを知ることは大人になるための決定的な一歩なのだ。

りをしました。

「チッ、チッ、チッ」スライトリーが小さく舌をならして「その人はどこで寝ているのですか」と聞きました。

「あそこの空地です」

「口にガラスの棒を入れてみましょう」スライトリーはそう言って、ガラスの棒を口に入れるふりをしました。ピーターは待っています。ガラスの棒をぬいたときは心配そうにします。

「どうですか?」ピーターがたずねます。

「チッ、チッ、チッ」スライトリーが言います。「これでなおりましたよ」

「ああよかった!」とピーターは叫びました。

「夕方また来ます」スライトリーは言いました。「飲み口のついたカップでビーフティー[8]を飲ませてあげてください」でも帽子をジョンに返したあと、スライトリーは大きなためいきをつきました。これが難しいことをやりとげたときの、スライトリーの癖なのです。

そのあいだずっと、森の中は斧の音でにぎやかでした。居心地のいい家に必要なものは、もうほとんど全部ウェンディの足もとに置いてありました。

「この人がどんな家が好きかわかったらいいのにね」と、ひとりの子が言いました。

「ピーターこの人、眠りながら動いてるよ」と、もうひとりが言いました。

「口をあけたよ」と三人めの子が、うやうやしく口の中をのぞきこみながら叫びました。「なんてきれいなんだろう!」


8【ビーフティー】牛の骨や身を煮こんで作るスープのことで、病人や老人の栄養補給によく用いられた。今も「ボヴリル［Bovril］」の商品名で［訳注＝濃縮したものや固形のキューブが］販売されており、悪寒を感じるときなどに飲むとよいとされている。

「きっと眠りながら歌おうとしてるんだ」とピーターが言いました。「ウェンディ、きみがほしいと思う家のことを歌ってよ」
そのとたん、ウェンディは目を閉じたまま歌いはじめました。

「わたしに、かわいい家があったらいいのに[9]
見たこともないくらい小さくて
へんてこで小さな赤い壁と
コケが生えて緑の屋根がある家」

みんなは嬉しくて、喉をゴロゴロ鳴らしました。運のいいことに、もってきた枝はどれも赤い樹液がついていて、地面にはみどり色のコケがびっしり生えていたからです。バタバタと小さい家をくみたてながら、男の子たちも歌いはじめました。

「ぼくたちは、小さな壁と屋根を作ったよ
かわいいドアも作ったよ
だからおしえて、ウェンディお母さん
ほかにほしいものは何?」

ウェンディの答は少し欲ばりでした。

9【わたしに、かわいい家があったらいいのに】バリーは舞台上にウェンディの家を組み立てる時間をかせぐためにこの歌を挿入した。この歌の完全版は、ジョン・クルックが舞台用に作曲し、一九〇五年にW・パクソン社が発売したレコードに収録されている。この歌の出だしは当初"I wish I had a darling house"だったが、リハーサルのさいにバリーが"darling"をやめて"pretty"にした。クルックは『ピーター・パン』が初演されたヨーク公劇場のオーケストラの指揮者で作曲家だった。

「ああ、次にわたしがほしいのは
　ぐるりとめぐらせた窓
　外からバラがのぞく窓
　中から赤ちゃんがのぞく窓」

男の子たちはげんこつで壁をドンとつきやぶって窓を作り、大きな黄色い葉っぱでブラインドを作りました。でもバラは――？

「バラだ」とピーターはこわい声で言いました。

みんな大急ぎで、きれいなバラを壁につたわせるふりをしました。

赤ちゃんは？

ピーターが赤ちゃんを連れて来いと命令しないように、男の子たちはまた歌いはじめました。

「バラは壁につたわせた
　赤ちゃんはドアのところ
　ぼくらは赤ちゃんにはなれないよ
　だってぼくらは、もう大きくなっちゃったから」

ピーターはいい考えだと思って、すぐにそれは自分が考えたんだというふりをしました。家はとてもきれいにできました。中にいるウェンディも、とても居心地がよさそうです。もちろん、もうみんなには家の中のウェンディを見ることはできませんでしたが。ピーターは家の横を大またで行ったり来たりしながら、あちこちにちょっと手を入れるように命令しました。どんな小さなことも、ピーターのワシのように鋭い目を逃がれることはできません。もう完全にできたと思っても、

「ドアをたたくノッカーがついてないぞ」と言います。

みんなはしまったと思いましたが、トゥートルズが自分の靴の底をさしだすと、それが立派なドアたたきになりました。

ついに完成だ、とみんなは思いました。

ところがどっこい。「煙突がない」とピーターが言いました。「煙突がなくちゃだめだ」

「たしかに煙突はなくちゃね」とジョンが偉そうに言いました。それを聞いてピーターがいいことを思いつきました。そしてジョンの頭から帽子をさっと取ってげんこつで底をぬき、その帽子を屋根の上に置きました。[10] 小さな家はすてきな煙突がついて大喜びです。まるで「ありがとう」と言っているように、すぐに帽子から煙が出てきました。

さあ、これで本当にできあがりです。あとはドアをノックするだけです。

「さあみんな、身だしなみに気をつけろ」とピーターが注意しました。「第一印象はとても大切だからな」

誰も第一印象ってなんのこと、と聞かなかったのでピーターはほっとしていました。みんな自分の身だしなみをきちんとするのに一生懸命だったのです。

10【その帽子を屋根の上に置きました】作るふりをする過程で、家の基礎や建築用のブロックはすでにできたことになっている。バラと赤ん坊は空想で作りだした。家を作る行為は靴底のノッカーや帽子の煙突もふくめ、全員による即興芝居のようなものになっている。語り手が述べているように、ネバーランドではごっこ遊びが現実になる。だが空想が物質的な形をとるためには、それなりのごっこ遊びをする必要があるのだ。

ピーターがうやうやしくドアをたたきました。森も子どもたちもしんと静まりかえって、聞こえるのは、木の枝にとまってみんなを見ているティンカーベルが馬鹿にするように笑う声だけでした。

男の子たちは、ノックにこたえて誰か出てくるのかな、と思いながらじっと見ています。もし女の人なら、どんな人だろう？

ドアがあいて女の人が出てきました。ウェンディです。みんなさっと帽子をとりました。

ウェンディはちょうどいい具合に驚いた顔をしました。みんながきっとこうだと思っていたとおりの顔でした。

「ここはどこ？」ウェンディが言いました。

真っ先に口を出したのは、もちろんスライトリーで「ウェンディさん、あなたのためにぼくたちがこの家を建てました」と、急いで言いました。

「お願いです。どうか気に入ったと言ってください」ニブスが叫びました。

「きれいな、かわいい家」とウェンディが言いました。[11] それはみんなが言ってほしいと思っていたとおりの言葉でした。

「ぼくたちはあなたの子どもです」とふたごが叫びました。

そしてみんなはひざをつき、両手をさしだして叫びました。「ウェンディさん、ぼくたちのお母さんになってください」

「わたしが？」ウェンディがぱっと顔を輝かせて言いました。「もちろん、とてもすてきなことだと思うけど、でもほら、わたしはまだ子どもでしょ。お母さんになっ

11【きれいな、かわいい家】ウェンディが言った「かわいい［darling］」（前に記したように歌からは省かれたが、このせりふで復活した）は同じ発音のウェンディの家族「ダーリング家」を思い出させ、ウェンディの存在によってネバーランドの少年たちにも家庭的な環境が生まれたことを感じさせる。そして、彼女は急速に迷い子たちの母親らしくなる。

12【お母さんになったことがないのよ】まだ少女のウェンディが母親になるべく選ばれている。『マーガレット・オグルヴィ』によれば、バリーの母マーガレットは少女のころに母をなくし、早くから母親がわりを務めていた。「母親が亡くなり、一家の主婦役と幼い弟の母親がわりを務めるようになったのは、彼女が八歳のときだった。そのときから彼女は磨き、修理し、パンを焼

たことがないのよ」[12]

「それは大したことじゃないよ」ピーターが、まるで自分だけは何でも知っているという顔をして言いました。本当はいちばん何も知らないくせにね。「ぼくたちがほしいのは、やさしくてお母さんらしい人なんだ」

「まあ！」ウェンディが言いました。「それならわたしがぴったりだわ」

「そうですとも」子どもたちみんなが言います。「ぼくたちにはすぐわかりましたよ」

「いいわ」ウェンディは言いました。「わたし、一生懸命やってみるわね。さあさあ、いたずら坊やたち[13]、早く家に入りなさい。どうせ足をぬらしているんでしょ。みんながベッドに入る前に、ちょうどシンデレラのお話を最後までしてあげる時間があるわ」

みんな中へ入りました。どうしてそんな場所があったのかわかりませんが、ネバーランドではせまいところでもちゃんとみんな入れるのです。これが、子どもたちとウェンディが一緒に過ごしたたくさんの楽しい夕べの最初でした。やがてウェンディは子どもたちを木の下の家の大きなベッドに入らせて寝かしつけ、自分は小さな家で眠りました。ピーターは剣をぬいて持ち、家の外で見張りに立ちました。遠くで海賊たちが大酒を飲んで騒ぐ声が聞こえ、オオカミたちもうろついていたからです。暗やみの中、小さな家はとても居心地がよさそうで安全に見えます。窓のブラインドごしに明るい光が見え、煙突からは温かそうな煙がのぼり、ピーターが外で見張っていました。そのうちピーターも眠ってしまいました。お祭り騒ぎをし

き、縫い物をし、わずかな肉と骨のことで肉屋と言い合いをし……水汲み場から水を運んで洗濯し、アイロンをかけ、少し時間があいたときにつくろうために、いつもワイヤーにストッキングをかけておいた」（『マーガレット・オグルヴィ』）。縫い物をはじめ家事の数々をここに網羅したことは、バリーの母に対する敬意の現れだろう。バリーは彼のどの作品にも母の面影が見られることを率直に認めていた。ウェンディもまた、七人の迷い子たちの世話をする「白雪姫」的な存在になったと見ることができる。

13【いたずら坊やたち】母親役を引きうけたとたん、ウェンディはしかる人となり、お話をする人になって、子どもたちを家の中に入りなさいとせきたて、おとぎ話をしてあげると約束する。彼女はダーリング夫人が務めていた母親役に難なくはまりこみ、この章の終わりまでに早くも家庭的な秩序が確立される。

た帰りで、少し足がフラフラしている妖精たちが、ピーターのからだをよじのぼって通っていきました。ほかの男の子だったら、夜中に妖精の通り道を邪魔したらひどい悪さをされるところですが[14]、ピーターだったので妖精たちもちょっと鼻をつまむぐらいで行ってしまいました。

14【ひどい悪さをされるところです】劇の舞台では、妖精たちがピーターの鼻をつまんだあと、観客はある発見をする。「あ、妖精たちはピーターに触れるんだ」ということである。

第７章
地下の家

次の日になってピーターが最初にしたことのひとつは、ウェンディとジョンとマイケルのからだの寸法をはかって、木の穴の大きさとくらべることでした。みなさんも覚えていると思いますが、フックは前に男の子たちがひとつの部屋にひとつずつ木の穴の入り口を作ったといって笑いましたね。でも笑ったのはフックがものを知らないからです。木の穴とそこを通る男の子のからだの大きさがうまく合わないと、上ったり下りたりするのが難しいのです。そして男の子たちのからだの大きさはひとりひとり違います。うまく大きさが合ってしまえば、下りるときはいちばん上で息をつめます。するとちょうどいいスピードでするすると下りていけます。上がるときは息の吸ったりはいたりを繰り返せば、くねくねと進んでいけます。もちろんいったんやりかたを覚えれば、何も考えなくてもちゃんとできるようになりますし、これほどうまいやりかたはほかにないでしょう。

とにかくあなたのからだの大きさがぴったり合わなければだめなのです。[1]ピーターは服を買うために寸法をはかるときと同じくらいていねいに、あなたのからだの寸法をはかります。ひとつだけ違うのは、服の場合は服をあなたに合わせて作り

1【あなたのからだの大きさがぴったり合わなければだめなのです】この語り手の口調は、物語とはそもそも語って聞かせるものだったことを思い出させる。ここで——ほかのところでも同様だが——「あなた」に語りかけることで、大人がひとりまたは何人かの子どもに、どうやって木とその子のからだを合わせるか説明しているようなイメージを想起させているのだ。

ますが、木の場合はあなたを木に合わせなければならないことです。たいていは簡単にそれができます。たくさん服を着たり、少なく着たりすればいいのです。でもからだのどこかが出っぱっていたり、使えそうな木が変な形をしていたりするとピーターがあなたに何かします。そうすると、うまくいくようになるのです。いったん木と大きさが合ったら、いつまでもそのままでいられるようにじゅうぶん気をつけていなければなりません。ウェンディはあとでそれを知って喜ぶのですが、いつも気をつけているおかげで、家族はみんな健康でいられるのでした。

ウェンディとマイケルは一回でそれぞれぴったり合う木が見つかりましたが、ジョンは少し合わないところを直す必要がありました。

二、三日練習すると、三人はまるで井戸の水をくむ桶《おけ》のように、楽しそうに上がったり下がったりできるようになりました。今では、三人はこの地下の家にすっかり夢中になっています。特にウェンディがそうでした。この家はひとつの大きな部屋でできていました——本当はどの家もそうだといいのですが。魚つりがしたければ床に穴をほればいいのです。床にはきれいな色の大きなキノコが生えていて[2]、椅子のように上に座ることができます。一本のネバーの木が部屋の真ん中に生えようとしていますが[3]、子どもたちが毎朝生えてきた木をのこぎりで床ぎりぎりまで切ってしまいます。お茶の時間ごろにはひざの高さぐらいまでのびていて、上にドアをのせるとテーブルになります。お茶がすめばドアをもとに戻して、木はまた切ってしまうのです。そうすれば、遊ぶ場所が広くなります。とても大きな暖炉が、ほとんど部屋のどこにでも、火をつけたいと思うところにちゃんとあります。そしてこの

2【大きなキノコが生えていて】ヴィクトリア時代のイギリスでは、妖精は食べられるキノコや毒キノコと結びつけられることが多かった。アーサー・ラッカムやリチャード・ダッドなど多くの画家が妖精とキノコを組み合わせた絵を描いている。例えば毒キノコのまわりで妖精が輪になって踊る場面やまるく並んだキノコをステージにして妖精たちが踊る場面などがある。

3【一本のネバーの木が部屋の真ん中に生えようとしています】木は個人とも結びつき（少年たちはひとりひとりが自分の木をもっている）、島の景色の一部でもあるが、宇宙的な意味ももっている。多くの神話体系において、世界樹が世界の「へそ」——すなわち中心、世界の軸（アクシス・ムンディ）——にある根からのびている。ノルウェーの神話では世界樹はユグドラシルと呼ばれる巨大なトネリコの木で、いくつもの世界を統一する生命のみなもととされている。

暖炉の前にウェンディは草を編んで作った紐をかけて洗濯物を干しました。ベッドは昼のあいだは壁に立てかけ、六時半に下ろします。そうすると部屋の半分はいっぱいになりました。マイケル以外の男の子たちはその中で、缶詰のイワシみたいに並んで眠りました。寝返りは、誰かが合図したらいっせいにするのが決まりでした。マイケルもそのベッドで寝るはずでしたが、ウェンディは赤ちゃんがほしいと思い、マイケルがいちばん小さかったので、まあ女の人によくあるわがままですが、マイケルが赤ちゃんにされ、つるしたかごの中で寝ることになったのでした。

それはぞんざいに作った飾りけのない部屋で、親とはぐれた子グマが地下に作る巣穴と大した違いはありません。ただ子どもたちの部屋の壁には鳥かごぐらいの大きさのへこんだところがあって、そこがティンカーベルのための家になっていました。部屋のほかの部分からは小さなカーテンでしきることができ、とても気難しいティンクは、服をぬいだり着たりするときは必ずカーテンをしめるのでした。どんな女の人も、どんな大きさの人でも、居間と寝室がひとつになったこれほど立派な家に住むことはできなかったでしょう。ティンクが気取って寝椅子と呼んでいるベッドは、本物のマブの女王[4]時代のもので、独特の形をした脚がついていました。ベッドカバーはどんなくだものの花がさく季節かによって変わりました。鏡は「長ぐつをはいた猫」スタイルで、この種類の鏡で傷のないものは今では妖精の国の道具屋にも三つしかありません。洗面台はパイ皮で、裏返しても使えます。引き出しのついたタンスはチャーミング六世時代の本物で、じゅうたんや小さい敷物はマージェリー・アンド・ロビン時代の一級品（古いもの）でした。見たところティドリー

4【マブの女王】ヨーロッパの伝説に出てくる妖精の女王で、人間に夢を見させると言われている。いたずら好きとしても知られ、生まれたばかりの赤ん坊を入れかえることもある。『ロメオとジュリエット』の中でロメオの友人マーキューシオはマブの女王を「妖精の夢の産婆役」と言い、「彼女は瑪瑙石ぐらいの大きさしかない姿で現れる」と語っている。ここに出てくる他の家具も同じように○○時代のというあやしげな名前がつけられているが、ロンドンでバリーが見かける骨董屋のもったいぶった様子を皮肉る気持ちもあったのだろう。

ウィンクス時代のものらしいシャンデリアもひとつありましたが、ティンクはもちろん自分の光で住まいを照らしていました。ティンクは地下の家の中の自分の住まいでないところは軽蔑しきっていましたが、それもしかたのないことでしょう。ただ、たしかにティンクの部屋はとてもきれいですが、いつも鼻をツンと上に向けたようなうぬぼれた感じがするのでした。

ここでの生活は、特にウェンディにとってはうっとりするようなものだったでしょう。ウェンディの子どもになった男の子たちはとてもやんちゃで[5]、とても手がかかったからです。じっさいに、夕方に靴下をつくろうときのほかは地面の上に何週間も上がらないこともありました。料理はと言えば、ウェンディは一日中お鍋に鼻をつっこんでいるありさまでした。子どもたちの食べ物はパンの実のあぶり焼き[6]、山イモ、ココナツ、ブタの丸焼き、マミーの実、木の薄い皮を巻いたタッパロール、バナナなどで、木の実のおわんに入れたポウポウと一緒に口に流しこむのです。でも本当の食べ物を食べるのか食べるふりをするだけなのかは、ピーターの気分しだいでした。ピーターはそれが遊びの中なら、本当にものを食べることができるのです。でもおなかをいっぱいにするためだけに食べる[7]ことはできませんでした。でもたいていの子どもは、何よりおなかをいっぱいにするために食べることがいちばん好きです。次に好きなのは、おなかをいっぱいにすることについて話すことでした。ピーターにとってはふりをすることと本当にそうすることは同じでした[8]から、ピーターが食べるふりをすると本当に太るのが、見ていてわかるのでした。もちろんこれはつらいことでした。でもピーターの言うことにはさからえないのです。それに

5【やんちゃ】原文にはrampagiousとあるが、rampageousのこと。名詞rampageからできた形容詞で「乱暴に暴れまわる」という意味。

6【パンの実のあぶり焼き】マミーの実は熱帯南米産のマミーの木の実で、マンゴスチンに似ている。タッパはポリネシアでクワの樹皮から作る紙で、食べることはできない。木の実のカラに入れたポウポウはハワイのポイ（タロイモを蒸してすりつぶしたもの）が入ったヒョウタンのこと。こうした異国風の食べ物は想定されるネバーランドの位置とは合致せず、ピーターが熱帯の島に住んでいると思わせるものだ。

7【おなかをいっぱいにするためだけに食べる】原文のstodgeはがつがつ食べること、stodgyはおなかがいっぱいなこと。

8【ピーターにとってはふりをすることと本当にそうすることは同じでした】バリーの個人的な秘

自分の木がゆるくなるほどやせたことが証明できれば、たっぷり食べさせてもらえました。

ウェンディが楽しく縫いものをしたり繕いものをしたりするのは、子どもたちがみんなベッドに入ったあとでした。ウェンディの言葉どおりに言えば、そのときやっと一息つけるのだそうです。この時間にウェンディは着るものを新しく作ってやったり、ズボンのひざにつぎを当てたりします。男の子は誰でもズボンのひざをよく破くものですからね。

かかとというかかとに全部穴があいた子どもたちの靴下が入ったかごの前に座っているときなど、ウェンディは両手をあげて「やれやれ、ときどき結婚していない人がうらやましくなるわ！[9]」と叫んだものです。

そう叫びながら、ウェンディの顔は嬉しそうに輝いていました。

みなさんは、ウェンディが親に捨てられたオオカミの子をかわいがっていたことを覚えているでしょう。そのオオカミはウェンディがネバーランドに来たことを知って、会いにきました。そしてそのオオカミとウェンディは駆けよって抱きあったのでした。それからいつも、オオカミはウェンディのあとをついて歩いています。

時がたつにつれてウェンディは残してきた大好きな両親のことをいろいろ心配したでしょうか？　これは難しい質問です。ネバーランドで時がどのようにたつかを説明するのは難しいのです。日の出と月の出で数えるのですが、ここには元いた世界より日の出や月の出がたくさんありますから。でも、こんなことを言うのは心苦しいですが、じつはウェンディはお父さんとお母さんのことをそれほど心配しませ

書として他の誰よりも長い時間を彼の家でともに過ごしたシンシア・アスキスは、彼女の雇い主は「空想と現実の間にある魅惑的な境界地帯のようなところ」をさまよっていたと語り「彼にとってこのふたつの領域の境界線はいつも明確ではなかった。ある時、彼が自分の過去に起こったらしい出来事について語った直後に、いかにも困惑したような、むしろ心配そうといってもいいような表情を浮かべたことがある。そして『今となっては本当に起こったことなのかどうかよく思い出せない』とせつなそうに語った」と書いている。

9【やれやれ、ときどき結婚していない人がうらやましくなるわ！】ウェンディは自分の母親の言葉をそのまませりふのようにまねることで、母親になったつもりでいる。

んでした。ウェンディは、子どもたちがいつ空を飛んで帰っても家に入れるように、両親は子ども部屋の窓をいつもあけておいてくれると信じきっていましたから、安心していたのです。ときどきウェンディを心配させたのは、ジョンが両親のことをあまりよく覚えていなくて、前に知っていた人だとしか思っていないらしいことでした。マイケルはといえば、ウェンディが本当のお母さんだとすっかり思いこんでいるようです。そんなふたりを見ると、ウェンディも少し心が痛むのでした。それで、誰にも命令されたわけではありませんが、前の生活についてのテスト問題を作って、ふたりがそれを忘れないようにしようと決めたのです。問題はできるだけ前の学校でやっていたテストに似せて作りました。ほかの子たちはとても面白そうだと思って、どうしても一緒にやりたいと言いました。自分たちで石版を作り、テーブルのまわりに座って、ウェンディが別の石版に書いてまわす問題を一生懸命考えて、答を書こうとしました。問題は例えば――「お母さんの目の色は何色でしたか？お父さんとお母さんのどちらのほうが背が高かったですか？　お母さんの髪の毛は金髪でしたか、栗《くり》色でしたか？　できればこの質問にすべて答えなさい」とか「(A)この前のお休みをどう過ごしたか、または、お父さんとお母さんの性格の違いについて、のふたつのうちのどちらかひとつについて、四〇語以上の作文を書きなさい」とか「(一)お母さんの笑いかたを説明しなさい。(二)お父さんの笑いかたを説明しなさい。(三)お母さんのパーティードレスについて書きなさい。(四)犬小屋とその中に住んでいたものについて書きなさい」というような、ありふれたものでした。

なんでもないような問題ばかりでしたが、答がわからなければ×を書いておくことになっていました。ところが驚いたことに、ジョンでさえいくつも×を書いたのです。すべての問題に答を書いたのはもちろんスライトリーだけで、スライトリーは自分がいちばんいい点をもらえると思っていました。でもスライトリーの答は全部でたらめで、成績はビリでした。かわいそうにね。

ピーターはテストを受けませんでした。ウェンディ以外のお母さんは全部、馬鹿にしていたこともあります[10]が、もうひとつの理由は、島の男の子の中でピーターだけが、どんなに短い言葉でも読むことも書くこともできなかったからでした[11]。ピーターにとっては、そんなことはどうでもよかったのです。

ところで、テストの問題はすべて「お母さんの目の色は何色でしたか」のように過去の形で書かれていましたね。つまりウェンディも、忘れかけていたということです。

もちろん冒険は、これからわかるように、毎日ありました。でもちょうどこのころ、ピーターはウェンディの助けをかりて新しい遊びを考えだしていて、すっかりそれに夢中だったのです。まあこの遊びも、前にも言ったとおり、いつもと同じでしばらくすればあきてしまったのですが。それでこの遊びがどんなものだったかというと、ジョンとマイケルがこれまでずっとやってきた何でもないこと、例えば椅子に座ってボールを空中に投げあげるとか、押しあいっこするとか、散歩に行って灰色グマの一匹も殺さずに帰ってくるとかして、とにかく何も冒険をしないでおく、というものでした。椅子に座って何もしないでいるピーターを見るというのは、な

10【ウェンディ以外のお母さんは全部、馬鹿にしていた】語り手は「お母さん」と「軽蔑する」のふたつの言葉を驚くほど頻繁にひとつの文の中で一緒に使っている。後に語り手は、母親は常に緩衝剤（調停役）の役割を務めようとするが、子どもはそのせいで母親に腹をたてるのだと言う。そしてこの小説の終わり近くで、語り手は唐突にダーリング夫人について「この人にはちゃんとわかってもらえない」と非難する。

11【島の男の子の中でピーターだけが読むことも書くこともできなかった】ピーターはいっさい教育を受けていないのだから、大人にならない少年であるだけでなく、何も読まない少年でもある。読み書きができないことが、彼の記憶力の欠如や現在以外の過去や未来について考えることができないことと関係があるのかもしれない。教育の重要性を理解している家庭や社会環境で育ったバリーは、この

かなか面白いものでした。そんなときピーターは、もったいぶったふりをしないではいられません。じっと座っているだけというのも、ピーターにとってはこっけいなことでした。健康のために散歩してきたと言って自慢もしました。太陽が何回か昇るあいだは、ピーターにとってこれが冒険でした。ジョンとマイケルもこれが面白いふりをしなければなりませんでした。そうしないとピーターにひどいことをされそうだったからです。

ピーターはよくひとりで出かけました。帰ってきたときには、ピーターが冒険をしてきたのかどうか誰にもわかりません。冒険をしたことをすっかり忘れてしまって何も言わないのかもしれません。そしてあなたが出かけていくと、そこに死体があるのです。そうかと思えば、とてもくわしく話をすることもあります。でも死体はどこにもありません。ピーターが頭に包帯をして帰ってくることもあります。ウェンディがやさしく話しかけながらぬるま湯で傷を洗ってやっているときに、ピーターが目もくらむようなすごい話をすることもあります。でも、ウェンディにはそれが本当のことかどうかよくわからなかったのです。でもウェンディにも本当にあったことだとわかる話もあります。それはウェンディもその場にいたからです。ほかの子が一緒にいて、何から何まで本当だと言うから、たぶん半分ぐらいは本当だろうと思える話もありました。そんな冒険の話を全部書こうと思ったら、ラテン語の辞典ぐらい大きな本になってしまうでしょう。わたしたちにできるのは、せいぜい島のごくありふれた一時間のあいだに起きたことを、見本としてひとつお話しすることでしょう。難しいのは、どの出来事を選ぶかです。スライトリー峡谷

挿話を入れることでピーターがいかに文化からかけ離れたところにいるか、いかに自然に近いところにいるかを明確に示したかったのかもしれない。もちろん学校も、ネバーランドとは相対するものだ。

でのインディアンとのちょっとした争いにしましょうか？　それは血みどろの冒険でした。そしてピーターの変な癖のひとつ、つまり戦いのさいちゅうに突然「敵」の仲間になってしまうという癖がよくわかる点で、特に面白い冒険でした。その峡谷では、こっちが優勢になったかと思えばあっちが優勢になるという具合でなかなか勝ち負けが決まらなかったのですが、ピーターが突然「ぼくは今日はインディアンになる。きみはどうする、トゥートルズ？」と叫んだのです。トゥートルズは「ぼくはインディアンだ。ニブス、きみは？」と言いました。するとニブスは「インディアンだ、ふたご、きみたちは？」と、こんなふうに続いたわけです。とうとうみんなインディアンになって、もちろんそうなれば戦いは終わるはずでした。ピーターの考えが気に入ったインディアンたちが、今だけ自分たちは迷い子になると言いださなければ、です。でもインディアンたちは迷い子になったので、戦いは前よりいっそう激しくなりました。

この冒険の結末が特別だったのは――そうそう、この冒険の話をするとはまだ決めていませんでしたね[12]。それよりインディアンが地下の家を攻撃してきた夜の話のほうがいいかもしれません。あのときは何人かのインディアンが木の穴にひっかかって動けなくなってしまい、コルク栓のように引っぱりだされたのでした。それともピーターが人魚の入り江でタイガー・リリーの命を救い、それがきっかけでリリーがピーターの味方になった話をしたほうがいいでしょうか。

海賊が男の子たちに食べさせて殺すために作ったケーキの話をしてもいいですね。あのときは海賊たちがいろいろ工夫してあっちに置いたりこっちに置いたりし

12【まだ決めていませんでしたね】語り手は物語の進行には多くの選択肢があり、すべてが暫定的で先のことは決まっていないと読者に思わせる、物語上の余白を提供している。ピーターと同様に語り手にも、何を言い出すかわからない気まぐれなところがあり、決まりきった先行きは好まないというわけだ。

たのですが、いつもウェンディが子どもたちの手からさっと取りあげてしまい、そのうちにケーキはひからびてカチカチになりました。それで飛び道具がわりに使われましたが、暗やみでフックがそれにつまずいてころんでしまったのですよ。

それともピーターの友だちの鳥たち、中でもサンゴ礁に囲まれた入り江に張りだした木の枝に巣を作ったネバー鳥の話がいいでしょうか。巣が水に落ちてもネバー鳥は卵の上に座っていたので、ピーターがそっとしておいてやるように命令を出したという話です。これはいい話ですし、鳥がどれほど人から受けた恩に感謝するかがよくわかる話です。でもその話をするとなると、入り江での冒険の話も全部しなければなりません。そうするとひとつの冒険ではなくてふたつの冒険の話になってしまいます。もっと短いけれどドキドキする話なら、ティンカーベルが浮浪者の妖精に手伝わせて眠っているウェンディを水に浮かんだ大きな葉にのせて本土へ行かせてしまおうとした事件もあります。さいわいなことにその葉が沈み、ウェンディは目をさまして、おふろの時間だわと思って泳いで帰ってきました。ピーターがライオンに挑戦したときの話もあります。ピーターは自分のまわりの地面に矢で輪をかいて[13]、ライオンたちに越えられるものなら越えてみろと言ったのです。ピーターもほかの子たちもウェンディも木の上から今か今かと何時間も息をのんでじっと待っていましたが、ピーターの挑戦にこたえたライオンは一頭もありませんでした。

この中のどの冒険を選べばいいでしょう？　コインを投げて決めるのがいちばんいいかもしれません。

さあ、コインを投げましたよ。サンゴ礁の入り江の冒険の勝ちです。そう決まっ

13【自分のまわりの地面に矢で輪をかいて】武器で自分のまわりに他を除外する輪をかく行為は、この先フックも行う。フックは「鉄の鉤」で「自分のまわりを囲む死の海を作っていました。男の子たちはおびえた魚のようにその輪から逃げ」たのである。またピーター・パンとフックの最後の対決は、少年たちがふたりのまわりに「輪」をつくった中で行われた。こうしたことからも、小説中のエピソードが、少年たちの冒険ごっこや舞台版の効果に加わった大げさな動作や設定などにもヒントを得ていることがわかる。

てしまうと、峡谷の冒険やケーキの話やティンクの葉っぱの悪だくみについて聞きたいような気がしてきますね。もちろんもういちどコインを投げて、その三つの中からいちばんを決めることもできます。でもやっぱり、入り江の話をするのがいちばん公平でしょうね。

第8章 人魚の入り江

ちょっと目を閉じてごらんなさい。[1] もしあなたの運がよければ、暗いなかにきれいな薄い色のぼんやりしたかたまりが浮かんでいるのが見えることがあるでしょう。そのときもっとぎゅっと目を閉じると、ぼんやりした水たまりのようなかたまりの形がだんだんはっきりしてきて、色もあざやかになってきます。もういちどぎゅっと目に力を入れれば、炎をあげて燃えだすかと思うほどのあざやかさです。でも炎が出る直前に入り江が見えるはずです。これがあなたのいる場所からその入り江を見るための方法です。見えるといっても、魔法のようなほんの一瞬のこと、まばたきを一回するあいだのことですが。でも、もしまばたきを二回するあいだ見ることができれば、あなたはうちよせる波を見て、人魚の歌を聞くことができるかもしれません。

子どもたちは夏の長い日々をよくこの入り江で、だいたいは泳いだりぷかぷか浮いたり、人魚ごっこをしたりして過ごしました。だからといって、子どもたちと人魚の仲がよかったと思うのはまちがいです。それどころか、島にいるあいだウェンディはどの人魚からもいちども礼儀正しく話しかけられたことがなく、それはウェ

1【ちょっと目を閉じてごらんなさい】人魚の入り江は視覚的な幻覚として、心の目の中に現れる。ここに描写される色彩と形は人間なら誰でも見られるだろう。さざ波を見たり人魚の歌を聞いたりすること、子どもたちのようにそこで泳ぐこととなるとずっと難しい。『ピーター・パン』のサイレント映画で妖精の起源を説明するにあたり、バリーはエデンの園とネバーランドとのつながりをほのめかしている。

「舞台は太古の森。アダムとイヴは自分たちの子どもを地面に置いて去る。赤ん坊は楽しそうに笑い、足をバタバタさせる。すると画面いっぱいに小さな水滴のようなも

ンディがいつまでも残念に思っていたことのひとつなのです。そっと入り江のふちまで行ってみると、二〇人ほどの人魚が、特に島流し岩のあたりに集まっているのを見かけることがありました。人魚はその岩の上で日なたぼっこをするのが好きなようで、そこでのんびり櫛《くし》で髪をとかしているのですが、そののんびりしたやりかたを見ると、ウェンディはイライラしたものでした。こっそり人魚たちの一メートルぐらい手前まで泳いでいくこともありましたが、それに気づくと人魚は海に飛びこんでしまいました。そんなときは、しっぽでわざと――偶然ではありません――ウェンディに水をはねかけていくのです。

男の子たちにも人魚は同じようなことをしました。もちろんピーターは別です。ピーターは島流し岩の上に一緒に座って何時間もおしゃべりしていましたし、人魚が生意気なことをすると、しっぽの上に座りました。ピーターは人魚の櫛をひとつウェンディにくれました。

月がかわるときの人魚のようすは、いちど見ればいつまでも忘れられないものでした。人魚たちはそのときになると、とても奇妙な、悲しそうな叫び声をあげるのです。そんなときは、人間にとって入り江は危険な場所になります。だからこれからお話しする夕方まで、ウェンディは月の光で入り江を見たことはありませんでした。行かなかったのは、こわかったからというよりは――行きたいと言えばピーターがついて行ってくれたでしょうから――、誰でも七時までにはベッドに入らなければいけないというきびしい決まりを守っていたからでした。それでも雨があがったあとの天気のいい日には、よく入り江に行きました。そんな日には人魚たち

のが、落ち葉が散るようにハラハラと広がり回転する。動きが止まるとそのひとつひとつが陽気で小さな妖精になっている」

も特にたくさんいて、泡で遊んでいました。虹の水で作ったいろいろな色の泡を[2]ボールのかわりにして、楽しそうにしっぽで当てっこをしたり、泡が破裂するまで虹の中に入れておいたりするのです。ゴールは虹の両はしで、キーパーだけは手を使うことができました。何百人もの人魚が入り江で遊んでいることもあり、それを見るのはとても愉快なことでした。

でも子どもたちが仲間に入ろうとすると、とたんに人魚たちはいなくなって、[3]自分たちだけで遊ぶことになってしまいます。でも人魚たちはこっそり隠れて見ていて、子どもたちの遊び方からアイディアをとりいれているようです。どうしてわかるかと言うと、ジョンが手ではなく頭で泡を打ち返すやりかたを始めたら、人魚のゴールキーパーが同じようにやり始めたからです。これはジョンがネバーランドに残したひとつの足あとです。

子どもたちが昼ごはんのあと三〇分のあいだ岩の上で休憩するのを見るのも、なかなか楽しいながめでした。ウェンディは昼ごはんのあとは休むという決まりを子どもたちに守らせていて、食べるふりだけしたときも、休憩は本当にすることになっていました。みんなが日なたぼっこをしながら岩の上に寝転んでいると、からだがつやつやと光ってきます。ウェンディはそのそばに、もったいぶって腰をおろしています。

その日もいつもと同じように、みんなは島流し岩の上にいました。岩は地下の家のベッドほど大きくはありませんが、もちろん子どもたちはあまり場所をとらずに寝るやりかたをよく知っていました。みんなうとうとしたり、寝ていなくても目を

2【虹の水で作ったいろいろな色の泡】バリーは何が子どもの想像力をかきたてるかを理解する才能にめぐまれていた。ボールにもなり、（演劇の舞台では）空を飛ぶ乗り物にもなる泡は、わたしたちに子どもの遊び道具がもつ詩的なおもむきを教えてくれる。一般に子どもはキラキラしたもの、虹、花火、万華鏡など色彩と光がたわむれるものが大好きだ。虹の水から作った泡は虹の下をただよい、ほかにはないような視覚的効果を生みだす。

3【とたんに人魚たちはいなくなって】人魚は人間を馬鹿にしていて一緒には遊ばないと語り手は言うが、人間が近づくと姿を消すということは、人魚の存在は作りごとなのではないかと私たちに思わせる。バリーの人魚の入り江はハンス・クリスチャン・アンデルセンの『人魚姫』からヒントを得たものかもしれないが、アンデルセンの人魚の国はもっと緻密に考えられた海底

閉じて横になったりしていましたが、ウェンディが見ていないとわかるとつねり合いをするのです。ウェンディは忙しく縫いものをしていました。

ウェンディが縫いものをしていると、入り江のようすが変わってきました。小さな身ぶるいのようなものが入り江の上をさっと走りぬけ、太陽がかげって暗い影が水の上に忍び寄ってきたかと思うと、寒くなってきました。ウェンディはもう針に糸をとおすこともできません。目をあげてみると、今まであれほど楽しそうな場所だった入り江が恐ろしく、よそよそしく見えました。

夜が来たのでないことは、ウェンディにもわかっていましたが、夜と同じように暗い何かが近づいていました。いいえ、夜よりもっと悪い何かです。まだここまで来てはいませんが、それが海を伝って送ってくる身ぶるいのようなものが、来るぞ来るぞと知らせています。いったい何でしょう？

島流しの岩について今までに聞いたことのある恐ろしい話を全部、ウェンディは思い出してしまいました。島流しの岩と呼ばれているのは、悪い船長が船乗りたちをこの岩の上に残して行ってしまい、おぼれさせたからでした。満潮になると岩が水に沈んで、みんなおぼれて死んでしまうのです。

もちろん、ウェンディは子どもたちをすぐに起こさなければならないはずでした。何かわからないものがみんなのほうに忍び寄ってくるからというだけでなく、寒くなってきた岩の上でいつまでも眠っていることもからだに悪いからです。でもウェンディはまだ若いお母さんでしたから、それを知りませんでした。昼ごはんのあとは三〇分休むという決まりを守らなくてはいけない、とだけ思っていました。だか

の王国である。『ピーター・パン』の舞台の幕にはアンデルセンの名前も刺繍されていたことを思い出してほしい。

ら、とてもこわくて誰か男の人の声が聞きたいと思いながらも、子どもたちを起こそうとはしませんでした。オールをこぐかすかな音が聞こえてきて、びくびくしながらも、子どもたちを起こしませんでした。立ちあがって子どもたちを見おろしながら、決められた時間まで寝かせておこうとしていました。けなげではありませんか？

子どもたちの中にひとりだけ、眠っていても危険をかぎつけることのできる男の子がいたことはみんなにとってさいわいでした。ピーターがぱっと飛び起きていっぺんにしっかり目をさまし、ひと声叫んでみんなを起こしました。

ピーターは片手を耳にあてて、身動きもせずに立っています。

「海賊だ！」ピーターが叫びました。みんなが近くによってきます。ピーターの顔には見なれない笑いが浮かんでいました。ウィンディはそれを見て身ぶるいしました。ピーターがその笑いを浮かべているときは、誰も話しかけることができません。ただ命令されたとおりにするだけです。命令は鋭く短いものでした。

「飛びこめ！」

たくさんの足がいっせいに動くのが見えました。そして一瞬のうちに、入り江には人影がなくなりました。不気味な水のなかにひとつだけポツンと残った島流し岩は、本当に島流しにされたように見えました。

ボートが近づいてきました。海賊の小舟で、三人がのっています。スミーとスターキーと、なんと三人めは捕虜のタイガー・リリーでした。手と足が縛られています。リリーには自分がどうなるかわかっていました。岩の上におきざりにされて死ぬのです。リリーの部族のインディアンにとって、それは火あぶりや拷問《ごうもん》で殺されるより恐ろしいことでした。インディアンの本には、水の中をとおって「狩りの楽園」[4]へ行く道は書いてなかったからです。それでもタイガー・リリーの顔は落ちついていました。リリーは酋長《しゅうちょう》の娘です。酋長の娘らしく死ななければなりません。それだけのことでした。

　タイガー・リリーは口にナイフをくわえて海賊船に乗りこむところをつかまったのでした。見張りはいませんでした。おれさまの恐ろしいうわさは誰でも知っているから、この海賊船から一キロ以内に近づくやつなんかひとりもいない、とフックがいつも自慢していたからです。これからはタイガー・リリーの運命がうわさに加わって、船はいっそう安全になることでしょう。夜になると船のまわりに聞こえる悲しい叫び声についてのうわさが、またひとつ増えるのでしょう。

　あかりもつけずに進んできたせいで、ふたりの海賊は岩に気がつかず、ぶつかってしまいました。

「ぶつけたぞ、このまぬけ！」[5]と叫んだアイルランドなまりの声はスミーです。「岩があったぞ。これからおれたちはこのインディアン娘をこの岩の上にのせて、おきざりにしておぼれさせればいいんだ」

　美しい娘を岩におろすときは、海賊たちも心が痛みました。でもタイガー・リリーは誇り高い娘ですから、無駄な抵抗はしませんでした。

　岩のすぐ近くの、でも海賊からは見えないところに頭がふたつ、海の上に出たり入ったりしています。ピーターとウェンディの頭でした。ウェンディは泣いていま

4【狩りの楽園】ネイティヴ・アメリカンが死後に行く天国は、獲物が無限にいていくらでも狩りができる楽園なのだ。

5【ぶつけたぞ、このまぬけ！】原文はLuff, you lubberで、luffは帆船の船首を風上に向けること、lubberは不器用な水夫のこと。

した。むごい出来事を目の前で見るのは初めてだったからです。ピーターはいくつもこんな場面を見たことがありますが、全部忘れていました。ピーターはウェンディほどタイガー・リリーをかわいそうだと思っていませんでした。でも二対一だったことは許せません。だからピーターはリリーを助けようと思いました。安全なやりかたをするなら、ふたりの海賊が行ってしまうのを待てばいいのですが、ピーターは安全なことは絶対にしない男の子でした。

ピーターにできないことはほとんど何もありません。今はフックの声をまねています。[6]

「おうい、そこのまぬけども！」とピーターが呼びかけました。フックの声にそっくりです。

「かしらだ！」驚いて顔を見合わせながらふたりが言いました。

「きっとおれたちのほうへ泳いでいるんだ」あたりを見てもフックの姿が見えないので、スターキーが言いました。

「今インディアンを岩の上に上陸させましたぜ」スミーが大声で言いました。

「縄をとけ」とびっくりするような返事がきました。

「とくんですかい！」

「そうだ、縛っている縄を切って、はなしてやれ」

「でも、かしら――」

「今すぐにだ。聞いたとおりにしろ」ピーターが叫びます。「さもないとこの鉤をお見舞いするぞ」

6【今はフックの声をまねています】『ピーター・パン』の脚本のト書きにはピーターは「フックの声をあまりにも完全にまねることができるから、作者でさえときどき本当にフックかと思うほどだ」と書いてある。劇の終盤にピーターは「フックの帽子をかぶって葉巻パイプをくわえ、小さな鉄の鉤をつけて海賊船の船尾甲板」に姿を現す。小説では、ピーターはフックの船室に座り、口に葉巻パイプをくわえ、片手を握りこぶしにして「フックをまねておどかすように高くあげている」このふたりのライバルが内面には似通ったものを秘めていることを暗示しているようだ。

「そりゃまた奇妙なこって！」とスミーがあえぐように言いました。

「かしらの言うとおりにしたほうがいいぜ」スターキーが心配そうに言いました。

「アイ、アイ」スミーが言って、タイガー・リリーの縄を切りました。リリーはあっという間にスターキーの足のあいだをくぐって、ウナギのようにするりと水に入りました。

もちろんウェンディは、ピーターの賢いやりかたに大喜びしていました。でもウェンディは、ピーターも大喜びで叫び声をあげて、正体がばれてしまうに違いないと気づいたのです。それですぐに手をのばしてピーターの口をふさごうとしました。でもまだ口をふさぐ前に、ウェンディの手がとまりました。「おうい、ボートやあい！」というフックの声が入り江の上にひびいたからです。今度の声はピーターの声ではありませんでした。

ピーターはたぶん喜んで叫ぼうとしていたのでしょうが、そのかわりに、驚いてヒュッと口笛を吹くように唇をとがらせました。

「おうい、ボートやあい！」また叫び声がしました。

やっとウェンディにもわかりました。本物のフックも水の中にいたのです。

泳いでいくとふたりの手下があかりをつけたので、そのうちにフックはボートにたどりつきました。手さげランプのあかりの中で、ウェンディにはフックの浅黒い鉄の鉤がボートにかかるのが見えました。次に水からボートに上がるフックの浅黒い悪魔のような顔が見えました。ウェンディは震えながら、泳いでどこかへ行ってしまえばよかったと思いましたが、ピーターは少しも動きません。ピーターはからだがうずうずして、うぬぼれではちきれそうになっていました。「ぼくってすごくない？　そうとも、ぼくはすごいんだ！」ピーターはウェンディにささやきました。たしかにウェンディもそう思っていましたが、ほかの誰かがこれを聞いていたらピーターはうぬぼれ屋だという評判がたってしまうから、聞いていなくてよかったと心から思いました。

ピーターはウェンディに聞いて、という合図をしました。

フックの手下たちは、かしらが何をしにここまで来たのか知りたがっていますが、フックは頭を鉤の上においてじっと考えこんだままです。

「かしら、だいじょうぶですかい？」ふたりはおそるおそる聞いてみました。でもうつろなうめき声が返ってくるだけです。

「ためいきをついてるよ」スミーが言いました。

「またためいきをついたよ」スターキーが言いました。

「まただ。これで三回めのためいきだ」スミーが言いました。

「かしら、どうしたんです？」

するとついにフックが、はき出すように言いました。

「もうおしまいだ。あの子どもたちが母親を見つけてしまった」フックは叫びます。

ウェンディはこわかったのですが、それでも得意な気持ちで胸がいっぱいになりました。

「なんて恐ろしい日だ」とスターキーが叫びました。

「母親って何です？」とものを知らないスミーが聞きました。

ウェンディはあんまり驚いたので「あの人、知らないの！」と大声を出してしまいました。そしてこのときから、海賊のひとりをお気に入りにすることができるなら、わたしはあの人がいいわ、とウェンディは思うようになりました。

ピーターがウェンディを水の中に引っぱりこみました。フックがわれに返って「今のは何だ？」と叫んだからです。

「何も聞こえませんでしたよ」スターキーが手さげランプをもちあげて水の上を照らしながら言いました。でもあちこちながめているうちに、海賊たちは不思議な光景を目にしました。それは前にお話ししましたが、海に落ちて入り江の中をプカプカただよっている鳥の巣で、ネバー鳥が中に座っていました。

「見ろ」フックがスミーの質問に答えて言いました。「あれが母親だ。じつによくわかる。巣が水に落ちたに違いない。だが母鳥は卵をおいてどこかへ行くか？　そんなことするもんか」

ほんの少しのあいだ、フックは罪のない子どもだったむかしのことを思い出したかのように言葉を切りました――けれども、その弱い心を鉄の鉤をふっておいはらいました。

スミーはすっかり感心して、流れていく巣の中の鳥をじっと見ていましたが、疑い深いスターキーは言いました。「もし本当に母親なら、ピーターを助けるためにこのへんをうろうろしているんじゃないでしょうか」

フックがびくっとしました。「それだ。その心配がわしの心から離れないんだ」

ゆううつそうなフックを、スミーの勢いこんだ声が元気づけます。

「かしら、あの子どもたちの母親というのをさらって、わたしらの母親にするってのはどうです？」

「そいつはすばらしい考えだ」フックが叫びました。そしてその計画はフックの優秀な頭の中ではっきりした形になってきました。「子どもたちをつかまえて船に連れて行こう。あいつらを板の上から海へ落としてしまえば、ウェンディはわしらのお母さんだ」

またしてもウェンディはわれを忘れてしまいました。

「絶対、いやよ！」そう叫んで、急いで水の中にもぐりました。

「今のは何だ？」

でも海賊たちには何も見えません。三人は、風に吹き飛ばされた木の葉だったに違いないと思いました。「どうだ、おまえたち、この考えに賛成か？」とフックが聞きました。

「賛成に手をあげます」とふたりの手下が言いました。

「そしてわしも鉤をあげる。よし、誓え」

三人は誓いました。そのとき三人は岩の上にいたので、フックが急にタイガー・リリーのことを思い出しました。

「インディアンはどこだ？」フックが突然聞きました。

フックはたまに冗談を言うことがありましたから、手下たちはそれが始まったのだと思いました。

「だいじょうぶです、かしら」とスミーが得意そうに言いました。「ちゃんと逃がしてやりましたから」

「逃がしただと！」フックが叫びました。

「か、かしらのご命令だったんで」と水夫長は言葉につまりながら言いました。

「水の上から、そいつをはなせって命令されたんで」スターキーが言いました。

「ふざけるな」[7]フックのどなり声はかみなりのようでした。「何なんだ、そのうそっぱちは！」[8]フックの顔は、怒りでどす黒くなっています。でも手下たちがうそを言っているのではないとわかると、すっかり驚いてしまいました。そして少し震えながら「おい、おまえら、わしはそんな命令はしてないぞ」と言いました。

「おかしいですねえ」スミーが言って、三人とも困ったようにもじもじしています。フックは大声をはりあげました。でも、その声は少し震えています。

「こよいこの入り江をうろついているゆうれいよ、わしの言葉が聞こえるか？」

もちろんピーターはここで声を出してはいけないのです。でも、ピーターはもちろん黙っていません。フックの声ですぐに答えました。

「おう、うるさいやつだ、聞こえておるぞ」

空気がこおりつくようなこの瞬間にも、フックは顔色をかえませんでした。スターキーとスミーは抱きあって震えています。

「おまえは何ものだ、名をなのれ！」フックがたずねました。

「わしはジェイムズ・フック。[9]ジョリー・ロジャー号の船長だ」と答える声が聞こえました。

「ちがう、ちがう」フックがかすれた声で叫びます。


7【ふざけるな】原文Brimstone and gallはフック独特の呪いの言葉で一般には使われていない。brimstoneは硫黄を表す古い言葉だ。フックは神が人間を滅ぼすのに使う手段として聖書に使われる「火と硫黄」をもとに、この呪いの言葉を作ったらしい。

8【何なんだ、そのうそっぱちは！】原文にあるcozenは、「だます、ペテンにかける」の意味。

9【わしはジェイムズ・フック】ここでもピーターはフックの分身になっている。ピーターは入り江を「うろついている」ゆうれいとして呼びかけられ、フックの質問に答えるのだが、それと同時にフックの自問自答を誘導している。

「ふざけるな」声が言いかえしました。「もういちど言ってみろ、おまえのからだに錨《いかり》をぶちこむぞ」

フックが、今度は少し機嫌をとるように聞いてみます。おだてるように「おまえがフックだと言うのなら、言ってくれ、このわしは誰なんだ？」

「タラだ」声が答えました。「ただのタラだ」

「タラだと！」フックはただ繰り返すだけです。このとき、それまではいちどもなかったことなのに、フックの誇り高い心がくだけてしまいました。ふたりの手下があとずさりしていくのが見えます。

「おれたちゃ今までずっとタラの子分だったのか！」ふたりはつぶやきました。「はじさらしなことだぜ」

これでは犬が飼い主にかみつくようなものです。しかし、とんでもない悲劇にみまわれたとはいっても、フックは手下のことはほとんど気にしませんでした。こんな恐ろしい目にあっていても、フックがほしかったのは手下からの信頼ではなく、自分にたいする自分の信頼でした。フックは今、自分の中から自分というものが消えていくような気がしていました。「フックよ、わしをおいてどこかへ行くんじゃない」フックは消えていきそうな自分にかすれ声でささやきました。

フックのあくどい性質の中にも、すべての偉大な海賊と同じように、ほんの少しだけ女性的なところ[10]がありました。その女性的なところが、ときどきいい考えを教えてくれます。フックは突然イエス・ノーの当てっこゲームを始めました。

「フックよ、おまえにはもうひとつ、べつの声があるか？」

10【女性的なところ】フックのカールした髪、服装、形式にこだわるところなどはここでいう女性らしさを示すものだ。この小説では男の仕事と女の仕事の区別はしっかりあるものの、ネバーランドには縫い物をする海賊や勇敢な戦士であるインディアンの王女などもいて、役割（ジェンダー）の混乱も見られる。

こんなふうにゲームをしかけられたら、ピーターは答えないではいられませんか[11]ら、嬉しそうに自分の声で答えました。「あるぞ」

「べつの名前も？」

「アイ、アイ」

「植物か？」フックが聞きました。

「ノー」

「鉱物？」

「ノー」

「動物？」

「イエス」

「男の人か？」

「ノー！」これはいかにも馬鹿にしたような言いかたでした。

「男の子？」

「イエス」

「ふつうの男の子？」

「ノー！」

「すごい男の子？」

この質問に高らかに答える「イエース！」という声を聞いて、ウェンディはがっくりしました。

「イギリスにいるか？」

11【ゲームをしかけられたら、ピーターは答えないではいられません】ピーターにとっては食べることやままごと遊びから人を殺すことまで、何でも遊びになる。戦いの最中に敵味方を逆転することさえあった。そのときは相手のインディアンも遊びにつきあっていた。

「ノー」

「ここにいるか？」

「イエス」

もうフックにはわからなくなってしまいました。額《ひたい》の汗を拭きながら「おまえたち。何か質問してみろ」と手下に言いました。

スミーは一生懸命考えて「何も思いつきませんよ」と残念そうに言いました。

「当たるわけない、当たるわけないぞ」とピーターが叫びました。「降参するか？」

もちろんピーターは得意になってゲームに夢中になりすぎたのです。悪党たちはこのチャンスを見のがしませんでした。

「降参だ、降参だ」海賊たちは力をこめて言いました。

「ようし、それなら」ピーターが叫びました。「ぼくはピーター・パンだ」

パン！

それを聞いたとたん、フックはもとの自分に戻りました。そしてスミーとスターキーはフックの忠実な手下に戻りました。

「よし、やつの正体がわかったぞ」とフックが叫びました。「スミー、水に入れ。スターキー、小舟を守れ。生きていようが死んでいようがかまうことはない。やつをつかまえるんだ」

そう言いながらフックが海に飛びこむと同時に、ピーターの元気な声が聞こえてきました。

「用意はいいか？」

「アイ、アイ」という声が入り江のあちこちから聞こえました。

「じゃあ、海賊たちの中へなぐりこめ[12]」

戦いは短く、激しいものでした。最初に敵の血を見たのはジョンでした。ゆうかんに海賊の小舟によじのぼり、スターキーを襲ったのです。もうれつな戦いをするうちに、スターキーは握っていた短剣をうばわれました。スターキーは小舟のはしからはい出し、ジョンはそのあとを追って海に飛びこみます。小舟は流れていきました。

入り江のあちこちに頭が浮かび、武器がキラリと光ったかと思うと、それに続いて悲鳴や叫び声が聞こえます。手あたりしだいに戦ううちに、味方を攻撃してしまうこともありました。スミーはコルク抜きをトゥートルズの第四肋骨《ろっこつ》にさしこみましたが、スミーもカーリーに刺されました[13]。岩のむこうの少し遠いところでは、スターキーがスライトリーとふたごを激しく攻撃しています。

こうした戦いのあいだ、ピーターはどこにいたのでしょう？　じつはピーターはもっと大きな獲物を探していたのです。

ほかの男の子たちも勇気のある少年たちです。海賊のかしらに手を出さないからといって責めてはいけません。フックは鉄の鉤で自分のまわりを囲む死の海を作っていました。男の子たちはおびえた魚のようにその輪から逃げてきます。

でもフックを恐れない男の子がひとりだけいます。その輪の中に入る心がまえのある少年がひとりだけいます。

おかしなことに、ふたりが出会ったのは水の中ではありませんでした。フックは

12【海賊たちの中へなぐりこめ】原文の動詞はlam intoが使われている。これは小中学生くらいの男子が使う言葉で、素手か棒などで殴りかかること。

13【さされました】原文の動詞は"pink"で、先のとがった武器で刺すこと。

ひと息つくために岩に上がりました。そしてちょうど同じときに、ピーターは反対側からその岩に上がったのです。岩はボールのようにつるつるしていたので、ふたりともよじのぼったというより、はい上がったと言うほうがいいでしょう。ふたりとも敵が反対側から上がってくるとは思っていません。何かにつかまろうと出したふたりの手が相手の手をつかみました。ふたりは驚いて顔を上げます。ふたりの顔はもう少しで触ってしまうところでした。こうしてふたりは出会ったのです。

偉大な英雄の中にも、いよいよ戦いが始まる前にはこわがる気持ちがわいてきたと正直に言う人もいます。そのときもしピーターがそうだったとしたら、わたしは正直にそう言うでしょう。[14] なにしろフックは「海のコック」と呼ばれる大海賊が恐れた、たったひとりの男なのですから。でもピーターはこわがりませんでした。ピーターが感じたのはひとつだけ、そしてそれは喜びでした。ピーターは今嬉しくて、かわいい歯をきりきりとかみしめました。ピーターはとっさにフックのベルトからナイフをぬき取り、それをフックにつき刺そうとしました。ところがそのとき、自分が敵より岩の高いところにいると気づいたのです。これでは正々堂々とした戦いになりません。ピーターはフックに手をかして立たせようとしました。

フックがピーターに切りかかってきたのはそのときです。

ピーターの目をくらませたのはその痛さではなく、フックの卑怯《ひきょう》さのためでした。ピーターは何もできませんでした。ただ驚いて、フックを見つめるだけでした。子どもは誰でも、初めてずるいことをされたときはこうなるものです。子どもがあなたと初めて出会うとき、自分は正しく扱われるものと信じています。あなたが何か

14【もしピーターがそうだったとしたら、わたしは正直にそう言うでしょう】語り手はいろいろな機会に、自分はピーターの考えや感情に自由にアクセスできる特権をもっていることを示している。「わたしは正直にそう言うでしょう」は、語り手が自分自身の気持ちを公平に伝えるということで、珍しい表現だ。

ずるいことをしても、その子はもういちどあなたを愛するようになるかもしれません。でもその子はもう絶対に、前とまったく同じ子どもではないのです。子どものとき初めてずるいことをされたときのことは、誰だって忘れられません。ピーターだけは別ですが。ピーターはよくそういう目にあいましたが、いつも忘れてしまいました。ピーターとほかの子たちとの本当の違いは、たぶんそのことだとわたしは思います。

だから今ずるいことをされたのは、ピーターにとっては初めてのことでした。だからピーターはどうしていいかわからなくて、ただフックをじっと見つめていたのです。鉄の鉤がピーターを二回ひっかきました。

それから少しあとのこと、子どもたちはフックが必死になって海賊船に向かって泳いでいくのを見ました。意地の悪い顔に、もう得意そうな笑いはありません。恐怖で真っ青な顔をしています。あのワニがしつこく追いかけているのです。いつもなら、子どもたちは横を泳ぎながらはやしたてるところです。でも今はそんな気になれませんでした。ピーターとウェンディが見あたらないので、ふたりの名前を呼びながら入り江の中を探しまわっていたのです。みんなは海賊のボートを見つけて乗りこみ、家に帰りました。帰る途中も「ピーター、ウェンディ」と大声で呼んでいましたが、人魚たちの「馬鹿」にしたような笑い声のほかに返事はありませんでした。だから「きっと泳ぐか飛ぶかして帰ったんだ」と考えることにしました。子どもたちはあまり心配していませんでした。ピーターならだいじょうぶだと信じていたのです。みんな子どもらしくクスクス笑っていました。ベッドに入る時間におくれそうなのに、それは全部ウェンディお母さんのせいなのですから！

みんなの声が聞こえなくなると、入り江は冷たい沈黙におおわれ、それから弱々しい叫び声が聞こえてきました。

「助けて、助けて！」

ふたつの小さな人影が岩にうちつけられていました。女の子は気を失っていて、男の子の腕に抱かれています。ピーターは最後の力をふりしぼってウェンディを岩に引っぱりあげ、その横に倒れこみました。ピーターは気が遠くなりながらも、潮がみちてきていることに気づきました。じきにふたりともおぼれるだろうと思いましたが、もうそれ以上は何もできません。

ふたりが並んで横になっていると、ひとりの人魚がウェンディの足をもって、そっと水の中へ引っぱりはじめました。ピーターはウェンディが横をするする動くのを感じてハッと気がつき、ぎりぎりのところで引っぱり戻しました。でも、ウェンディに今起こっている本当のことを話さないわけにはいきません。

「ウェンディ、ぼくたちは今、岩の上にいる」ピーターが言いました。「でもこの岩はだんだん小さくなってるんだ。じきに水の中に沈んでしまうだろう」

そう言われても、ウェンディにはまだわかりません。

「じゃあ、行かなくちゃ」と、ほとんど明るく聞こえる声で言いました。

「そうだね」とピーターは弱々しく答えます。

「泳いでいく？　それとも飛んでいくの、ピーター？」

ピーターは、ウェンディに本当のことを言わなければなりませんでした。

「ウェンディ、きみはぼくが手伝わなくても島までずっと泳ぐか飛んでいけると思う？」

ウェンディは疲れすぎていて無理だと言うしかありませんでした。

ピーターは、うめきました。

「どうしたの？」とウェンディが聞きます。急にピーターのことが心配になってきたのです。

「ぼくはきみを手伝えない。フックがぼくに怪我《けが》をさせたんだ。ぼくは飛ぶことも泳ぐこともできないよ」

「じゃあ、わたしたちふたりともおぼれるということ？」

「見て。水がずいぶん上まできてる」

ふたりはそのようすを見ないですむように、手で目を隠しました。ふたりは、自分たちはもうすぐこの世からいなくなるんだと思いました。そうして座っていると、何かキスのように軽いものがピーターにそっと触って、そのままじっとしています。まるでおずおずと「わたしが何か役にたてますか？」ときいているようでした。

それは何日か前にマイケルが作った、たこのしっぽでした。そのたこはマイケルの手から離れてどこかへ飛んでいってしまったのです。

「マイケルのたこだ」とピーターはつまらなそうに言いました。でも次の瞬間、ピーターはしっぽをつかんでたこを引きよせました。

「このたこはマイケルを地面からもちあげたんだ」ピーターが叫びました。「だったら、きみを運べないはずがないよ」

「わたしたちふたりともよ」

「ふたりはもちあげられないよ。マイケルとカーリーがやってみたんだ」

「じゃあ、くじ引きにしましょう」ウェンディがけなげに言いました。

「でもきみは女の人だ。そんなことはできないよ、絶対に」言いながらピーターはもう、たこのしっぽをウェンディにまきつけていました。ウェンディはピーターにしがみつきました。ピーターをおいて行くのはいやだと言いました。でもピーターは「さよなら、ウェンディ」と言いながら、ウェンディを岩からおろしだしました。何分かすると、ウェンディはもう見えないところまで運ばれていきました。ピーターはひとり、入り江に残りました。

　今では岩はほんの少ししか水から出ていません。すぐに水の下に沈むでしょう。青白い光が水の上を忍び足で近づいてきます。まもなくこの世でいちばん美しい音色の、いちばんさびしい音楽が聞こえてくるでしょう。それは人魚が月に呼びかける声です。


15【死ぬことはきっと、すごい冒険だ】死の恐怖あるいは死の否定が、死の願望へと変わり得ることは、劇のこの場面から明白である。

　第八章の最後を飾るこの有名なせりふは、バリーがジョージ・ルウェリン・デイヴィズに、ピーター・パンが死んだ子どもたちをネバーランドへ連れて行く話をしたときに、ジョージが言った言葉である（バリーはルウェリン・デイヴィズ家の五人兄弟と契約のまねごとをして、彼らの発言を作品に使ったときにはわずかばかりの著作権使用料をわたすことがあった）。ピーターがあくまでも愛と家庭を受け入れようとしないことについて、劇のト書きの最後に「もしピーターが物事を正しく理解できていれば、彼は『生きることはきっと、すごい冒険だ』と叫んでいたかもしれない」という書きこみがある。『ハリー・ポッター』シリーズの読者なら、ダンブルドアの「きちんと整理された心を持つ者にとっては、死は次への大いなる冒険に過ぎないのじゃ」（松岡佑子訳）というせりふを思い出すだろう。このせりふはおそらく、死を目の前にしても恐れない精神とすべての経験を冒険にしてしまう能力を示した『ピーター・パン』のせりふからヒントを得たものと思われる。

　前にも書いたように『ピーター・パン』の初演を実現させた大物演劇プロデューサー、チャールズ・フローマンは、一九一五年五月七日の客船ルシタニア号の沈没のさいに死亡した。この事件の生存者のひとりは、船が攻撃され沈みはじめても、フローマンは葉巻をくゆらせながら友人と会話していたと証言している。乗客たちが手すりにしがみつき、冷たい海水が入ってくるときも、フローマンは落ちついて「どうして死を恐れるのです？　死は生涯で最大の冒険ですよ」と人々に言ったということだ（ヘイター・メンジーズ）。フローマンの発言は、死と冒険と第一次世界大戦を『ピーター・パン』の劇と関連づけ、人心をあおる言説のひとつの裏付けとピーターはほかの男の子とは違います。でもそのピーターも、このときばかりはこわくなりました。海の上を通りすぎるさざ波のような身ぶるいが、ピーターのからだを走りぬけました。でも、海の上のさざ波はあとからあとから何百も続きますが、ピーターの身ぶるいは一回だけでした。次の瞬間、ピーターはまた岩の上に立ちあがっていました。ピーターの顔にはいつもの微笑みが浮かび、からだの中では太鼓がドンドンなっていました。その太鼓は「死ぬことはきっと、すごい冒険だ[15]」と言っていました。

なった。歴史家マイケル・C・C・アダムズは、戦争中は男らしさというものが、結婚や家庭生活に背を向け、死に直面しても大胆不敵をよそおわせ、愛国的な義務と犠牲の精神を信奉させるための手段として利用されたと喝破している。一九一八年に戦闘機パイロットだった息子が戦死しているセオドア・ルーズヴェルトは、生きることと死ぬことはどちらも「同じ偉大な冒険」の一部だと語り、「したがって、偉大な大義のもとに戦争が行われるさいに喜んで死ぬ気のない男性や自分の愛する男を喜んで死地に送りだす気のない女性は、生きる価値がないということだ」（ケイビー）とつけくわえた。

第9章 ネバー鳥

ピーターがひとりぼっちになる前に最後に聞いたのは、人魚がひとりずつ海の底の寝る部屋に帰っていく音でした。ピーターのところからは遠すぎて、その部屋のドアがしまる音は聞こえませんでした。でも人魚たちの住むサンゴのほら穴のドアはどれも小さなベルがついていて、あけたりしめたりすればチリンと鳴ります（本土にあるきちんとした家はみんなそうです）から、ピーターはその音を聞いたのです。

潮がじわじわと満ちてきて、今ではピーターの足にときどき水がかかっています。すっかり水にのまれてしまうまでの時間をつぶすために、ピーターは入り江の上にひとつだけある何かを見ていました。それは一枚の紙が水に浮かんでいるように見えたので、さっきのたこの切れはしだろうとピーターは思いました。そしてなんとなく、あれはどれくらいかかって岸まで流れてくるのだろうと考えていました。

そのうちピーターは奇妙なことに気づきました。その紙のようなものは、どう見ても何かたしかな目的があって入り江にいるらしいのです。なぜならそれは潮の流れにさからって動こうとしていて、ときには潮の向きと反対に進んでいるからです。

いつも弱いほうに味方したくなるピーターは、それを見て思わず手をたたきました。とても勇敢な紙きれでした。[1]

じつは、それは紙きれではありませんでした。巣にのったネバー鳥が、[2]一生懸命ピーターに近づこうとしていたのです。ネバー鳥は巣が水に落ちてから覚えたやりかたで翼を動かしてその奇妙な乗り物を少しは行きたいほうへ進ませることができるようになっていました。でもピーターがネバー鳥だと気づいたころには、もうすっかり疲れていました。ネバー鳥はピーターを助けに来たのです。巣の中には卵があるというのに、ピーターを巣にのせようと思って来てくれたのです。わたしはこれには少し驚いています。ピーターはこの鳥に親切にしましたが、いじめたこともあったからです。ただ、ダーリング夫人や同じようなお母さんたちと同じで、この鳥もピーターがまだ乳歯をはやした子どもなので、ついやさしい気持ちになったのだろうと思うしかありません。

ネバー鳥は何のためにここへ来たか伝えようとピーターに大声で呼びかけました。ピーターは鳥に何をしに来たのかと呼びかけました。でももちろん、どちらも相手が何を言っているのかわかりませんでした。おとぎ話の中では人間が自由に鳥と話をします。そして今度ばかりはわたしも、これはそういうおとぎ話だというふりをして、ピーターはネバー鳥にすじのとおった返事をしたと言えたらどんなにいいかと思います。でもやはり、本当のことを言うのがいちばんいいのです。わたしは本当に起こったことだけをお話ししたいと思います。さて、ピーターとネバー鳥はおたがいの言葉がわからなかっただけでなく、礼儀まで忘れていました。

1【とても勇敢な紙きれでした】バリーはアンデルセンの先例にならい、無生物を生き物のように扱って子どもに不思議さとこっけいさを感じさせようとしている。ここでは一枚の紙きれは、じつは生き物だとわかるのだが、効果は同じだ。

2【ネバー鳥】初演の舞台ではペリカンだったこの鳥は、ピーターに巣から追いだされ、ピーターを攻撃して追いはらわれた。批評家たちがそのシーンを不適切だと批判したので、バリーはこの鳥を敵ではなく味方に変えた。ネバー鳥という名前はネバーの木と同様、島に独自の生態系があることを示している。

「この——巣の中に——入って——ください」ネバー鳥はできるだけ、ゆっくり、はっきり話しました。「そうすれば——あなたは——岸まで——流れて——行けます。でも——わたしは——疲れて——もうこれいじょう——あなたの——ほうへ——いけません——あなたは——この巣まで——泳いで——ください」

「きみは何をガアガア言ってるんだい?」とピーターが答えます。「どうして、いつもみたいに巣を流しておかないのさ?」

「この——巣の中に——」鳥は同じことを何回も繰り返します。

今度はピーターが、ゆっくり、はっきり言ってみました。

「きみは——何を——ガアガア——言ってるの?」というように。

ネバー鳥はイライラしてきました。ネバー鳥というのは短気な鳥なのです。だから「この馬鹿カケス。なんでわたしの言うとおりにしないのよ?」と叫びました。

ピーターにも悪口を言われていることはわかりましたから、適当に言いかえしました。

「おまえだって!」

それから不思議なことにどちらも同じことを言いました。

「だまれ!」

「だまれ!」

それでもネバー鳥はできればピーターを助けたいと思っていましたから、最後の力をふりしぼって巣を岩まで進めました。そして自分の気持ちをわからせるために、卵を巣に残したままパッと飛びたちました。

ピーターにもやっとわかりました。そこでその巣をつかんで頭の上をパタパタと飛んでいる鳥にありがとうと言うように手をふりました。でも鳥がピーターの頭の上を飛んでいたのは、お礼のあいさつを待っていたからではありません。ピーターが巣に乗りこむのを見守るためでもありません。ピーターが卵をどうするか心配だったからでした。

巣には大きくて白い卵がふたつ入っていました。ピーターはそれをもちあげて考えました。ネバー鳥は自分の翼で顔を隠し、卵の運命を見ないようにしました。でも、羽のあいだからのぞいて見ないではいられませんでした。

アリス・B・ウッドワード『ピーター・パン絵本』1907年より。

ところで、わたしは岩の上に棒が一本立っていることをみなさんにお話ししたかどうか忘れてしまいました。[3] ずっとむかしの海賊が宝物を埋めた目じるしにそこへ立てたのです。子どもたちはその輝く宝物を見つけ、いたずらしたい気分のときには、ポルトガル金貨やダイヤモンドや真珠やスペイン金貨をカモメたちにシャワーのようにばらまいたものでした。カモメたちは食べ物だと思ってつかんでから、よくもつまらないいたずらをしたなと怒って飛んでいきました。その棒は今も立っていて、そこに海賊のスターキーの帽子がかけてありました。それは広いふちのついた、水をもらさない布地でできた帽子でした。ピーターは卵をこの帽子の中に入れて[4]入り江に浮かべました。うまい具合に浮いています。

ネバー鳥はピーターが何をするつもりか、すぐにわかりましたから、キーキー声を出してピーターをほめました。するとどうでしょう。ピーターも同じような声を出して、そうだろう？　と答えたのです。それからピーターは巣に乗りこみ、帽子がかかっていた棒をマストのかわりに立てて、シャツをぬいで帆にしました。それと同時に鳥が帽子の上にパタパタとおりてきて、卵の上にいい具合に座りました。そして鳥はあっちへピーターはこっちへと、元気にあいさつしながら別れたのです。

もちろんピーターは上陸したあと、のってきた巣の小舟を鳥が見つけやすいところに置いておきました。でも鳥は帽子の具合がとてもよかったので、前の巣は使わないことにしました。そのうちに巣は流れだし、だんだんバラバラになりました。スターキーはよく入り江の海岸に来て、にがにがしい気持ちを感じながらネバー鳥が自分の帽子に座っているのを見つめていました。わたしたちは、もうこの鳥と会

3【みなさんにお話ししたかどうか忘れてしまいました】語り手はネバーランドを訪れる子どもたちに起こる短期記憶の消失という症状を見せている。彼はここでも、ロンドンもネバーランドも「目の前の」聞き手に向かって即興の物語を聞かせている語り手が創りだしたものだと思い出させ、読者が幻想のなかで我を忘れることのないよう念をおしているのだ。

4【ピーターは卵をこの帽子のなかに入れて】海賊の帽子を巣のかわりにする場面は、無造作に鳥の巣を使ったピーターには母鳥と卵に対する思いやりが見られないという批評に応えて、バリーが付けくわえたものだ。

うことはないでしょう。そこで、今ではどのネバー鳥も広いふちのついた帽子の形の巣をつくり、その広いふちでひな鳥たちが日なたぼっこをするようになっていることを、ここでお話ししておくのもいいかと思います。

ピーターが地下の家に帰ったときのみんなの喜びようは大変なものでした。ウェンディがたこに乗って、あっちへふらふらこっちへふらふら運ばれてやっと家についたすぐあとに、ピーターも帰ってきたのです。その日の子どもたちはみんな、何かしら人に話せるような冒険をしていました。でも何よりもいちばん大きな冒険は、みんなが寝る時間に何時間もおくれたことでしょう。おかげでみんなすっかり調子にのって、包帯をまいてほしいと言いだしたり、そのほかにもいろいろ悪だくみをして、もっと遅くまで起きていようとしました。でもウェンディは、みんなが無事だったことは嬉しいし得意にも思っていましたが、寝る時間がすっかり遅くなったことに腹をたてて、さからうことのできない強い声で「さあ、寝なさい、寝なさい」と大声をだしました。でも次の日の朝は驚くほどやさしくなって、みんなに包帯をまいてやりました。そして子どもたちは寝る時間がくるまで、片足をひきずったり腕をつったりしたまま遊びまわりました。

第10章 しあわせな家

入り江での出来事のひとつの結果として、インディアンはピーターたちの味方になりました。ピーターがタイガー・リリーを恐ろしい運命から救ってくれたのですから、今ではリリーとその戦士たちはピーターのためなら何でもします。インディアンは一晩中起きていて地下の家を見張り、海賊たちの襲撃にそなえていました。近いうちに襲撃があるのはたしかだと思われたからです。昼間でさえ、インディアンたちは平和のしるしと言われる長いパイプをふかしながら、まるで何かちょっと食べるものを探しているように歩きまわっていました。

インディアンたちはピーターを「偉大な白いお父さん」[1]と呼んで、ピーターの前にひれふしました。ピーターはこれがとても気に入ったのですが、本当はピーターにとってそれはいいことではありませんでした。

「偉大な白いお父さんは」とピーターは自分の足もとにひれふしているインディアンたちに向かって、偉そうに言ったものです。「ピカニニの戦士たちがわしの家を海賊どもから守ってくれるのを、嬉しく思うぞよ」

「わたし、タイガー・リリー」と美しいインディアンの娘が答えます。「ピーター・

1【偉大な白いお父さん】この呼び名は制圧されたネイティヴ・アメリカンがアメリカ合衆国大統領に与えた呼び名と関連がある。この表現は敬愛と嘲笑のふたつの意味があり、ときに両方の意味をこめて使われることもある。バリーの念頭には、ヨーロッパの祖母とも諸国民の母とも呼ばれたヴィクトパン、わたしを助けた。わたしピーター・パンの友だち。海賊がピーター・パンに怪我させること、許さない」

タイガー・リリーはあまりに美しすぎて、こんなふうに人にぺこぺこするのは似合わないのですが、ピーターのほうは自分がそれほど偉いのだと思っていて、大いばりで言うのです。「よろしい。話はこれまでだ」

ピーターが「話はこれまでだ」と言ったら、それは必ず、もう誰もしゃべってはいけないという意味で、インディアンたちはおとなしくそれを受けいれていました。でもほかの男の子たちを尊敬するつもりは全然ありません。インディアンにとってはふつうの戦士と同じでした。だからどこかで会っても「よお」と声をかけるぐらいでした。男の子たちが面白くないのは、ピーターもそれでいいと思っているらしいことです。

ウェンディも心の中では男の子たちに少し同情していました。でもウェンディはあくまでも忠実な主婦でしたから、お父さんへの不平には耳をかしませんでした。自分がどう思っていたとしても「お父さんがいちばん正しいの」といつも言いました。ウェンディも個人的には、自分が「奥《スクオー》さん」と呼ばれるのはおかしいと思ってはいたのですが。

さて、そろそろ、あとになって「あの特別な夜」と言われるようになる夜が近づいてきました。なぜ特別なのかというと、その夜は特別な出来事があって、それが特別な結末になったからです。その日はまるで静かに力をためているような感じでほとんど何事もなくすぎ、夕方になるとインディアンたちは毛布をかぶって地上の

リア女王をさす「偉大な白いお母さん」（ヴィクトリア女王は白い衣装と結婚式で身につけたヴェールをまとって一九〇一年に埋葬された）という呼び名もあったかもしれない。この呼び名についてはバリーの別の作品『小さな白い鳥』が引き合いに出されることもあるし、メルヴィルの『白鯨』を引き合いに出した想像力過多の批評家もいた。

見張りの位置につき、地下の家では子どもたちが晩ごはんを食べていました。ピーターだけは時間を知るために出かけていました。この島で時間を知るには、ワニを見つけて時計が鳴るまで近くで待たなければなりません。

その日の晩ごはんはたまたま食べたふりでお茶をすることになっていました。みんなは板のテーブルのまわりに集まって、がつがつ食べるふりをしていました。たしかにウェンディが言ったとおり、おしゃべりや口げんかやガチャガチャいう音で、本当にうるさかったのです。ウェンディはうるさいことは気にしませんでした。でも何かをひったくって、トゥートルズがぼくたちのひじを押したせいです、などと言いわけするようなことは許しませんでした。食事中はやられてもやりかえしてはいけない、静かに右手をあげて「だれだれがこんな悪いことをしました」ときちんとウェンディにいさかいの内容を話すこと、というきびしい決まりがあったのです。でもたいていは、みんなこの決まりを忘れてしまうか、やりすぎてしまうかのどちらかになるのでした。

「静かにしなさい」もう二〇回もみんながいちどにしゃべってはいけないと注意したあとで、ウェンディが叫びました。「スライトリーちゃん、あなたのポウポウはもうからっぽなの?」

「ううん、お母さん、まだ少しある」と、本当ではないおわんをのぞくまねをしてからスライトリーが言いました。

「スライトリーはまだ、ミルクをひと口も飲んでないんだよ」とニブスが口を出しました。

これは告げ口です。スライトリーはこのチャンスをのがさず、大急ぎで叫びます。

「ニブスが悪いことをしました」

でも、手をあげたのはジョンのほうが先でした。

「はい、ジョン、なんですか？」

「ぼくがピーターの椅子に座ってもいいですか？　ピーターは今いないから」

「お父さんの椅子に座るんですって、ジョン？」ウェンディがあきれて言いました。

「だめよ、もちろん」

「ピーターは、ぼくたちの本当のお父さんじゃないんだ」とジョンが言いかえします。「ぼくが教えるまで、お父さんは何をするのかも知らなかったんだよ」

これは不平不満です。「ジョンが悪いことをしました」とふたごが叫びます。

トゥートルズが手をあげました。トゥートルズは子どもたちのなかでもいちばんおとなしい、というか、おとなしいのはこのトゥートルズだけだったので、ウェンディはこの子には特にやさしくしています。

「ぼくはどうしたってお父さんにはなれないと思います」とトゥートルズはおずおずと言いました。

「そうね、なれないわ、トゥートルズ」

トゥートルズがこうして話すことはあまりないのですが、いったん話しはじめると、おかしな話がいつまでも続きます。

「ぼくはお父さんになれないから」とトゥートルズはのろのろと続けます。「だからマイケル、ぼくを赤ちゃんにしてくれないよね？」

「だめだ、しないよ」マイケルがきっぱりと言います。マイケルはもうゆりかごに入っていました。

「ぼくは赤ちゃんになれないから」トゥートルズはだんだん悲しそうになってきました。「きみたち、ぼくがふたごになれると思うかい?」

「なれないさ。ふたごになるのはすごく難しいよ」とふたごが答えます。

「ぼくはどんないいものにもなれないから」とトゥートルズは言いました。「きみたちのなかに、ぼくの手品を見たい人はいる?」

「見たくない」とみんなが口をそろえて答えました。

ここでやっと、トゥートルズの話は終わりです。「ぼく、どうせだめだろうと思っていたんだ」

するとまた、いやな告げ口の始まりです。[2]

「スライトリーがテーブルの上でせきをしています」

「ふたごがもうマミーの実を食べはじめました」

「カーリーがタッパロールと山イモと両方とってます」

「ニブスが口いっぱいにものを入れてしゃべってます」

「ふたごが悪いです」

「カーリーが悪いです」

「ニブスが悪いです」

「まあまあ、なんてこと」ウェンディが叫びました。「子どもがいるといいこともたくさんあるけど、やっかいなことのほうが多いと思うことがあるわ、ほんとにも

2【また、いやな告げ口の始まりです】迷い子たちはお互いに「告げ口」することを楽しんでいる。この場面で子どもたちはせりふをコーラスのように語り、しだいに誰が誰の告げ口をしているのかわからなくなってくる。

う」

　ウェンディは子どもたちにあと片づけを言いつけて、繕いものの入ったかごの前に座りました。中にあるのはいつものように穴のあいたたくさんの靴下と、ひざに穴のあいたズボンの山です。

「ウェンディ」マイケルが文句を言いました。「ぼく、もうゆりかごに入るには大きすぎるよ」

「誰かがゆりかごにいなくちゃだめでしょ」ウェンディがかなりきびしい声で言いました。「そしてあなたがいちばん小さいじゃないの。ゆりかごがあると、とっても家庭的な雰囲気が出るのよ」

　ウェンディが縫いものをしているあいだ、子どもたちはまわりで遊んでいます。[3]しあわせそうなみんなの顔と踊るように動く手足が、やさしい暖炉の火に照らしだされています。それはこの地下の家ではもうすっかり見なれた光景になっていましたが、わたしたちが見るのはこれが最後です。

　上で足音がして、ウェンディ――もちろんウェンディに決まっていますよね――が最初に気づきました。

「子どもたち、お父さんの足音が聞こえたわ。みんながドアのところでおむかえしたらきっと喜ぶわよ」

　地上ではインディアンたちがピーターの前にひざまずいていました。

「しっかり見張ってくれよ、戦士たち。よし、話はこれまでだ」

　それから子どもたちは、前に何回もしたようにピーターを木の穴から引っぱり出

3【ウェンディが縫いものをしているあいだ、子どもたちはまわりで遊んでいます】バリーの母マーガレット・オグルヴィと同じように、ウェンディもまだ少女のうちに家事――縫い物、繕いもの、洗濯――を懸命にこなす「小さなお母さん」になる。前にも書いたが、一九〇九年の再演の舞台にかけられた幕は刺繍の腕前を見せるための壁飾りをデザインしたもので、ウェンディの作品に見えるように作られており、最下段には「ウェンディ・モイラ・アンジェラ・ダーリングが九歳のとき制作」とサインが入っていた。これはウェンディが子どもたちに物語を話して聞かせる能力（『ピーター・パン』劇中の挿話を連想させる刺繍）と、彼女自身の縫い物の腕前の両方を示すものだった。この幕のデザインでは縫い物、物語を話して聞かせること、物語を書くことの三技能が一体として示されているのだ。

しました。前に何回もしたことですが、もう二度とすることはないのです。

ピーターは子どもたちへのおみやげに木の実をもってきました。ウェンディへのおみやげは正しい時間でした。

「ピーターったら、子どもたちを甘やかしてばっかりね」とウェンディが笑顔で言いました。

「まあ、いいじゃないか、おまえ」ピーターが「鉄砲」を壁にかけながら言いました。

「お母さんのことをおまえってよぶんだってピーターに教えたのは、ぼくなんだよ」とマイケルがカーリーにささやきました。

「マイケルが悪いです」すぐにカーリーが言いました。

ふたごのうちの先に生まれたほうの子がピーターのところへ行って「お父さん、ぼくたち踊りたいんです」と言いました。

「踊ればいいさ、ぼうず」と上機嫌のピーターが言いました。

「でも、お父さんに踊ってもらいたいんです」

たしかにピーターは誰よりも踊りが上手でしたが、あきれたふりをして言いました。

「このわしが踊る！　もう年だから骨がガタガタいうぞ！」

「母ちゃんも踊って」

「なんですって」ウェンディが叫びました。「こんなにたくさん子どものいるわたしが、踊るなんて！」

「だって、土曜日の夜だよ」とご機嫌をとるようにスライトリーが言いました。

本当は土曜日の夜ではありませんでした。もうずっと前から曜日がわからなくなっていましたから、土曜日かもしれないというだけのことです。でも何か特別なことをしたいと思ったら、土曜日の夜だということにして、それをするのです。

「そういえば土曜日の夜でしたね、ピーター」ウェンディが少しその気になって言いました。

「もうこの年では、ふたりともからだが思うように動かないぞ、ウェンディ」

「でもここにいるのは、うちの子どもたちだけですよ」

「もっともだ」

そこで、みんなで踊ってもいいということになりましたが、子どもたちはその前に寝間着に着がえなければなりませんでした。

「なあ、おまえ」ピーターはウェンディの横に立って暖炉の火にあたりながら、座って靴下のかかとをつくろっているウェンディを見おろして言いました。「わたしたちにとっては、一日の仕事が終わって、子どもたちがそばにいて、こうして火にあたって休んでいるときほど楽しいときはないな」

「いいものですよねえ、ピーター」ウェンディもとても満足そうに言いました。

「カーリーの鼻はあなたにそっくりですね、ピーター」

「マイケルはおまえに似ているな」

ウェンディはピーターに近づいてその肩に手をのせました。

「あのね、ピーター、わたしもこれだけの子どもを産んだのですから、もちろんむかしのようにはいかないけれど、でもあなたは今のままのわたしでいいですよね？」

「ウェンディ、もちろんだよ」

もちろん、ピーターは変わることがいやでした。でも、ピーターは落ちつかないようすでウェンディを見ました。自分が目をさましているのかどうかわからない人がよくやるように、何度もまばたきしながらウェンディを見たのです。

「どうしたの、ピーター？」

「ぼく、ちょっと考えてたんだ」ピーターは少しおびえていました。「ぼくがこの子たちのお父さんだというのは、作り話だよね？」

「そうですよ」とウェンディはすまして答えます。

「だってね」とピーターは言いわけするような調子で言います。「本当のお父さんなら、もっと年をとってるはずだもの」

「でも、この子たちはわたしたちの子よ、ピーター。あなたとわたしの子どもたちなの」

「でも、本当じゃないよね、ウェンディ？」ピーターは心配そうに聞きます。

「そうよ、あなたがいやなら本当じゃないわ」ウェンディがそう答えると、ピーターが安心したようにホッとためいきをつくのが、はっきり聞こえました。「ねえ、ピーター」ウェンディはここでしっかり聞いておくことにして「あなた、本当のところ、わたしをどんなふうに思ってるの？」と言いました。

「ぼくの大切なお母さんだと思ってるよ、ウェンディ」[4]

「そうだろうと思ってたわ」ウェンディはこういうと、部屋のいちばん端っこへ行って、ひとりで座りました。

4【ぼくの大切なお母さんだと思ってるよ、ウェンディ】ピーターは「父親」のふりをすることはどこかで覚え、ウェンディや子どもたちからも情報を得ていたかもしれないが、ピーターのウェンディに対する気持ちは——タイガー・リリーやティンカーベルに対する気持ちと同じで——子どもっぽい親しみから抜けだすことはなかった。

「きみ、なんだかとても変だ」ピーターは本当にわけがわからなくなりました。「タイガー・リリーも同じなんだ。ぼくの何かになりたい[5]けど、それはぼくのお母さんじゃないって言ってる」

「そうね、お母さんじゃないでしょうね」ウェンディは力をこめて言いました。ウェンディがインディアンを毛嫌いしていたわけが、これでわかりましたね。

「じゃあ、何なの？」

「女の口から言えることじゃないわ」

「あっ、そう」ピーターはちょっとじれったくなってきて言いました。「きっとティンカーベルが教えてくれるさ」

「そうね、ティンカーベルが教えてくれるでしょっ」ウェンディがきつく言いかえしました。「ティンカーベルは見捨てられたちびですからね」

　自分の小部屋で聞き耳をたてていたティンカーベルは、これを聞いてキーキー声で何か失礼なことを言いかえしました。

「見捨てられてけっこう、だってさ」とピーターが通訳しました。

　ピーターは突然思いついたように「ひょっとしてティンクはぼくのお母さんになりたいのかな？」と言いました。

「この大馬鹿やろう！」ティンクはカンカンに怒って叫びました。

　ティンクはこの言葉をしょっちゅう使っていましたから、通訳なしでウェンディにもわかりました。

「わたしもそう言いたいわよ」ウェンディが投げつけるように言いました。いかに

5【ぼくの何かになりたい】初期の草稿には、タイガー・リリーがピーター・パンに対する思いを明かすシーンの演出を示す次のようなメモがあった。
タイガー・リリー：例えば、タイガー・リリーは森にかけこむ――「白い顔のピーター」が彼女を攻撃する――それから？
ピーター：(困惑して)白人はインディアンの少女をつかまえることはできない。走るのが速すぎる。
タイガー・リリー：「白い顔のピーター」がタイガー・リリーを追いかけ――彼女はそれほど速く走っていない――何かにつまずいて転ぶとどうなる？ (ピーターは途方にくれる。彼女はインディアンたちに話しかける。)それから？
インディアンたち：タイガー・リリーは彼の女だ。

も女の子らしいウェンディがそんな言いかたをするなんて、どうしたことでしょう。まあウェンディもこれまでいろいろ苦労してきたし、その夜があける前に何が起こるかなんてわかるはずがありませんからね。もしわかっていたら、そんな言いかたはしなかったでしょうが。

何が起こるかなんて、誰にもわかっていませんでした。でもそれがいちばんよかったのかもしれません。みんなが何も知らなかったおかげで、もう一時間一緒に楽しく過ごすことができましたから。そしてそれはみんながこの島で過ごす最後の一時間になるのですから、一時間のうちには楽しいときが六〇分もあることを今は喜びましょう。子どもたちは寝間着姿で歌ったり踊ったりしました。その歌は自分の影をこわがるふりをする、ちょっと気味が悪くて面白い歌でした。恐ろしい影がすぐそこまで近づいていて、もうすぐその恐ろしさに縮みあがることになるとは、誰も知りませんでした。はしゃぎまわり、ベッドの上にあがってあばれまわり、下におりてまたあばれ、それは踊りというより枕のぶつけあいのようなありさまでした。それがいったん終わっても、もう二度と会えないと知っているものどうしのように、枕たちがもうひと勝負しようと言いはるのでした。ウェンディが寝るときのお話をする前に、子どもたちまでお話をしました！　その夜はスライトリーまでがお話をしようとしました。[6] でも出だしがあまりつまらなかったので、ほかの子はもちろん話しているスライトリーまでつまらなくなって、ゆううつそうに言いました。

「うん、つまらない出だしだ。だからこれで終わりというふりをしよう」

そしてとうとう、みんなでベッドに入ってウェンディのお話を聞くときになりま

6【その夜はスライトリーまでがお話をしようとしました】スライトリーはネバーランドにすむ迷い子という立場にふさわしく、物語の始まりと終わりのあいだを省いてしまった。一瞬に生きる彼は記憶を長続きさせることができず、過去の出来事や過去に語られたことの集まりとしての物語をつむぐことができないのだ。

7【ピーターがいちばん嫌いな話】ピーターがこの話を嫌いな理由は、ひとつにはダーリング夫人と張り合う気持ちがあるからだが、もうひとつ、窓にかぎをかけられて彼自身が家に帰ることができないからでもある。

した。それはみんながいちばん好きで、ピーターがいちばん嫌いな話[7]でした。この話が始まると、ピーターはいつもなら部屋を出ていくか両手で耳をふさぐかしました。もしピーターがこの夜もそうしていれば、みんなはまだ島にいたかもしれません。でもこの夜にかぎって、ピーターは椅子にじっと座っていました。そしてどうなったかは、もうすぐわかります。

【カバー写真提供】HIP ／ PPS 通信社

【著者】J・M・バリー（J. M. Barrie）

1860 ～ 1937年スコットランド生まれ。『ピーター・パン』をはじめとする様々な小説や戯曲を執筆した。エディンバラ大学卒業。1911年にこれまでの戯曲や原型作の最終版として『ピーター・パンとウェンディ』を刊行。1919年にセント・アンドルーズ大学の学長、1930年にエディンバラ大学学長。

【編者】マリア・タタール（Maria Tatar）

1945年ドイツ生まれ。プリンストン大学で博士号。ハーヴァード大学人文学部長。専門は児童文学、ドイツ文学、民俗学。児童文学、ファンタジーに関する著書多数。長年の研究とその成果に対して全米人文科学基金、グッゲンハイム財団、ラドクリフ高等研究所などから賞を授与されている。

【日本語版監修】川端有子（かわばた・ありこ）

児童文学研究者。日本女子大学家政学部児童学科教授。1985年神戸大学文学部英文科卒。ローハンプトン大学文学部で博士号取得。著書に『少女小説から世界が見える ペリーヌはなぜ英語が話せたか』『児童文学の教科書』などがある。

【訳者】伊藤はるみ（いとう・はるみ）

1953年、名古屋市生まれ。愛知県立大学外国語学部フランス学科卒。主な訳書にジュディス・フランダーズ『クリスマスの歴史』、M・J・ドハティ『図説アーサー王と円卓の騎士』、イアン・ウィリアムズ『バーベキューの歴史』、G・マテ『身体が「ノー」と言うとき』などがある。

[ヴィジュアル注釈版《ちゅうしゃくばん》]

ピーター・パン
上

●

2020年7月20日　第1刷

著者…………J・M・バリー
編者…………マリア・タタール
日本語版監修…………川端有子《かわばたありこ》
訳者…………伊藤《いとう》はるみ

装幀・本文AD…………岡孝治＋森繭

発行者…………成瀬雅人
発行所…………株式会社原書房

〒160-0022 東京都新宿区新宿 1-25-13
電話・代表 03（3354）0685
http://www.harashobo.co.jp
振替・00150-6-151594

印刷…………シナノ印刷株式会社
製本…………東京美術紙工協業組合

ISBN978-4-562-05773-3, Printed in Japan